DARKLOVE.

IF I HAD YOUR FACE
Copyright © Corycian Content, 2020
Todos os direitos reservados.

Capa adaptada e miolo
© Getty Images e © Shutterstock

Tradução para a língua portuguesa
© Aline Naomi, 2023

Diretor Editorial
Christiano Menezes

Diretor Comercial
Chico de Assis

Diretor de MKT e Operações
Mike Ribera

Diretora de Estratégia Editorial
Raquel Moritz

Gerente Comercial
Fernando Madeira

Coordenadora de Supply Chain
Janaina Ferreira

Gerente de Marca
Arthur Moraes

Gerente Editorial
Marcia Heloisa

Editora
Nilsen Silva

Adap. Capa e Proj. Gráfico
Retina 78

Coordenador de Arte
Eldon Oliveira

Coordenador de Diagramação
Sergio Chaves

Designers Assistentes
Camila Suzuki
Jefferson Cortinove

Finalização
Sandro Tagliamento

Preparação
Lúcia Maier

Revisão
Pamela P. C. Silva
Rayssa Galvão
Retina Conteúdo

Impressão e Acabamento
Leograf

DADOS INTERNACIONAIS DE CATALOGAÇÃO NA PUBLICAÇÃO (CIP)
Jéssica de Oliveira Molinari — CRB-8/9852

Cha, Frances
Se esse rosto fosse meu / Frances Cha ; tradução de Aline
Naomi. — Rio de Janeiro : DarkSide Books, 2023.
288 p.

ISBN: 978-65-5598-254-1
Título original: If I Had Your Face

1. 1. Ficção norte-americana 2. Mulheres 3. Coréia (Sul)
I. Título II. Naomi, Aline

23-1389   CDD 813

Índices para catálogo sistemático:
1. Ficção norte-americana

[2023]
Todos os direitos desta edição reservados à
DarkSide® *Entretenimento LTDA.*
Rua General Roca, 935/504 — Tijuca
20521-071 — Rio de Janeiro — RJ — Brasil
www.darksidebooks.com

Tradução
Aline Naomi

DARKSIDE

Para a minha mãe,
que me ensinou a cultivar meus sonhos.

Ara

Sujin está decidida a se tornar acompanhante. Ela chamou Kyuri, que mora do outro lado do corredor, para o nosso minúsculo apartamento, e nós três estamos sentadas no chão, em círculo, olhando pela janela, para a rua repleta de bares. Homens bêbados de terno tropeçam enquanto decidem onde será a próxima rodada de bebidas. É tarde, e bebemos *soju*, um destilado de arroz, em copinhos de papel.

Kyuri trabalha na Ajax, a casa noturna mais cara de Nonhyeon. Os homens levam clientes para falar de negócios nas salas compridas e escuras. Sujin me contou quanto esses homens pagam por noite para que garotas como Kyuri se sentem ao lado deles e lhes sirvam bebidas, e demorei muito para acreditar.

Nunca tinha ouvido falar de casas noturnas até conhecer Kyuri, mas agora que sei o que procurar, vejo uma em cada esquina. Por fora, elas são quase invisíveis. Placas obscuras pendendo acima de escadas mal-iluminadas que levam a mundos subterrâneos onde homens pagam para exercer a vaidade dos reis.

Sujin quer fazer parte dessa coisa toda. É pelo dinheiro. Ela pergunta onde Kyuri operou os olhos.

"Em Cheongju", comenta Sujin, com pesar, para Kyuri. "Que erro... Olha só para mim." Ela abre ainda mais os olhos. E é verdade, a dobra na pálpebra direita foi costurada um pouco alto demais, o que a deixou com um olhar oblíquo e malicioso. Infelizmente, a verdade é que, mesmo não levando as pálpebras assimétricas em consideração, ela tem um rosto quadrado demais para que seja considerada bonita no padrão coreano. Sua mandíbula também é muito projetada para a frente.

Kyuri, por outro lado, é uma daquelas garotas absurdamente bonitas. Os pontos nas pálpebras duplas são suaves, o nariz é arrebitado, as maçãs do rosto são delicadas e toda a mandíbula é alinhada em um delgado formato em V. Cílios longos e finos foram implantados na extensão dos olhos perfeitamente delineados, e a pele reluz em um brilho branco como leite, adquirido com o uso de luzes especiais. Um pouco antes, Kyuri falava sobre os benefícios das máscaras de folhas de lótus e dos suplementos de ceramidas para as linhas incipientes no pescoço. Surpreendentemente, a única parte inalterada dela é o cabelo, que se derrama sobre as costas como um rio escuro.

"Fui tão idiota. Devia ter esperado ficar mais velha." Lançando outro olhar invejoso para as dobras perfeitas de Kyuri, Sujin suspira e volta a encarar os próprios olhos em um pequeno espelho de mão, dizendo: "Que desperdício de dinheiro...!".

Sujin e eu dividimos este apartamento há três anos. Frequentamos os ensinos fundamental e médio juntas em Cheongju. Nosso colégio era profissionalizante, então durou só dois anos, mas nem isso Sujin terminou. Ela sempre quis ir para Seul, para escapar do orfanato onde cresceu. Depois do primeiro ano, tentou a sorte em uma escola de cabeleireiros. Só que era desajeitada com a tesoura, e arruinar perucas saía caro, então Sujin desistiu disso também. Mas, antes, me chamou para substituí-la.

Hoje em dia, sou estilista de cabelos, e Sujin visita o salão onde trabalho algumas vezes por semana, sempre às 10h em ponto. Lavo e seco seu cabelo antes de ela ir trabalhar no salão de manicure. Algumas semanas atrás, ela trouxe uma nova cliente para mim: Kyuri. Para salões de cabeleireiro menores, é um ótimo negócio ter uma acompanhante como cliente, porque essas garotas fazem o cabelo e a maquiagem profissionalmente todos os dias e rendem muito dinheiro.

A única coisa que me irrita em Kyuri é que às vezes ela fala alto demais quando conversamos, embora Sujin já tenha explicado que não há nada de errado com a minha audição. Além disso, muitas vezes eu a ouço sussurrar sobre a minha "situação" no salão, quando estou de costas.

Mas acho que ela não faz por mal.

Sujin vive reclamando das pálpebras. Desde que a conheço, ela passa a maior parte do tempo infeliz com isso, antes e depois da sutura. O médico que fez a cirurgia era marido de uma de nossas professoras e administrava uma pequena clínica de cirurgia plástica em Cheongju. Cerca de metade da nossa escola operou os olhos lá naquele ano, porque a professora ofereceu o procedimento com cinquenta por cento de desconto. A outra metade, que me incluía, não podia pagar nem isso.

"Estou tão feliz por não precisar de nenhuma cirurgia de correção", diz Kyuri. "O hospital que eu frequento é o melhor. É o hospital mais antigo da Região da Beleza, lá em Apgujeong, e cantoras e atrizes como a Yoon Minji são frequentadoras assíduas."

"A Yoon Minji?! Adoro ela! É tão linda! E deve ser uma pessoa superlegal." Sujin encara Kyuri, extasiada.

"Ah", responde Kyuri, um pouco contrariada. "Eu até que gosto dela. Acho que era só um procedimento simples com laser, por causa das sardas que estão aparecendo nesse novo programa. Aquele que é filmado ao ar livre, no campo, com bastante sol."

"Ah, sim, a gente ama esse programa!" Sujin me cutuca. "Principalmente a Ara. Ela está obcecada com o garoto daquela *boy band*, Crown. Pelo mais novo. Você precisa ver como ela fica distraída toda semana depois que o programa acaba, andando para cima e para baixo pelo apartamento."

Finjo dar um tapa nela e balanço a cabeça.

"O Taein? Ele é um fofo!" Kyuri fala muito alto de novo, e Sujin faz uma careta de dor antes de olhar para mim. "Às vezes o empresário dele vai na Ajax com uns homens que usam ternos superjustos. Devem ser investidores, porque o gerente sempre fala com orgulho sobre como o Taein é popular na China."

"Que loucura! Você tem que mandar mensagem para a gente da próxima vez. A Ara é capaz de largar tudo que estiver fazendo só para ir te encontrar." Sujin sorri.

Franzo a testa e pego meu bloco de anotações e minha caneta. Prefiro fazer isso a digitar no celular. É mais parecido com o ato de falar.

O Taein é jovem demais para ir a um lugar como a Ajax, escrevo.

Kyuri se inclina para ver o que escrevi. "O Chung Taein? Ele tem a nossa idade. Vinte e dois", afirma ela.

É isso que eu quis dizer, escrevo. Kyuri e Sujin riem de mim.

Sujin me chama pelo apelido carinhoso de *ineogongju*, que quer dizer "pequena sereia". Ela diz que é porque a Pequena Sereia perdeu a voz, mas depois a recuperou e viveu feliz para sempre. Não digo a ela que essa é a versão dos desenhos animados americanos. Na história original, a Pequena Sereia se mata.

Sujin e eu nos conhecemos quando trabalhamos juntas em um carrinho de batata doce, no primeiro ano do ensino médio. Era assim que muitos adolescentes ganhavam dinheiro em Cheongju no inverno: ficávamos em uma esquina, na neve, assando batatas doces na brasa em pequenos tambores de latão, vendendo cada uma por alguns milhares de wons. Claro que só os jovens maus faziam isso, os jovens que eram parte dos *iljin*, grupos específicos de cada colégio, e não os nerds, ocupados demais em estudar para os exames de admissão e que almoçavam marmitas bonitinhas que as mães preparavam para eles todas as manhãs. Mas os jovens que trabalhavam nos carrinhos de batata doce eram os jovens maus *bons*. Pelo menos estávamos dando algo às pessoas em troca do dinheiro. Os jovens maus de verdade pegavam o dinheiro sem dar nada em troca.

Batalhas perigosas foram travadas para ver quem ficava com as melhores esquinas, e tive sorte ao me juntar a Sujin, que sempre soube ser implacável quando necessário.

A primeira coisa que ela me ensinou foi como usar as unhas. "Você pode cegar a pessoa ou fazer um buraco na garganta dela, se quiser. Mas tem que manter as unhas com o comprimento e a espessura certos, para que não quebrem na hora H." Ela examinou as minhas unhas e balançou a cabeça. "É, essas unhas não vão dar conta", disse, prescrevendo uma porção de vitaminas para fortalecê-las e uma marca específica de esmalte para engrossá-las.

Isso aconteceu quando eu ainda falava. Na época, Sujin e eu ficávamos tirando onda e cantando enquanto empurrávamos o carrinho, gritando para os transeuntes: "Batatas doces fazem bem para a pele! São boas para a saúde *e* para a beleza! E são uma delícia!".

Algumas vezes por mês, Nana, a aluna mais velha, que nos cedeu sua cobiçada esquina, aparecia para pegar o que lhe devíamos. Ela era uma famosa integrante do *iljin* e conquistou o bairro em várias brigas lendárias. Apesar disso, Nana quebrou o mindinho na última discussão e acabou nos entregando seu território enquanto se recuperava.

Embora batesse nas outras garotas nos banheiros da escola, Nana gostava de mim porque eu era a única daquele grupo do nosso colégio que não tinha namorado. "Você sabe o que é importante na vida", ela sempre dizia. "E você parece inocente, o que é ótimo." Eu agradecia e me curvava, então ela me mandava comprar cigarros. O homem da loja da esquina não lhe vendia nada porque não ia com a cara dela.

Acho que sei por que Sujin é tão obcecada com a própria aparência. Ela cresceu no Centro Loring, que todos em Cheongju consideravam um circo. Além de abrigar um orfanato, também servia de lar para pessoas com deficiência física e pessoas com má-formação. Sujin me disse que seus pais morreram quando ela era bebê, mas recentemente me ocorreu que ela deve ter sido abandonada por uma garota ainda mais jovem que nós. Talvez a mãe de Sujin também fosse acompanhante.

Falei para ela que gostava de visitá-la no Centro, já que não havia ninguém para nos vigiar. Podíamos beber todas as bebidas vencidas doadas por mercearias e estacionar nosso carrinho de batata doce sem ninguém perguntar nada. Mas, secretamente, às vezes ficava assustada de ver as pessoas com deficiência perambulando pelo terreno, sob a orientação cantada dos cuidadores.

"Odeio ter que dizer isso, mas o Taein também fez uma intervenção um pouco maior no meu hospital. O diretor clínico me contou." Kyuri me olha em confidência e dá de ombros quando a encaro. "Eles têm a melhor equipe cirúrgica do mundo. Seria estúpido *não* consertar o rosto ali, se você quiser ser uma estrela." Ela se levanta devagar e se espreguiça como um gato.

Sujin e eu a observamos e começamos a bocejar também, embora, por dentro, eu me ressinta por ela ter investigado sobre o rosto de Taein. Acho que ele só ajeitou os dentes com lentes de contato. Ele nem tem pálpebras duplas.

"O quê? Você não tá falando da Clínica Cinderela, tá?" Sujin estreitou os olhos.

Kyuri responde que sim.

"Ouvi dizer que todos os médicos de lá foram os melhores das turmas na Universidade Nacional de Seul!", exclama Sujin.

"Sim! Lá tem uma parede coberta com fotos dos médicos e todas as biografias incluem a Universidade Nacional de Seul. As revistas chamam o lugar de Fábrica da Beleza."

"O médico-chefe deles é bem famoso, não é? Dr. Shin ou algo do tipo?"

"Dr. Shim Hyuk Sang", responde Kyuri. "A lista de espera para uma consulta leva *meses*. Ele percebe as tendências de beleza antes mesmo de acontecerem e sempre sabe que aparência as garotas querem ter. Isso é fundamental!"

"É ele mesmo! Li tudo sobre ele no BeautyHacker! Fizeram uma reportagem enorme na semana passada."

"Ele é um homem encantador. E habilidoso, claro."

Kyuri movimenta a mão por cima do rosto e pisca. Ela se inclina um pouco também, e só quando dou uma boa olhada nela é que percebo que está bêbada.

"Ele é mesmo seu médico?" Sujin se inclina para a frente, e sei onde isso vai dar.

"Sim. Fui apresentada por uma das minhas amigas e não precisei pagar o valor normal. Ela fez o couro cabeludo e as panturrilhas lá."

"Que maravilha!" Sujin dá um pulinho. "Você pode me indicar? Preciso *muito* consertar minha mandíbula, e esse artigo dizia que ele é especialista em cirurgias na mandíbula." Só eu sei que Sujin está há semanas planejando como perguntar isso a Kyuri e que vem pensando nisso desde que se conheceram. Sujin sempre disse que Kyuri tem a linha da mandíbula mais bonita que ela já viu.

Kyuri olha para Sujin por um bom tempo. O silêncio é estranho, e ela gesticula pedindo mais *soju*. Eu sirvo mais um copo e misturo um pouco de Yakult gelado e doce. Ela faz careta para mim, por eu diluir a bebida.

"Escuta, não estou dizendo que me arrependo de ter feito uma cirurgia na mandíbula. Foi o ponto de virada da minha vida, e com certeza vai ser o seu também. Mas *ainda* não posso dizer que recomendo. Além disso, o dr. Shim está muito ocupado, e aquele hospital é muito, muito caro, mesmo sem a taxa normal. E ele só aceita dinheiro. O lugar diz que aceita cartão, mas te fisga com um desconto enorme se você pagar em dinheiro, o que você provavelmente não vai conseguir, a menos que seja uma atriz com contrato com uma agência grande, e aí o doutor vai querer te patrocinar." Kyuri bebe o resto do *soju* e pisca os cílios emplumados. "Se não, você vai ter que pedir dinheiro emprestado, e aí vai viver só para pagar os juros."

"Bem, vai ser o maior investimento da minha vida, e estou economizando há um tempo." Enquanto diz isso, Sujin balança a cabeça e me lança um olhar rápido. Tenho feito o cabelo dela de graça para ajudar a economizar para a nova cirurgia. É o mínimo que posso fazer.

"Não sei quanto você economizou, mas vai ficar surpresa com o total. Nunca é só aquela cirurgia que você foi fazer", diz Kyuri. Mais tarde, Sujin e eu discutiríamos os possíveis motivos pelos quais Kyuri parece não querer que Sujin faça essa cirurgia: será que ela se sente desconfortável em pedir um favor ao dr. Shim? Ou acha que Sujin poderá ficar com uma aparência muito parecida com a dela? Afinal, por que ela não iria querer que a vida de Sujin mudasse?

Kyuri suspira e acrescenta que *ela* gostaria de economizar mais dinheiro. Sujin disse que é difícil para as acompanhantes economizarem, mas que elas quase sempre se endividam relaxando do trabalho em algum "bar legal" e gastando com camareiros de hotel. "Eu poderia pagar por duas cirurgias com o que a maioria das acompanhantes gasta com álcool só em uma noite", comentou Sujin, uma vez. "Você não tem ideia do tanto de dinheiro que elas ganham e jogam fora toda semana. Eu *preciso* chegar lá. Preciso." Ela diz que vai continuar economizando até conseguir deixar de se preocupar em como sobreviver mais um dia, mais um mês.

E, sempre que ela diz essas coisas, assinto e sorrio, para ela saber que eu acredito.

Às vezes, quando as pessoas me perguntam como aconteceu, digo que foi por causa de um garoto. *Ele me magoou muito, e eu perdi a voz.* Romântico, não acha?

Pensei em digitar e carregar um papelzinho impresso, em vez de sempre ter que escrever alguma coisa. Até que percebi que isso lembraria os pedintes do metrô.

De vez em quando, minto e escrevo que nasci assim. Mas, quando consigo um novo cliente de que gosto, digo a verdade.

Foi o preço para sobreviver, escrevo. *As coisas são um pouco diferentes fora de Seul.*

Na verdade, faria mais sentido se eu tivesse ficado surda. Quase todos os golpes atingiram meus ouvidos. Na época, meus tímpanos foram perfurados, mas se recuperaram quase totalmente, e eu ouço bem. Às vezes, me pergunto se não estou ouvindo melhor que antes. O vento, por exemplo... Não me lembro de ele ter tantos tons.

Na segunda-feira, Kyuri chega ao salão um pouco tarde. Ela parece cansada, mas acena para mim da cadeira de maquiagem enquanto preparo meu canto para sua "festinha". A garota que trabalha na cadeira ao lado usa spray de cabelo demais, e escrevo muitas anotações pedindo que ela diminua o uso dos produtos, porque o cheiro enjoativo e a névoa do spray me dão dor de cabeça, mas ela só me dá uma piscadela, muito serena, e continua fazendo tudo igual.

Depois de lavar o cabelo de Kyuri, levo chá de *yuja* gelado para ela, que se afunda na cadeira.

"O de sempre, por favor, Ara." Ela se olha no espelho enquanto toma um gole. "Ah, meu Deus, olha as minhas olheiras. Estou um monstro. Bebi muito ontem à noite."

Pego a chapinha e mostro a ela, arqueando as sobrancelhas.

"Não, só faça o ondulado, por favor." Distraída, Kyuri passa os dedos pelo cabelo. "Acho que eu não disse, mas, na verdade, é uma regra na Ajax. Não pode haver muitas garotas com o mesmo penteado, então nos passam um *look* para a temporada. Tenho sorte de poder usar o cabelo ondulado. É disso que os homens gostam, sabe."

Sorrio e balanço a cabeça para ela no espelho, então deixo a chapinha de lado e pego o modelador de cachos.

"Faço questão de perguntar para todos os homens, só para ter certeza, e eles sempre dizem que gostam de cabelo longo e ondulado. Acho que é por causa da Cho Sehee, em *My Dove*. Ela estava tão linda nesse filme... E sabia que o cabelo dela é todo natural? Ela passou dez anos sem tingir nem fazer permanente por causa do contrato com a Shampureen."

Kyuri continua tagarelando de olhos fechados enquanto separo seu cabelo em pequenas mechas e prendo-as em sua cabeça. Começo a ondular as mechas do lado esquerdo primeiro, de dentro para fora.

"As garotas mais velhas precisam se esforçar muito com os penteados. É muito trágico envelhecer. Olho para a Senhora que toma conta lá da nossa casa noturna, e ela é a criatura mais feia que já vi. Acho que me mataria se fosse feia assim. Mas sabe de uma coisa? Acho que somos a única boate com uma Senhora feia, o que faz com que a Ajax se destaque. E acho que isso faz com que a gente pareça mais bonita, porque ela é *muito* horrível." Kyuri estremece. "Às vezes não consigo parar de pensar em como ela é feia. Por que ela não faz logo uma cirurgia? Não entendo gente feia. Ainda mais se for uma pessoa com grana. Elas são idiotas, por acaso?" Ela se examina no espelho, inclinando a cabeça para o lado até que eu a endireite de novo. "Será que são depravadas?"

Em casa, só tenho tempo livre com Sujin aos domingos, meus únicos dias de folga. Durante a semana, vou para o trabalho às 10h30 e chego em casa, exausta, às 23h. Então, aos domingos, ficamos à toa pelo apartamento, comendo *lamen* e chips de banana e assistindo a programas de TV no computador. O programa favorito de Sujin é um de variedades chamado *De um Extremo ao Outro*, que toda semana apresenta várias pessoas com deformidades (ou às vezes só muito feias) e permite que o público vote por telefone e decida quem deve ganhar uma cirurgia plástica gratuita dos melhores médicos do país. Sujin adora ver o resultado, quando os escolhidos saem de trás de uma cortina enquanto as famílias, que não os viram durante os meses de recuperação da cirurgia, gritam, choram e caem de joelhos ao constatar quão irreconhecivelmente lindos os vencedores ficaram. É muito dramático. Os apresentadores choram muito.

Sujin costuma ficar um bom tempo assistindo a esse programa, mas hoje está empolgada demais para ficar parada.

"A Kyuri foi muito legal com a coisa toda, quando finalmente concordou. Ela disse que conversaria com o pessoal do lugar onde vende as bolsas e que eles estariam dispostos a me emprestar dinheiro para a cirurgia. E falou que, na verdade, esse é o principal negócio deles: emprestar dinheiro para acompanhantes! Depois, quando eu estiver melhor e tudo tiver sido consertado, ela pode me ajudar a conseguir trabalho."

Dou um tapinha em seu braço, e sinto que Sujin chega a tremer, de tão empolgada.

"Mal posso esperar", diz ela. "Só vou comer *lamen* até pagar o empréstimo. Vai ser tão rápido que não vai dar nem tempo de os juros aumentarem."

Ela parece fora de si.

"Não seria maravilhoso dormir e acordar rica todos os dias? Mas não vou gastar... Ah, não. Vou continuar pobre de alma. É isso que vai me manter rica."

O que você vai comprar para mim?, escrevo.

Ela ri e me dá tapinhas carinhosos na cabeça, dizendo:

"Para *ineogongju*, o que seu coração desejar". Ela vai até o espelho e toca o queixo com a ponta dos dedos. "Mas não demore para decidir!"

No dia das cirurgias de Sujin, Kyuri chega ao salão mais cedo, para levá-la ao hospital e conversar com o dr. Shim antes da operação. Hoje, saio do trabalho às 17h para poder estar lá quando Sujin acordar da anestesia.

Obrigada por apresentá-la a esse mágico, escrevo. *Ela vai ficar linda.*

Kyuri empalidece, mas ela logo sorri e diz que gosta da ideia de ter ajudado a deixar o mundo mais belo. "Ele não é muito generoso por encaixá-la rápido assim, e por um custo tão pequeno? O doutor anda tão ocupado que as pessoas demoram meses para conseguir agendar uma cirurgia." Concordo, balançando a cabeça. Na consulta, o dr. Shim explicou a Sujin que recosturar seus olhos seria fácil e que ela precisava desesperadamente de uma cirurgia nos maxilares e na mandíbula. Ele cortaria os maxilares superior e inferior e os reposicionaria, depois rasparia os dois lados, para ela deixar de ter uma linha da mandíbula tão masculinizada. Ele também recomendou uma redução das maçãs do rosto e uma leve lipoaspiração no queixo. As cirurgias durarão de cinco a seis horas, e Sujin ficará internada por quatro dias.

Em relação ao tempo que levará para a aparência ficar natural, ele foi menos objetivo. "Provavelmente mais de seis meses" foi a resposta mais específica que recebemos. Explicaram que o tempo de recuperação de cada um varia muito. Mas uma garota do salão, cuja prima passou por isso, disse que levou mais de um ano para ela ficar com a aparência normal. Ela contou que a tal prima ainda não consegue sentir o queixo e tem dificuldade para mastigar, mas que conseguiu um emprego na área de vendas em um conglomerado de primeira linha.

Quando termino de enrolar o cabelo de Kyuri, afofo as ondas e borrifo nas mãos um pouco do sérum para brilho mais caro que tenho. Em seguida, passo as palmas de leve pelo cabelo dela. O produto tem um cheiro delicioso de rosas e hortelã-pimenta.

Quando dou umas batidinhas em seu ombro, para ela saber que terminei, Kyuri se endireita. Os cílios tremelicam enquanto ela se encara com a "cara de espelho", sugando as bochechas. Kyuri tem uma aparência de tirar o fôlego, com a cascata de ondas e o rosto cuidadosamente maquiado. Ao lado dela, pareço ainda mais abatida, com meu rosto e cabelo comuns, que o gerente Kwon vive insistindo para eu estilizar de um jeito mais dramático.

"Obrigada, Ara", agradece ela, dando um sorriso lento. Ela me olha pelo espelho. "Fiquei linda! Que deusa!" Rimos juntas, mas minha risada não tem som.

No hospital, tudo que posso fazer é segurar a mão de Sujin enquanto ela chora em silêncio, só com os cílios, o nariz e os lábios visíveis na cabeça enfaixada.

Quando chego em casa naquela noite, encontro uma folha de papel em cima da mesa. É o testamento de Sujin. Lemos muitas notícias sobre pacientes que acabaram morrendo porque fragmentos de ossos da mandíbula se alojaram nas artérias, fazendo o sangue se acumular na garganta até elas sufocarem. Fiz com que ela parasse de ler depois das primeiras cláusulas do contrato, mas li todas escondido.

Deixo tudo que tenho para a minha colega de quarto, Park Ara, é o que está escrito.

Na história original, a Pequena Sereia sofre uma dor indescritível para ganhar pernas humanas. A Bruxa do Mar avisa que os novos pés lhe darão a sensação de andar sobre lâminas afiadas, mas que ela vai dançar como nenhum humano jamais dançou. A sereia então bebe a poção, que desliza por seu corpo como lâminas.

Bem, eu estava querendo era falar que ela dançou divinamente com suas belas pernas, mesmo com a dor de mil facas. Ela podia andar e correr e ficar perto de seu amado príncipe, e, mesmo quando as coisas não deram certo com ele, não foi por causa disso.

E, no fim, depois de se despedir de seu príncipe e se jogar no mar, na esperança de virar espuma, ela foi levada pelos filhos da luz e do ar.

Linda história, não?

Kyuri

Mais ou menos às 22h, uma garota que não era uma de nós veio até nossa sala na casa noturna. Era pequena e usava roupas caras: um vestido esvoaçante de seda com estampa de pássaros e sapatos de salto com as bordas de vison. Eu tinha visto aquele mesmo vestido na última edição da *Women's Love and Luxury*. Custava um ano de aluguel. Ela ficou lá, delicada e desdenhosa.

Éramos cinco garotas sentadas ao redor da mesa, uma para cada homem, e ela ficou na porta, examinando cada uma de nós, os olhos brilhando com bastante interesse. Quase nenhum dos homens pareceu notar sua chegada, já que estavam todos bebendo e falando alto, mas nós, acompanhantes, congelamos. As outras garotas desviaram o olhar imediatamente, baixaram a cabeça, mas eu me contive e a encarei de volta.

Em silêncio, ela observava tudo na sala: as paredes de mármore escuro, a mesa comprida repleta de garrafas, copos de cristal, travessas com frutas, a luz que emanava do banheiro no canto, o aparelho de karaokê, desligado no meio da música porque Bruce recebera uma ligação de trabalho importante e não se dera ao trabalho de sair. O fato de ela não ter sido escoltada por um dos garçons significava que alguém a informara para qual sala ir. E chegar lá não era uma tarefa fácil, considerando o nosso labirinto subterrâneo de corredores, deliberadamente confuso.

"Ji, aqui!" Bruce, meu parceiro, se virou para ver o que eu estava olhando, então a chamou, enquanto apertava a parte interna da minha coxa por baixo da mesa. "Você veio!"

A garota chamada Ji foi andando devagar em nossa direção e se sentou onde Bruce havia indicado. De perto, notei que seu rosto não tinha cirurgia nenhuma: os olhos tinham uma única pálpebra, e o nariz era achatado. Eu morreria se tivesse que andar por aí com um rosto desses. Mas estava claro que, pela forma de caminhar e de manter a cabeça erguida, ela vinha de uma vida tão endinheirada que não precisava de rosto nenhum.

"Oi, como vai?", cumprimentou ela. "Você está bêbado? Por que me chamou?" Ela parecia chateada por ter sido chamada para aquele lugar, mas eu sabia que, muito pelo contrário, ela estava encantada de poder ver o interior de uma casa noturna. Em suas raras visitas, as mulheres costumam ficar boquiabertas e nos julgando. Dá para ver que pensam coisas como: "Eu nunca comprometeria minha integridade moral por dinheiro. Vocês devem fazer isso só para comprar bolsas".

Não sei quem é pior, elas ou os homens. Brincadeira, os homens são sempre piores.

Havia uma garrafa de uísque pela metade na minha frente, em cima da mesa. Como sempre, Bruce reservou a maior sala e pediu as bebidas mais caras do cardápio, mas, esta noite, ele e seus amigos estavam demorando mais para esvaziá-las do que em outras festas. Bruce era uma atração nova e importante para a nossa casa noturna — além de sua família ser famosa (seu pai era dono de uma clínica de células-tronco em Cheongdamdong), ele havia fundado sua própria empresa de jogos —, e a Senhora estava muito feliz de vê-lo ali todas as semanas nos últimos dois meses. "Tudo por sua causa, Kyuri", ela disse há algumas noites, seu rosto de sapo se abrindo em um sorriso. Sorri de volta. Mas sei que na verdade a nossa casa noturna é a mais próxima do escritório dele.

"É claro que não estou bêbado", retrucou Bruce. "Eu te liguei porque a Miae não está falando comigo."

Essa foi a primeira vez que ouvi falar dessa Miae, mas, afinal, por que eu teria ouvido falar dela?

"Vocês brigaram de novo?", perguntou a mulher. Tremendo de frio, ela tirou um cardigã cor de areia da bolsa e o vestiu. O gesto em si foi outra afronta: a Senhora mantém a sala fria e confortável para homens de terno, enquanto nós, que usamos microvestidos, ficamos tentando esconder a pele arrepiada.

"Você tem que falar com ela. Ela precisa entender como o mundo real funciona." Bruce tirou os óculos e esfregou os olhos, o que sempre faz quando está frustrado. Sem os óculos, ele parece uma criança perdida, e o nome Bruce soa ridículo. Comecei a chamá-lo assim depois que ele contou que conseguiu o terceiro dan em taekwondo antes de completar 15 anos. Estávamos em um hotel, e eu caçoava de seus braços sem músculos. Estava cansada demais para transar naquela noite e torcia para que ele ficasse irritado com a provocação.

Não sei com que idade os homens se tornam idiotas. É na infância ou na adolescência? É quando começam a ganhar dinheiro? Bem, provavelmente depende de seus pais, e dos pais de seus pais. Em geral, os avôs são os maiores cretinos de todos, se os meus servem de exemplo. Na verdade, os homens de hoje são muito melhores do que os de gerações anteriores, que levavam amantes para casa e faziam as esposas alimentarem e cuidarem de seus filhos bastardos. Ouvi muitas histórias sobre minha árvore genealógica para nutrir qualquer ilusão sobre os homens, mesmo antes de começar a trabalhar em uma casa noturna. Se não morrem cedo, deixando a mulher com filhos e despesas colossais com creches, eles te fodem de outras formas totalmente entediantes.

Os únicos homens gentis que vejo estão naquelas séries dramáticas da tv. São os bondosos, que te protegem e choram e enfrentam suas famílias por você. Mas eu não ia querer que abrissem mão de uma fortuna familiar, é claro. Um homem pobre não pode me ajudar, pois não pode ajudar nem a si mesmo. Sei disso porque já amei um homem pobre. Ele não podia pagar para ficar comigo, e eu não podia me dar ao luxo de ficar com ele.

"Vocês brigam mais que qualquer casal que eu conheço", disse a mulher. "A essa altura, ou você termina, ou a pede em casamento", arrematou, enquanto me media da cabeça aos pés.

Vadia, pensei, resistindo à vontade de puxar a barra do meu vestido mais para baixo.

"Eu sei", respondeu Bruce, pegando a garrafa. Deixei que ele se servisse de outra dose, sem me oferecer para fazer o serviço. Se a Senhora tivesse visto, teria dito alguma coisa. "Na verdade, a briga toda tem a ver com isso. Não estou pronto para me casar. Só tenho 33 anos. Nenhum dos nossos amigos é casado. Nem mesmo as garotas. Se bem que o que *elas* vão fazer é um mistério para mim." Ele franziu a testa. "A não ser você, Ji, é claro", acrescentou, rápido. "Você não tem com o que se preocupar."

A garota fez careta.

"Estou cansada de ver minha família tentando arranjar encontros às cegas, tentando me casar. Em que século eles acham que estamos?"

A expressão de Bruce ficou solene enquanto ponderava o problema da amiga. Revirei os olhos, mas, por sorte, ninguém viu.

"Minha avó já escolheu uma data para o meu casamento", continuou ela. "No próximo dia 5 de setembro ou algo assim. Só precisam de um noivo. Ela disse que precisa de bastante tempo para descobrir em que hotel vou me casar, porque não quer ofender os proprietários dos hotéis que ela *não* escolher."

Peguei o pó compacto e retoquei a maquiagem. É engraçado a quantidade de besteira com que algumas pessoas se preocupam. Antigamente, eu ficaria inquieta, envergonhada e desconfortável sob o olhar daquela mulher. Agora, eu só queria dar um tapa na cara dela. E, para completar, na cara do Bruce também, por chamá-la aqui.

"De qualquer forma, acho que é um bom sinal você estar chateado com a Miae, quer dizer que ela mexeu com você", continuou Ji, então começou a falar rápido em inglês, gesticulando bastante. Percebi que falantes de inglês costumam fazer isso. Agitam muito mãos e cabeças enquanto falam. E ficam ridículos.

"Bruce, que merda é...?" Os outros homens se voltaram de repente quando a ouviram falar inglês. Foi quando perceberam que havia uma garota do mundo externo entre eles.

"Que porra é essa?", perguntou o gorducho suado que estava sentado do meu outro lado. Mais cedo, eu o ouvi se gabando para Sejeong, a garota que tinha escolhido, sobre ser um "advogado de uma empresa superimportante". Sejeong não conseguia parar de rir, e ele corou como um adolescente.

Seu rosto redondo agora exibia traços hostis enquanto ele olhava de Bruce para a garota, então de volta para Bruce.

"Pessoal, essa é minha amiga Jihee. Vocês a conheceram na festa de aniversário da Miae, lembram?" Bruce sorriu enquanto enrolava as palavras. Todos o encararam. Ela devia conhecer boa parte das irmãs, esposas e colegas de trabalho deles. Talvez até os pais.

A garota se recolheu ainda mais em seu lugar, tentando parecer inocente. Estava bem claro que ela não queria ir embora.

A sala mergulhou em um silêncio que nenhuma de nós, garotas da casa, se importou em desfazer. Era ruim Bruce ter quebrado as regras, mas os caras não ficaram com raiva. Ele estava bêbado demais para se importar, para começo de conversa, e, mais importante, estava pagando pela noite inteira, como sempre. A conta provavelmente equivalia à metade dos salários daqueles outros homens. Então eles simplesmente se voltaram para suas garotas, embora muito mais contidos.

Se tivesse sido como na maioria das outras noites, eu teria me levantado e ido para outra sala, pois costumo ter clientes regulares que me solicitam ao mesmo tempo, por isso alterno os ambientes. Mas Bruce é uma exceção, e era uma terça-feira tranquila. Além disso, eu estava com fome, e ninguém nem tocara nos pratos de *anju,* os petiscos que acompanham as bebidas. Embora fosse contra a política da casa, e eu nunca tivesse feito isso antes, peguei uma fatia de pitaia e comecei a comer. A polpa era sedosa, mas quase sem gosto.

"Como essa briga começou?", perguntou a garota.

"A Miae queria jantar com a nova namorada do irmão dela hoje à noite", contou Bruce. "Estou trabalhando tanto para essa venda de ações da empresa que tenho dormido na minha mesa, e não tem como eu ficar sentado batendo papo com uma garota do interior que o irmão idiota da Miae conheceu naquela universidade vagabunda dele. Não dou *a mínima.*"

Pensativo, ele bebeu o uísque devagar, me ignorando completamente, como se não tivesse me comido em cima de uma cadeira duas noites atrás.

"Ela interpreta esse tipo de coisa como se você não desse a mínima para a família dela, entende? Você precisa ser mais delicado."

Ele bufou. "Você sabia que o irmão dela me pede *mesada?*" Sacudiu a cabeça, com desgosto. "E é claro que vive me procurando querendo trabalho, sendo que não contratamos ninguém que não seja formado nas três melhores universidades do país. Ou no mínimo da universidade KAIST. Ou uma pessoa com pais influentes, que possam nos ajudar."

"O que o pai dela faz? Acho que alguém já me contou, mas esqueci."

"Ele é só um advogado com uma firma pequena, em um bairro do qual nunca ouvi falar e mal conta como Seul."

Ele parecia chateado.

"Então por que você não termina?", perguntou a garota, impaciente. "Ela acabou virando minha amiga, e eu falo isso para ajudá-la. Para ela não perder tempo se tiver que conhecer alguém novo. Ela vai levar mais um ano para conhecer alguém, talvez um ano namorando até poder falar em casamento, depois mais alguns meses para casar e mais um ano para ter filhos. E ela já tem 30!"

"Sim, eu sei", respondeu ele, sério. "Por isso concordei que nossos pais se conhecessem. Em um jantar. E agora estou surtando. A vida que eu conheço vai acabar dia 1º de março. No dia do Movimento pela Independência. Às sete da noite. Todos os irmãos dela também vão, aliás." A expressão em seu rosto era trágica.

"O quê?!", perguntamos ela e eu, ao mesmo tempo. Então Bruce e a garota olharam para mim. Bruce achou graça, e a garota exibiu um olhar fulminante.

"Um *sangyeonrae*?", continuou ela. "É mais importante do que pedir a mão dela." A mulher estava falando do primeiro encontro entre a família dele e a família da garota para decidirem a data do casamento.

Não sei por que essa notícia me chocou tanto, mas coloquei um sorriso provocador nos lábios e brinquei: "Você vai se *casar*? Acho que vamos nos ver com ainda mais frequência!".

"É por isso que eu estava tão chateado", continuou Bruce, como se não tivesse me ouvido. "Não quero a namorada do irmão dela no jantar. Minha mãe teria um infarto na hora se pensasse que alguém como aquela garota poderia se tornar parente da nossa família. Como se as coisas já não fossem difíceis! Mas Miae insiste que o irmão dela vai ficar muito chateado se deixarmos a namorada dele de fora."

"Por que tanta demora?", perguntou a mulher. "Três meses? Onde é que vai ser?"

"Reservei um quarto em Seul-kuk, no Reign Hotel", respondeu Bruce. "A mãe dela tem sido muito agressiva em todo esse processo, e meus pais finalmente concordaram. Acontece que é a primeira noite em que tanto meu pai quanto minha mãe estão livres. Eles também estão adiando o encontro o máximo possível. E, para ser sincero, isso está acontecendo porque minha mãe visitou uma cartomante. Parece que a Miae é considerada uma nora, esposa e mãe ideal. Meu Deus..." Ele balançou a cabeça. "Não sei se consigo fazer isso."

"Ora, pare de se lamentar", disse a mulher, em um tom de voz repreensivo. "Mais cedo ou mais tarde, seus pais precisam conhecer a família da Miae."

Bruce suspirou e brincou com a pulseira do relógio caro e chamativo.

"Pelo menos são uma família respeitável", continuou ela, depois de uma pausa. "Poderia ser muito pior."

Só pelo tom, eu sabia que ela estava falando de mim.

Aliás, sei tudo sobre respeitabilidade. Minha irmã mais velha, Haena, se casou com um homem de família mais ou menos rica.

Ela se formou em uma universidade para mulheres bem importante em Seul, em um curso de educação infantil, a única coisa que tornou seu casamento possível. Na recepção, que foi em um dos hotéis mais caros de Seul, a família do noivo contou com mais de oitocentos convidados. Quase todos os homens usavam ternos pretos e gravatas Ferragamo com estampas de animais e levaram o presente em dinheiro, guardado em um envelope branco. A família dele precisou contratar hóspedes falsos para preencher o nosso lado, para não parecer que estavam promovendo um casamento ruim.

Ela já se divorciou faz um ano e ainda não contou à nossa mãe.

Seu ex-marido, Jaesang, participa da farsa e passa o dia em nossa casa nos grandes festivais, como Chuseok e o Ano-Novo Lunar, mas recentemente tem deixado Haena em pânico por se recusar a comparecer aos casamentos dos nossos parentes. O orgulho da viuvez de nossa mãe é exibir o genro rico.

Os pais de Jaesang sabem sobre o divórcio e parecem divididos, pesando a vergonha pública e o desejo imediato de procurar uma segunda esposa melhor para o filho. Eles só encontraram minha mãe duas vezes durante os dois anos desse casamento, e não há perigo de contarem a ela.

Haena teve que ficar no apartamento em Gangnam, que ainda está no nome de Jaesang, onde as coisas dele permanecem estrategicamente espalhadas para quando nossa mãe vai fazer uma visita e leva cestas de comida que ela preparou para o seu amado genro.

"É a única coisa que posso fazer por ele", diz nossa mãe, sempre que Haena reclama, dizendo que Jaesang mal come em casa. "É meu jeito de te proteger." Então Haena aceita a comida.

Foi no ano passado, em um dia daqueles, depois de mais um telefonema frustrante com minha mãe sobre Haena ("Kyuri-ya, o que você acha que eu deveria comprar de aniversário para o Jaesang? Não esqueça de mandar seu presente com antecedência e escrever um cartão!") que convidei as duas garotas do outro lado do corredor para tomar um drinque. Já fazia um tempo que queria falar com elas, até que finalmente tomei coragem.

O fato de eu querer conversar com elas diz algo sobre meu estado de espírito. Nenhuma das duas era particularmente interessante, e elas não pareciam ter empregos admiráveis, hobbies extraordinários, nem nada do tipo. O que me deixava impressionada quando era como eram próximas, como eram amigáveis uma com a outra e como se confortavam. Para mim, eram a garota tonta de rosto quadrado e a garota furtiva de rosto pálido. Quando estavam juntas, ficavam de braços dados, e eu as via pela vizinhança, comendo juntas em uma das vendinhas de esquina ou comprando *soju* na loja de conveniência. A garota de rosto quadrado era sempre barulhenta, e ambas irradiavam ternura. Às vezes, deixavam a porta da frente aberta para arejar o apartamento, e eu as via relaxando de pijama, a Rosto Pálido brincando com o cabelo da Rosto Quadrado enquanto descansavam assistindo a séries dramáticas. *Como irmãs*, me peguei pensando, melancólica.

Minha irmã e eu não participamos muito da vida uma da outra, exceto quando nos unimos para um objetivo: proteger nossa mãe o máximo que pudermos.

Eu sabia que Jaesang tinha anos de reputação em casas noturnas antes de Haena descobrir sobre sua "namorada". Três anos atrás, eu o vi fazendo nojeiras em uma casa noturna de Gangseo, onde eu trabalhava na época. Isso foi antes da cirurgia dos maxilares, e havia um hotel no andar de cima do salão em que eu trabalhava.

Entrei na sala atrás das outras garotas e vi Jaesang sentado a uma boa distância. Fugi antes de ele me ver e procurei a Senhora, que me mandou para casa naquela noite, porque eu estava muito nervosa, e ela não queria uma cena. Mais tarde, ela se apresentou a Jaesang e o mimou muito a noite toda, para que ele se sentisse muito especial, então o fez prometer que ligaria com antecedência sempre que viesse, para que eu não fosse enviada ao seu quarto por acaso. "Não posso deixar uma de nossas garotas triste", explicou ela, beliscando minha bochecha. Fiquei com vontade de vomitar vendo como ela fingia se importar comigo quando, na verdade, toda noite, ela me mantinha em estado de ansiedade em relação ao quanto de dinheiro eu arrecadava.

Claro que nunca contei isso a Haena. Minha irmã, que em geral é bem sensata, se comportou como uma idiota quando descobriu sobre a namorada, que trabalhava em uma casa noturna em Samseongdong. Mas o divórcio não aconteceu porque ela criou confusão. Jaesang não estava apaixonado por aquela garota nem nada. Ele simplesmente não estava mais apaixonado por Haena e não precisava suportar o sofrimento dela pelo término. E a nossa família não é o tipo de família que o faria pensar duas vezes antes de pedir o divórcio.

Hoje em dia, é bom trabalhar em um "dez por cento" — uma casa noturna que supostamente emprega dez por cento das garotas mais bonitas do mercado — em que a Senhora não nos pressiona abertamente para transar com clientes e garantir uma "segunda rodada". A pressão para ganhar dinheiro ainda existe, mas o negócio é um pouco mais civilizado. Sempre que fico com raiva da Senhora, as outras garotas sussurram que ela não é tão ruim assim e me lembram das outras Senhoras do meu passado. Todas sofremos com essas outras mulheres, muito mais traiçoeiras.

Nossa mãe também tem segredos, só que são inofensivos.

"Kyuri, meu ingrediente secreto que uso em todos os acompanhamentos é simples: algumas gotas de molho de ameixa chinesa", revela ela, o suor se acumulando nas rugas profundas da testa enquanto ela frita anchovas com amendoim triturado e xarope de ameixa. "Você pode colocar em qualquer coisa, e é muito bom para a saúde!"

Sempre que volto para casa, em Jeonju, eu vejo seus pulsos frágeis colocando gotas do molho na frigideira. Ela nunca me deixa chegar perto do fogão. O resultado é que Haena e eu não sabemos cozinhar nada, nem mesmo arroz na panela elétrica.

"Vocês duas terão uma vida melhor do que uma nora dona de casa", ela nos dizia enquanto crescíamos. "Prefiro que não saibam cozinhar."

Desde que nosso pai morreu, o corpo dela tem deixado de funcionar. Ela precisou abrir mão do box no mercado, onde vendeu tofu durante os últimos 35 anos. Encontraram e extraíram dois grandes tumores em sua mama direita, dois anos atrás. Eram benignos, mas enormes. Ela está pré-diabética e seus ossos começaram a se desintegrar. Sua mão esquerda infeccionou há seis meses e ainda está inchada como uma esponja. Passo horas fazendo massagem na carne avolumada sempre que viajo para vê-la, e vou levá-la para se consultar com um cirurgião no mês que vem, a data mais próxima que consegui no Hospital SeoLim.

Sujin gosta de dizer que sou a primeira filha fiel que ela conhece, e Ara sempre concorda. "Quem diria que uma garota de casa noturna seria a filha do século?", comenta Sujin. Isso porque contei a ela que não comprei nenhuma das bolsas que uso e que não tenho dinheiro porque mando tudo para a minha mãe.

Minha mãe me chama de *hyo-nyeo* — filha dedicada — e acaricia meu cabelo com tanto amor que parte meu coração. Mas, às vezes, ela começa a praguejar, tremendo de raiva de mim.

"Não há tristeza maior do que não se casar!", diz ela. "Fico pensando em você sozinha na vida, sem filhos... É isso que está me deixando velha e doente."

Digo a ela que estou conhecendo muitos homens no escritório onde ela pensa que trabalho como secretária. É só questão de tempo até encontrar o homem certo.

"Não foi por isso que você sofreu tanto com a cirurgia?", pergunta ela, enfiando o dedo na minha bochecha. "De que adianta ter um rosto bonito se não sabe como usá-lo?"

Desde menina, eu sabia que mudar meu rosto seria minha única chance. Quando me olhei no espelho, soube que tudo ali precisava mudar, e isso foi antes de eu consultar uma cartomante.

Quando finalmente acordei na noite da cirurgia na mandíbula e a anestesia começou a passar, comecei a gritar de dor, mas minha boca não se abriu, e não saiu nenhum som. Depois de horas de agonia, a única coisa em que eu conseguia pensar era como queria me matar para fazer aquela dor passar. Tentei encontrar uma varanda ou janela de onde pular e, quando não achei nenhuma, procurei freneticamente por algo pontiagudo ou um pedaço de vidro, um cinto para pendurar no chuveiro. Depois me disseram que eu nem tinha chegado à porta do quarto no hospital. Minha mãe passou a noite toda me abraçando enquanto eu chorava, ensopando as bandagens que envolviam meu rosto.

Fico apavorada com a ideia de ela morrer. Quando deixo a mente divagar, penso nos tumores espalhando veneno por todo o seu corpo.

No dia seguinte, na clínica, vi a garota cujo rosto usei de modelo para o meu: Candy, a vocalista do grupo feminino Charming. Ela estava sentada na sala de espera quando entrei, afundada em um canto, o cabelo espetando para fora de um boné preto.

Fui me sentar ao lado dela, pois queria ver o quanto a semelhança era evidente. Levei fotos do rosto de Candy logo nas primeiras consultas com o dr. Shim. A ponta do nariz dela tem uma pequena protuberância voltada para cima que a torna muito única e surpreendentemente bonita. Foi o dr. Shim que lhe deu essa protuberância, e foi por isso que o procurei.

De perto, vi que seus olhos tinham listras vermelhas, como se ela tivesse chorado, e notei manchas feias no queixo. Ela não está tendo um ano muito bom, com todos os rumores sobre como tem intimidado Xuna, a nova garota do grupo, e de como está ocupada, andando para lá e para cá com um namorado novo e faltando aos ensaios. Os comentários de portais da internet foram implacáveis nas críticas torrenciais.

Sentindo meu olhar, ela puxou o boné mais para baixo e começou a girar os anéis — finos anéis de ouro, um anel para cada dedo das mãos.

Quando a enfermeira chamou seu nome, ela se levantou e se virou para me encarar. Nossos olhares se encontraram, e foi como se ela pudesse ouvir o que eu estava pensando.

Eu queria erguer os braços e sacudi-la pelos ombros.

Pare de ficar andando para lá e para cá como uma idiota, tive vontade de dizer. *Você tem tanta coisa e pode fazer o que quiser.*

Ah, se esse rosto fosse meu... Eu viveria sua vida de um jeito muito melhor que você.

Wonna

Minha avó morreu ano passado em um hospital para idosos em Suwon. Ela estava sozinha quando morreu — ou seja, não havia ninguém da família com ela —, e a velha na cama ao lado teve que pedir que a enfermeira removesse o corpo porque estava começando a cheirar mal.

Quando soube da notícia, fiquei tão angustiada que precisei sair do trabalho e ir para casa me deitar um pouco.

Foi meu pai quem ligou para me avisar, dizendo: "Olha, você não precisa ir ao funeral". Quando eu era criança, e depois, quando era mais velha, sonhava acordada com a morte dela. Falei para o meu pai que não tinha a menor intenção de ir ao funeral.

Meu pai e eu nunca conversamos sobre os anos em que morei com ela, na minha infância, quando ele trabalhava no exterior. Às vezes um de nós mencionava indiretamente as coisas dela — "Parece o cachorro que sua avó trouxe para casa um dia, quando eu estava no colegial" ou "Aquele galpão parece o banheiro externo da casa da sua avó" —, mas eram comentários para os quais nenhum de nós esperava resposta.

Naquele dia, meu marido voltou para casa mais cedo. Deve ter recebido uma ligação do meu pai no trabalho. Ele entrou no quarto, onde eu estava deitada de olhos abertos, sentou-se ao meu lado e segurou minha mão.

Não sei o que ele achou que eu estava sentindo. Ele sabia que minha avó cuidara de mim na infância, que eu nunca falava sobre ela e que nunca tinha ido visitá-la, então deve ter entendido *alguma coisa*. Mas eu não podia falar dessas memórias com ele. Conseguia até imaginar seu rosto redondo e bem-intencionado se contraindo com empatia, e então eu subitamente precisava me levantar e sair.

"Também vivi coisas terríveis, sabia?", ele contou quando tentou perguntar sobre a minha infância, e eu só olhei para o chão e não respondi. Ele estava falando da morte de sua mãe, que com certeza foi muito triste e o marcou bastante, a ponto de ele achar que sentia a mesma coisa que eu. Mas ele não podia entender o que eu passei vivendo com a minha avó. Quase ninguém consegue compreender a verdadeira escuridão, então as pessoas sempre tentam dar um jeito de consertá-la.

Meu marido é o tipo de pessoa que espera que todos sejam gentis, já que ele é gentil. Quando bebe ou assiste a um filme, diz coisas sentimentais que me deixam constrangida. Quando estamos em grupo, fico com muita vergonha. Eu me casei porque estava cansada e já era tarde demais para mim, embora eu ainda fosse muito jovem.

Muitas noites, quando meu marido está dormindo ao meu lado, fico tão claustrofóbica que preciso descer e me sentar no degrau mais alto da escada da frente do lugar onde moramos: um officetel, um prédio dividido em pequenos apartamentos que funciona como um misto de hotel e escritório e é muito comum na Coreia do Sul. À noite, nossa rua fica tão cheia de vida que minha mente se esvazia.

Se for dia de semana, as garotas que moram no andar de cima geralmente começam a chegar em casa por volta das 23h. Elas parecem calmas e friorentas, não importa o clima, e sempre acenam para mim, sussurrando um "Olá". Às vezes respondo com um oi, às vezes desvio o olhar. Elas não sabem que fico esperando a hora de voltarem para casa.

Nos fins de semana, de vez em quando as vejo saindo. Mas o melhor é quando as ouço batendo à porta uma da outra para pedir alguma maquiagem emprestada ou compartilhar um convite de comer frango frito em horas estranhas do dia.

Enquanto elas não voltam para casa, fico sentada na varanda, observando os passantes. Durante o dia, a rua é feia, suja e desbotada, com montes de lixo e carros buzinando e tentando estacionar em cantos esquisitos. Mas, à noite, os bares se iluminam com letreiros de neon e televisões ligadas. No verão, as mesas e os banquinhos de plástico azul são colocados na calçada, e consigo ouvir trechos das conversas das pessoas que ficam ali, bebendo. Em geral são histórias engraçadas sobre a última vez que beberam juntas. Às vezes, os homens falam sobre as mulheres com quem estão se encontrando e vice-versa, mas quase sempre a conversa é sobre programas de TV. É espantoso o quanto as pessoas falam sobre as coisas que passam na TV.

Talvez por ter passado a maior parte da infância sem uma — minha avó quebrou a televisão em uma de suas explosões de raiva —, ainda não sei como falar sobre dramas ou atores, nem entendo as piadas desses *reality shows*. Quando nos conhecemos, meu marido achou isso encantador, então sempre tentava dar um jeito de inserir o assunto nas conversas, até eu pedir para ele parar. No entanto, todos que ouviam esse pequeno fato sobre mim presumiam que meus pais estavam focados na minha educação — parece que, hoje em dia, muitos pais jovens não têm televisão em casa por conta dos filhos. Entendo como os *reality shows* podem fazer mal para o cérebro, porque a forma como ficam repetindo as mesmas piadinhas com efeitos sonoros de risadas é o suficiente para enlouquecer alguém. Mas, quando as pessoas ouvem o nome da universidade provinciana onde me formei, se entreolham como se dissessem: *Viram só? É por isso que a educação progressista é tão arriscada.*

Talvez não seja um pensamento muito original, mas acho que as pessoas assistem muito à TV porque sem isso a vida seria insuportável. A não ser que você tenha nascido em uma família *chaebol*, dona de um império industrial, ou que seus pais façam parte dos poucos sortudos que compraram terrenos em Gangnam décadas atrás, é preciso dar duro por um salário que não é suficiente para comprar uma casa nem para pagar por uma creche. E você vai passar a vida diante de uma mesa, até a coluna reclamar, com um chefe ao mesmo tempo workaholic e meio incompetente, e, no fim do dia, vai precisar beber para aguentar tudo.

Mas eu cresci sem saber a diferença entre uma vida suportável e uma vida insuportável, e, quando descobri que isso existia, já era tarde demais.

Até os 8 anos, morei com minha avó em uma casinha de pedra em Namyangju, a nordeste de Seul. Um muro baixo de pedra contornava a casa, e tínhamos um banheiro externo com telhado gotejante e duas caixas suspensas próximas à porta da frente, onde minha avó criava peixinhos dourados.

Minha avó dormia no quarto dela, e eu dormia na sala de estar, no chão, ao lado de uma pequena estátua branca da Virgem Maria, de cujo rosto escorriam lágrimas de sangue. À noite, quando o mundo inteiro estava dormindo, a estátua parecia brilhar enquanto olhava para mim, as lágrimas cada vez mais escuras. Quando o grupo de oração da igreja da minha avó se reunia em casa, ela às vezes contava a história de uma vez que tentei limpar o sangue do rosto da Virgem com uma escova de cozinha, e ela teve que repintar as lágrimas.

As mulheres da igreja riam e acariciavam minha cabeça. Mas o que minha avó não dizia era que levou mais de uma semana para os cortes desaparecerem na parte de trás das minhas pernas, depois que ela me bateu com um galho da árvore do jardim. Eu amava muito aquela árvore.

No inverno, a casa ficava tão fria que eu tinha que usar três ou quatro suéteres de uma vez e ainda me enfiava debaixo de vários casacos da minha avó, tão novos que ainda tinham as etiquetas. Todo outono, minha tia e meu tio mandavam, lá dos Estados Unidos, um novo casaco de inverno de presente para a minha avó, mas sempre eram grandes demais para ela, embora fossem do menor tamanho americano. Quando tinha visitas, ela exibia os casacos e, se os convidados expressassem admiração, dava de ombros e dizia que não eram do seu tamanho e que estava procurando um comprador. Sempre tive medo de que alguém mordesse a isca, mas acho que todo mundo pensava que um casaco americano custava caro demais.

Nosso bairro não era luxuoso, mas as crianças que frequentavam a escola costumavam usar roupas limpas. Além disso, tínhamos irmãos, cortes de cabelo e alguns trocados para gastar na papelaria. Eu não sabia disso na época, mas, quando olho para as poucas fotos que tenho da infância, vejo que estou malvestida, usando as segundas peles velhas da minha avó. Nunca vi uma foto minha usando cores de criança. Não era algo de que eu sentia falta, que desejava ou mesmo que percebia. As outras crianças não me importunavam, mas também não procuravam minha companhia, então eu achava muito natural brincar sozinha depois da escola, perto do riacho ou no jardim da nossa igreja, onde uma das freiras me cedera um espaço de terra para plantar. Ao contrário das outras pessoas, as freiras, que viam minha avó toda semana, nos cultos, tinham uma ideia melhor de como ela era.

Lembro que era um lindo dia de primavera quando a carta chegou dos Estados Unidos. As flores de cerejeira tinham desabrochado nos muros do jardim logo no início daquela semana, e minha avó e eu estávamos voltando do poço na montanha, de onde bombeávamos água potável a cada poucos dias. O carteiro estava no portão.

"Carta do seu filho dos Estados Unidos!", gritou ele, acenando ao nos ver.

"É mesmo? Ele escreve com muita frequência", respondeu minha avó, alegre. Ela não falava comigo havia vários dias, mas era boa em esconder o mal humor dos outros.

Como ela queria se gabar mais da carta, fingiu abri-la na hora.

"Ele virá nos visitar no verão", explicou ela, lendo devagar. "A esposa e os filhos vêm também."

"Minha nossa! Que acontecimento! É a primeira vez desde que ele foi para os Estados Unidos?" O carteiro, assim como o restante da rua, sabia sobre meu tio, o garoto prodígio que recebera uma oferta de emprego em um centro de estudos nos Estados Unidos depois de se casar com minha tia, a estimada filha única de uma família rica.

Minha avó comprimiu os lábios. "Sim", respondeu, depois entrou de repente pelo portão, deixando o carteiro perplexo.

Corri atrás dela. Meus primos estavam vindo! Fiquei tonta só de pensar. Meus primos, Somin e Hyungshik. Eu sabia tudo sobre eles por causa das cartas da minha tia e do meu tio. Os dois tinham 6 e 3 anos quando eu tinha 8 e moravam em Washington, em uma rua onde não vivia nenhuma outra família asiática. Somin ia para uma escola com crianças americanas e estava aprendendo coisas maravilhosas, como balé, futebol e violino, enquanto Hyungshik começava a fazer aulas de ginástica para crianças menores.

Minha avó mergulhava em uma raiva melancólica sempre que chegava uma carta, mas eu analisava com atenção cada detalhe da caligrafia graciosa da minha tia. Ela volta e meia mandava alguns presentinhos para mim, nos pacotes e cartas, e todo ano enviava um cartão de aniversário americano, com flores ou animais. Ela também mandava fotos das festas de aniversário de Somin, que sempre aparecia com um vestido de babados e um chapéu de festa, soprando velas e rodeada por outras menininhas e menininhos loiros ou ruivos com pele branca feito papel.

"Que extravagância ridícula para uma criança!", reclamava minha avó, com raiva, antes de jogar as fotos no lixo. Às vezes, se estivesse com um humor especialmente ruim, picotava as fotos com uma tesoura.

Eu não tinha muitas expectativas em relação ao meu primo mais novo, Hyungshik. Só tinha uma vaga ideia das capacidades físicas de uma criança de 3 anos e meio (ele sabia falar? Eu não sabia, nem queria saber), e ele provavelmente só iria atrapalhar

Somin e eu enquanto brincássemos. Mas eu sonhava em levar Somin ao meu canteiro, no jardim da igreja, para mostrar meus pepineiros em flor, tão bonitos que até minha avó dizia que daria um bom *oiji*, um picles de pepino.

Se tudo desse certo, eu também a levaria para a papelaria perto do mercado, onde as crianças do bairro se reuniam para brincar nos bancos na parte da frente. Eu imaginava as crianças sussurrando umas para as outras sobre como a prima da Wonna, a menina dos Estados Unidos, era bonita e interessante.

Eram os devaneios que eu tinha naquela época.

Meu pai era o segundo de três filhos, mas era o meu tio mais novo que morava no Casarão, nos Estados Unidos. Embora minha avó sempre falasse da minha tia com desprezo, sempre fazia questão de expor os presentes que meu tio mandava dos Estados Unidos quando tínhamos visitas. A câmera preta brilhante era deixada na mesa da cozinha, a nécessaire com cosméticos ficava espalhada no chão da sala.

Uma vez, depois que as convidadas foram embora, ela vasculhou a nécessaire e disse que uma delas devia ter levado seu creme dourado. Na época, era o bem mais valioso da minha avó: um pesado pote de creme facial de tampa dourada que minha tia enviara no mês anterior. *E-suh-tae Ro-oo-duh*, o nome do creme. Depois de procurar no meu pequeno armário, para ter certeza de que não tinha sido eu, ela disse que devia ter sido a sra. Joo, que ficou amarga após a filha ter sido rejeitada pelos meus três tios. Minha avó praguejou contra a pobre mulher por dias a fio, usando um linguajar terrível, que eu raramente ouvia na época. Nunca mais vi a sra. Joo em nossa casa, o que foi bem triste, já que ela sempre trazia yeot, um docinho tradicional, embrulhado na bolsa e era uma das poucas mulheres do vilarejo que sempre tinha um sorriso amável e maternal para mim. Certa vez, ela me viu olhando para a papelaria do outro lado da rua e, de surpresa, me deu um abraço e uma nota de 5 mil wons.

Minha avó sempre se envolvia em brigas amargas por dinheiro. Às vezes, brigava com algum lojista que alegava que a enganara, ou com as irmãs, que se pareciam com ela, falavam como ela e eram desagradáveis do mesmo jeito. Seu único irmão, caçula de quatro, se casara com uma garota pobre, e o abuso que minha avó e suas irmãs infligiram à moça durante os primeiros anos de casamento fez os dois fugirem para a China.

Por outro lado, meu tio dos Estados Unidos se casou com uma garota rica e era o único dos filhos da minha avó que ganhava um bom dinheiro. Ela tratava os outros filhos como idiotas — até hoje não sei o que meu tio mais velho fazia para sobreviver —, mas reservava a maior parcela de desprezo para o meu pai, que tinha frequentado uma boa faculdade, mas trabalhava em uma empresa de saneamento. Ela sempre dizia que a maior ironia do mundo era ter acolhido a filha do filho que mais a humilhava.

Além da má escolha de trabalho, a ofensa mais grave do meu pai foi a escolha da esposa. "Vadia insolente e arrogante", era como minha avó se referia à minha mãe. "Eu deveria ter jogado a megera no rio há muito tempo, quando ela ainda estava grávida de você", ela me dizia.

Ao longo dos anos, concluí que a família da minha mãe errou ao enviar um dote insultuoso que não incluía o casaco de visom nem a bolsa que minha avó sugerira durante o noivado. Minha mãe também mantinha uma expressão "inaceitável e arrogante" durante o primeiro ano de casamento, quando meus pais moravam com minha avó.

Quando as pessoas perguntavam por que eu morava com ela, minha avó dizia que meus pais tinham pedido a ela para ficar comigo por uns anos, enquanto meu pai trabalhava na América do Sul. "Ele é gerente de um projeto internacional", explicava. "Eles não tinham como ficar com uma bebezinha, tem animais selvagens na floresta!"

Quando eu me comportava mal, ela dizia que ia me mandar para o orfanato na cidade vizinha e que ninguém perceberia, nem mesmo meus pais. "De qualquer forma, quando nasce o filho, a filha vira sobra de arroz. Hora de jogar fora."

Seus olhos se estreitavam e ela dava um sorriso sempre que falava essas coisas.

Na semana em que meus primos finalmente chegaram, minha avó escondeu todos os presentes que a tia e o tio tinham enviado ao longo dos anos. Nem sei onde ela os colocou; deve ter levado para a casa das irmãs.

Não sei se ela nasceu assim ou se foi a morte prematura do meu avô que a deixou um pouco louca.

Ah, mas como eu estava animada! Quando acordei no dia em que eles iam chegar, percebi que meu corpinho inteiro tremia. Passei a manhã esperando no jardim, sempre achando que ouvia alguém chegando. Mas só quando voltei para casa à tarde é que ouvi um carro do lado de fora do portão.

Pela janela, vi quando abriram o portão e vieram andando pelo nosso caminho de pedra: minha tia, jovem e elegante, segurando Hyungshik como se ele fosse um bebê, e Somin, pulando de uma pedra para a outra, usando um vestido cor de sol. Dava para ver o brilho incomum dos três — minha tia,

Hyungshik e Somin — de dentro de casa. Tem um quê especial nas pessoas felizes: os olhos brilham, e os ombros pendem relaxados ao lado do corpo.

No entanto, pela expressão do meu tio, enquanto fechava o portão e olhava em direção à casa, vi que ele era um de nós. Meu tio se demorou um tempo no portão, e percebi que não queria entrar.

Ainda me lembro do vestido de girassol da minha prima. O tecido se abria na cintura de um jeito que eu nunca tinha visto e fazia conjunto com uma faixa de cabelo amarela e vermelha, adornada com um girassol. E os sapatos eram dourados! Acho que foi a primeira vez que o poder das roupas me arrebatou.

Enquanto minha tia abria a mala de presentes trazidos dos Estados Unidos, a expressão que vi no rosto da minha avó significava que teríamos problemas sérios.

"Posso mostrar minha horta no jardim da igreja para a Somin?", perguntei, depressa. Meu tio disse que sim e afagou minha cabeça. Ele sentia muita pena de mim, deu para ver.

"Não é muito longe, né?", perguntou minha tia, um pouco preocupada. "Elas vão ficar bem sozinhas?"

"Aqui não é os Estados Unidos", respondeu minha avó, com a voz firme. "Não temos malucos com armas. As crianças vão ficar bem."

"Eu também!", disse Hyungshik, puxando a mão de Somin.

"Sim, você também", concordou meu tio, olhando para ele com tanto carinho que me fez desviar o olhar. Então o olhar dele encontrou o meu, e tanto ele quanto eu sabíamos que estava vindo uma cena. Ele queria seus dois filhos fora de casa quando isso acontecesse.

"Então vamos", falei, me levantando.

Peguei o caminho mais longo até a igreja, subindo a pequena colina atrás de casa e passando pelas lojas no fim da rua. Queria gastar todo o tempo que pudesse e queria exibir meus primos com suas roupas caras para o maior número possível de pessoas, uma atitude que eu talvez tenha aprendido com minha avó.

Para a minha decepção, só passamos por duas ou três pessoas que eu não conhecia e ninguém que eu queria ver. A única coisa que consegui, indo pelo caminho mais longo, foi deixar Hyungshik cansado.

"Meus pés estão doendo", choramingou ele, chutando o meio-fio. "Quero voltar e ficar com o meu pai. Isso aqui é chato."

Olhei para ele com ódio. A caminhada não estava indo como eu esperava. Somin não era muito receptiva à minha tagarelice nervosa sobre as freiras da igreja, principalmente a irmã Maria, minha preferida. Ela estava mais preocupada em fazer Hyungshik se comportar. Meu primo andava de um jeito estranho, ora cambaleando, ora se balançando de um lado para o outro. "Olha, sou um elefante morto", dizia ele, com uma risadinha, então reclamava de novo que estava cansado.

Em vez de gritar com ele, Somin também deu risada. Eu não conseguia entender por que ela estava sendo tão legal com Hyungshik. Ela sempre pegava a mão do irmão, mesmo que ele se soltasse, e fazia disso um jogo, dizendo: "Te peguei!".

Desisti de conversar enquanto ela estava tão preocupada com o irmão e, mal-humorada, liderei a caminhada. Quando finalmente chegamos ao jardim da igreja, quase chorei de alívio. Meu pequeno canteiro ficava no lado mais distante, bem na margem do riacho, e eu tinha passado o verão inteiro transformando o cantinho em uma bela paisagem, com pepinos, pimentões verdes e abobrinhas geometricamente suspensas em fios de arame.

"Aqui está", falei, com um gesto dramático. Na semana anterior, a irmã Maria tinha dito, com toda a gentileza, que nunca vira tantos pepinos em um só vaso.

"Essa é a sua horta?", Somin me encarava, a sobrancelha erguida. "Você nos fez andar até aqui para isso? Minha horta em Washington é vinte vezes maior!", comentou ela, começando a rir. Ela deve ter se sentido mal quando viu meu rosto, porque parou de falar, mas Hyungshik também começou a rir, então se desvencilhou dela e correu a toda em direção aos meus pepineiros.

"Eeeeeiiii!", gritou ele, estendendo a mão para um pepino especialmente grande que eu estava observando havia dias, e agarrou o fruto com toda a força, sem notar que estava coberto de espinhos.

Ele com certeza não sentiu a dor na hora, porque só começou a gritar alguns segundos depois, quando notei que tinha apertado o pepino espinhoso ainda mais forte.

Eu e Somin corremos na direção do garotinho. Cheguei primeiro, soltei a mão dele e o puxei para mim pela parte de trás da camisa. Mas Hyungshik começou a gritar ainda mais alto, o que me assustou, então o soltei de repente, fazendo-o tropeçar e cair de cara no meu pepineiro.

A cena — que ainda recordo com perfeição, completa, com o céu, o jardim, os olhos de Hyungshik, os cortes — sempre me volta à mente. Não consigo esquecer o horror de tudo aquilo.

Hyungshik se levanta, e, quando ergue o rosto, chorando histericamente, vemos que está sangrando. O rosto tinha encontrado alguns dos arames que prendi para dar suporte aos ramos. Ele leva as mãos ao rosto. Estão cheias de sangue. Começo a andar outra vez em direção a ele, que começa a se afastar, ainda gritando.

Há alguns anos, durante meu primeiro ano na faculdade, meu pai me levou a uma clínica de saúde mental. Era um pequeno consultório no segundo andar de um prédio em Itaewon, do outro lado da rua da base americana protegida por árvores. Naquela época, ainda havia prostitutas, vendedores ambulantes e assassinatos madrugada adentro, mas Itaewon era o único bairro com vários psiquiatras que aceitavam receber em dinheiro e não faziam perguntas sobre plano de saúde ou a identidade dos pacientes.

Depois de circular até encontrar o lugar que queria, meu pai parou o carro no estacionamento de um hotel, algo que eu nunca o vira fazer. Era um sinal de que se resignara em gastar muito.

Meu pai recentemente descobrira que eu tinha parado de ir à escola e, em vez disso, passava os dias em um café, em meio a pilhas de gibis. Uma das senhoras que trabalhava no supermercado ao lado foi quem fez a fofoca. Ela morava no nosso prédio e contou para o meu pai que eu passava o tempo todo parecendo uma sem-teto.

Quando meus pais vieram me questionar a respeito, primeiro fiquei sem saber o que responder, depois comecei a esgoelar meus motivos para não ir mais às aulas. "Você sabe quanto custa a mensalidade?!", perguntou meu pai, gaguejando de raiva. "Acha que temos dinheiro para jogar fora desse jeito?!" Minha madrasta só se balançava para a frente e para trás, nervosa, porém quieta.

Eu não tinha mais vontade de ir à escola. Meu curso era uma piada, e meu colégio também. Eu não conseguiria encontrar emprego, pois, aos 55 anos, meu pai tinha sido forçado a se aposentar da empresa onde trabalhava e, portanto, não tinha mais "influência" — o que qualquer um precisava para conseguir emprego. Então para que estudar?

Me deixe em paz, queria dizer. *Além de tudo, você ainda me deve.* Mas não falei, e não falei nada quando ele me deu um tapa forte no rosto e ameaçou raspar meu cabelo.

À noite, ouvi os dois discutindo baixinho sobre mim no quarto deles. Cerca de uma semana depois, ele disse que me levaria para conversar com alguém em Itaewon.

"Vou ter que falar em inglês?", perguntei, alarmada, quando vi as placas em inglês e uma mulher americana loira e corpulenta saindo pela porta, onde se lia OFERECEMOS ACONSELHA-MENTO DE SAÚDE MENTAL.

"Ela fala coreano", respondeu meu pai. "Vou esperar aqui." Ele apontou para o restaurante fast-food do outro lado da rua. "Me ligue quando for a hora de pagar."

Pensei em ir embora, mas, no fim das contas, a curiosidade foi mais forte. Eu nunca tinha ido a uma terapeuta — também não fui a mais nenhuma desde então — e estava curiosa para saber que tipo de mágica gerava aqueles preços absurdos.

Então ficamos lá, eu e a terapeuta, durante uma hora de defesa corajosa e gentil da parte dela. Ela foi uma decepção para a minha imaginação, tanto na aparência quanto na fala, desde o momento em que entrou na salinha, com seu suéter de náilon barato e calças desbotadas que dificilmente inspiravam algum respeito, muito menos um compartilhamento de almas.

"Você gostaria de falar sobre a escola? Por que acha que não pode ir às aulas?"

"Não sei."

Ela consultou o bloco de papel. "Quer falar sobre a cegueira do seu primo, quando você era criança? Pelo que sei, foi um acidente bizarro."

"O quê? *Não*."

Meu pai pagou pela hora, em dinheiro, com um maço grande de notas de 10 mil wons que me fez encolher, mas ele parecia aliviado. Por tanto dinheiro, era para ter acontecido uma cura extraordinária. Eu podia imaginá-lo recomendando isso a seus amigos no futuro: uma solução instantânea! Uma terapeuta formada nos Estados Unidos!

Ele não respondeu quando a recepcionista perguntou em que dia eu voltaria para a segunda sessão, ao que me apressei em dizer que ligaríamos para marcar ainda naquela semana.

Se você perguntasse por que me casei com meu marido, eu diria que foi porque a mãe dele tinha morrido.

Descobri isso na segunda vez que o encontrei — nosso primeiro encontro foi às cegas — e, quando ele descreveu o câncer no cérebro da mãe, a radioterapia diária, a metástase e, por fim, sua morte, cercada pelos filhos na cama do hospital, não deve ter notado o lampejo que surgiu nos meus olhos. Ele estava curvado sobre o prato de macarrão, o rosto imerso em tristeza, enquanto me contava sobre a dor dela e a dele, e eu ouvia, empolgada.

Na verdade, percebi outra coisa naquele dia: o fato de ele ter escolhido um restaurante perto da minha casa, para que fosse conveniente para mim. Fui a muitos encontros às cegas com outros homens, em restaurantes que ficavam perto do trabalho, do bar favorito ou, pior ainda, da casa deles. Quanto melhor pareciam na teoria, mais egoístas eram — disso eu sabia.

Mas esse não era só um homem gentil; a mãe dele tinha morrido. Se tivéssemos um filho — e eu queria um bebê, uma criaturinha que fosse completamente minha —, minha sogra não interferiria em sua educação. Ela nunca poderia tirar isso de mim. Era bom demais para ser verdade.

Faz muito tempo que entendi o que a maioria das mulheres só aprende depois do casamento: o ódio das sogras por suas noras está embutido nos genes de todas as mulheres desse país. A antipatia fica dormente, mas ainda à espreita, até que o filho atinja a idade de se casar. Então, quando isso acontece, o ressentimento por ter sido preterida aflora, dando espaço à raiva por ficar em segundo lugar no afeto dos filhos. Isso não aconteceu só com a minha avó; já vi a mesma situação muitas vezes. Esse é o único enredo de todos os dramas que eu compreendo. Por isso, saí do meu torpor e aproveitei a chance de evitar essa situação.

E, na época, essa era a coisa mais importante para mim.

Miho

Acordo com o barulho da chuva no telhado. Depois de anos morando em apartamentos estudantis à prova de som do período pré-guerra, em Nova York, o ruído lembra meu dormitório de infância no Centro Loring. Lá, minha cama ficava perto da janela, e dormi muitas vezes ao som da chuva caindo no chão. Agora moro no último andar de um pequeno officetel de quatro andares, uma construção barata. O prédio se chama Color House, embora o exterior seja pintado de cinza, com o letreiro em letras brancas. Não tem um único pingo de cor em lugar nenhum nos quatro andares, e o aluguel é muito barato, mas só no nosso andar. Eu não sabia que a aversão ao número 4 era só uma superstição asiática até ir para os Estados Unidos, onde as pessoas têm aversão ao número 13, por conta de algum filme de terror com um palhaço. Ou com um vampiro, não sei direito. De qualquer forma, o proprietário não tem como esconder o quarto andar de um prédio de quatro andares, como se faz em prédios altos, que pulam os botões do elevador de 3 para 5, então faço parte do pequeno grupo de garotas que mora em um dos dois apartamentos minúsculos desse andar, gratas pela localização e pela estação de metrô a duas quadras de distância.

Quando eu era criança, jamais imaginaria que um dia moraria na parte mais movimentada de Seul, com seu horizonte cintilante e esculturas extravagantes sempre presentes do lado de fora de cada arranha-céu. Ainda acho incrível como as pessoas da minha idade parecem confortáveis de entrar e sair de saguões de mármore com copos descartáveis de café na mão e crachás pendurados no pescoço.

Minha vida antes de ir para Nova York era um pequeno restaurante em um campo de flores, depois um orfanato no meio de uma floresta. Uma escola de artes provinciana nas montanhas.

Sujin me escreveu e me convidou para ir morar com ela depois que minha bolsa de estudos em Nova York acabou. Eu aceitei. Ela tinha deixado o Centro Loring pouco antes de mim, e nós trocamos correspondências ávidas e frequentes ao longo dos anos, contando histórias de Seul e de Nova York. Não falávamos muito sobre o passado.

Sobre os officetels, Sujin tinha dito que o dela era muito pequeno — officetels em geral são enormes arranha-céus, com centenas de unidades —, e eu disse para ela ficar de olho quando aparecesse uma vaga, para eu reservar minha passagem assim que ela fizesse a reserva.

Depois da experiência que tive em Nova York, Sujin não quis que eu me decepcionasse, mas lhe garanti que tinha adorado o prédio — e é verdade. É um prédio construído para pessoas livres.

Aqui moram principalmente mulheres, a não ser por um casal no apartamento de baixo. Durante o dia, elas entram e saem com roupas bonitas e limpas. Acho que sou a única moça no prédio inteiro que não usa maquiagem completa nem tem cabelos tingidos ou com permanente. Ara chegou a engasgar quando viu meu cabelo pela primeira vez, e até hoje não consegue parar de tocá-lo sempre que me vê. Achei a atitude bem lisonjeira (em geral, as pessoas dos Estados Unidos sempre comentavam como invejavam meu cabelo), até que a vi balançando a cabeça com tristeza para Sujin, enquanto passava os dedos nele. *Tão natural,* ela escreveu, em seu pequeno bloco de anotações.

Como meu quarto fica ao lado da porta da frente — que, por sua vez, fica ao lado de uma escada muito barulhenta —, todas as manhãs ouço a conversa do casal no andar de baixo, quando estão saindo. Eles são mais velhos, na casa dos 30, e o marido é desesperadamente carinhoso com a esposa, que sempre parece estar com a cabeça em outro lugar, bem longe.

"Quer que eu pegue alguma coisa na loja hoje?", pergunta ele, todo zeloso. "Está com vontade de comer alguma coisa específica?" Três segundos depois, a esposa responde: "O quê? Ah, qualquer coisa...", antes de descerem as escadas mais barulhentas do mundo.

Às vezes, vejo a esposa sentada na escada quando volto do estúdio, tarde da noite. Ela nunca levanta a cabeça quando passo. É muito rude, mas já me acostumei.

Ouço a chuva por mais um tempo, tentando lembrar por que me sinto mais agitada que o normal. Até que lembro: hoje vou encontrar meu namorado, Hanbin, para almoçar. Na casa dos pais dele.

É uma ocasião importante, de consequências épicas.

A mãe dele estará lá, e talvez — não posso pensar muito nisso, porque fico muito ansiosa — o pai, que costuma estar ocupado demais jogando golfe ou conhecendo pessoas famosas de outros países.

"Quero te mostrar o meu Ishii! Chegou na semana passada, finalmente", disse Hanbin, ontem, quando foi me buscar no meu estúdio, na escola. De certa forma, parece indecente que alguém tenha um peixe de Ishii para ornamentar a casa, para tocar se quiser, quando quiser. Só vi uma dessas esculturas de longe no Gagosian, em Nova York, e na Galeria Nacional de Arte, em Washington, D.C., depois de passar duas horas na fila, apertada para ir ao banheiro, porque Ruby queria vê-la.

"E não se preocupe, o sr. Choi também estara lá", completa ele, notando minha expressão. Estava se referindo ao motorista de sua mãe, que já nos pegou várias vezes e sempre foi muito educado comigo. Eu o encarei, exasperada: meu garoto bonito, confiante e sem noção, achando que a presença do velho motorista de sua família tagarelando sobre o tesouro nacional de uma casa poderia fornecer algum conforto.

Eu me levantei, dizendo: "Tenho que voltar para o trabalho". Estávamos no café vazio no andar de baixo, porque não permito que ele entre no meu estúdio. Ele não viu nada que criei durante esse ano em que voltei a morar na Coreia.

"Posso ver?", perguntou ele. "É tão ridículo você não me mostrar."

Balancei a cabeça e franzi o cenho.

"Não, agora não", respondi. "Além disso, minha colega de estúdio também está trabalhando e vai ficar muito chateada se alguém entrar."

Era mentira, porque a garota que dividia o estúdio comigo tinha conseguido uma bolsa em outra universidade e ido embora alguns meses atrás. E, mesmo se ainda estivesse aqui, ela teria adorado a chance de fofocar com um cara bonito e mais velho, entupindo-o de perguntas. Ela falava tanto enquanto trabalhava — quase sempre reproduções fluorescentes das coroas e cinturões da dinastia Silla, o que aparentemente não exigia grandes reflexões — que eu estava prestes a reclamar com o chefe do departamento. Até que ela contou que tinham lhe oferecido uma bolsa de 10 milhões de wons a mais do que recebemos na universidade atual. Estava se gabando, querendo me alfinetar, mas, quando entendi que ela iria embora, eu lhe dei um abraço tão sincero que ela ficou visivelmente desconcertada.

"Te vejo amanhã", falei para Hanbin, com firmeza.

"Eu te encontro no seu apartamento?", perguntou ele, sabendo que eu também não gostava que ele fosse ao officetel. Não quero que fique perto das outras garotas, principalmente da minha colega de quarto.

"Não, que besteira. Vamos nos encontrar em Gyeongbokgung. Você me pega lá. Por que vir até a zona sul? É perda de tempo."

Hanbin suspirou e pegou minha mão, dizendo:

"Você me deixa louco. Acho que sou masoquista por gostar disso."

Não digo nada, porque deve ser verdade. Ele também era assim com Ruby, antes de mim.

Na sala de estar, minha colega de quarto dolorosamente maleável, Kyuri, está assistindo ao seu drama preferido. É evidente, pela maquiagem e pelo cabelo, que está acordada desde ontem à noite. Ela acaricia uma bolsa Chanel jumbo de pele de carneiro vermelha, empoleirada em seu colo como se fosse um cachorrinho, enquanto encara a TV com olhos avermelhados. É um comportamento estranho, pois ela costuma manter as bolsas embrulhadas e guardadas no armário, de onde raramente as tira, a não ser em alguma ocasião urgente.

"É linda", digo, olhando para a bolsa enquanto preparo uma xícara de café. "Foi outro presente?"

"Sim, foi do CEO da minha empresa de jogos", responde Kyuri, sem tirar os olhos da TV. "Não é linda?"

Ela tem uma lista meticulosa dos presentes que ganha e por quanto os vende, para não perder a noção de quem lhe deu o quê. Também fez um acordo com uma das lojas de revenda de luxo na esquina da Rodeo Drive, em Apgujeong, onde sabem que ela sempre trará bolsas novinhas, e ela sabe que está conseguindo o melhor preço do bairro. E, às vezes, quando ela tem que encontrar algum cliente que fica perguntando sobre seu presente, pega alguma bolsa emprestada por uma noite. Lá sempre tem todo tipo de bolsa em estoque, ou pelo menos os tipos de bolsa que clientes dão às suas garotas. Kyuri tende a pedir exatamente o mesmo modelo para todos os homens, para que seja menos confuso saber que bolsa foi, e, assim, poder ficar com uma e vender as restantes.

Sei que qualquer pessoa respeitável preferiria morrer a ser vista com ela. Mas Kyuri ganha muito dinheiro e economiza muito, diferente do que parecem fazer as outras garotas de casas noturnas ou qualquer outra pessoa da nossa idade, e é difícil não respeitá-la por isso. Kyuri nunca bebe nada no Starbucks, por exemplo.

Como colegas de quarto, nós duas nos damos muito bem, mas isso porque não nos vemos muito. Durante o dia, em geral estou no estúdio, e ela vai para o salão e trabalha no fim da tarde. Quando ela chega, ou ainda estou no estúdio ou já estou dormindo.

A única vez em que quase brigamos foi há alguns meses, em um fim de semana em que estávamos bebendo juntas, e ela me acusou de me sentir superior por ser bonita sem ter feito nenhuma cirurgia.

"Sabe, você tem sorte por ter o tipo de rosto que está na moda", comentou ela, com os olhos turvos de raiva e bebida.

"Mas você não precisa ser uma esnobe nem ficar toda arrogante quando o assunto é cirurgia."

Quando protestei, dizendo que não sabia do que ela estava falando, Kyuri disparou exemplos de críticas que eu tinha feito quando estávamos assistindo a dramas.

"Eu estava falando da Jeon Seul! E você ainda concordou!", respondi. "Você disse que o nariz dela parecia o nariz do Michael Jackson!"

"Não, eu *sei*", rebateu Kyuri, caindo de lado. "Eu sei o que você pensa. Você é uma vadia presunçosa."

Ela pegou no sono ali na mesa mesmo, e eu fiquei tão irritada que nem a levei para a cama. Na manhã seguinte, ela não se lembrou da briga e ainda foi ao meu quarto perguntar se eu tinha uma bolsa de gelo. Parece que, à noite, tinha caído da cadeira e machucado o rosto que lhe custara tão caro.

Ainda assim, preciso admitir que sinto uma pontada de orgulho sempre que me perguntam se fiz alguma cirurgia e digo que não. Nosso chefe de departamento chegou ao ponto de me fazer prometer não cortar o cabelo, o que é bem difícil, agora que chegou à cintura. Sempre que falo em cortar as madeixas, que se dane o chefe do departamento, Hanbin o segura e começa a conversar com as mechas carinhosamente, como se fosse uma criança amedrontada. "Não vou deixar ela fazer isso, não se preocupe", cantarola ele. E Kyuri nem leu os artigos e resenhas do meu trabalho que me descrevem como "a artista-residente de beleza natural".

"Bem, hoje eu tenho que ir almoçar com a mãe do Hanbin, lá na casa deles", conto a Kyuri, mesmo duvidando de que seja uma boa ideia. "Não sei o que vestir."

Kyuri se endireita, com um brilho surgindo nos olhos vermelhos.

"Sério? Achei que ela te odiava!", responde ela.

Faço uma careta.

"Bem, tomara que não. Mas, mesmo que odeie, tenho que ir. Você acha que o meu vestido preto de mangas compridas é... preto demais?", pergunto, tomando um gole de café.

Ela balança a cabeça. "Não é porque ele é preto... Você não comprou esse vestido no mercado de Itaewon? Você tem que usar alguma coisa *bem* cara. A questão é sua atitude quando usa uma roupa dessas. É preciso uma boa dose de confiança para usar coisas muito caras."

Kyuri se levanta e joga a bolsa Chanel por cima do ombro, como se fosse sair.

"Você pode pegar alguma coisa minha emprestada! Vou ver o que tem por aqui."

No trabalho, Kyuri usa as roupas de uma locadora especializada em acompanhantes, o que significa muitas saias curtas e vestidos justos de poliéster. Duvido muito que tenha algo que eu queira vestir, mas, quando a sigo até seu quarto, ela tira três vestidos surpreendentemente recatados do armário, todos ainda com as etiquetas da loja de departamentos Joye.

Acaricio a gola alta azul-cobalto, admirada. De quem é esse bom gosto? Certamente não é da Kyuri. Mas ela não explica, e eu não pergunto.

"Acho que esse é perfeito", palpita ela, segurando um vestido de seda verde-oliva com mangas curtas e cinto de chiffon. "Tem cor *e* tem mangas."

Pego o vestido da mão dela e o seguro diante do corpo, de frente para o espelho. Preciso admitir: é lindo. Vejo a etiqueta com o preço e chego a tremer. "De jeito nenhum. E se eu derramar alguma coisa nele?"

Ela franze o nariz arrebitado e perfeito. "Não tem problema. A ocasião é muito importante! Quero que você se case com o filho de Im Ga-yoon e me apresente a muitas celebridades."

Ela não nota o horror em meu rosto quando me entrega o vestido no cabide.

"Experimente enquanto eu lavo o rosto. Tenho que começar a me preparar para a consulta na dermatologista", explica ela, então vai para o banheiro.

Dou risada pensando em como ela vai encher o rosto de maquiagem só para as enfermeiras na clínica de dermatologia lavarem tudo antes da limpeza e dos tratamentos faciais. Enquanto isso, ela se arrepia só de ver minhas sardas e minha falta de cuidados com a pele, porque me recuso a entrar em seu cronograma de dez passos, duas vezes por dia. Sujin adora comparar os últimos lançamentos de máscaras faciais e séruns com ela — Kyuri tem centenas de frascos e potes na penteadeira —, mas mal me lembro de lavar o rosto antes de dormir.

Tiro o pijama e experimento o vestido; estou abotoando a parte de trás quando ela volta, o rosto úmido e brilhante, e me ajuda a fechá-lo. "Gostou?", pergunta ela, antes de se sentar à penteadeira. "Ficou incrível no seu corpo", aprova, olhando para mim através do espelho, por cima da coleção de frascos e máscaras faciais de todos os formatos e tamanhos. Ela coloca uma faixa macia para afastar o cabelo do rosto e começa o ritual aplicando gotas de sérum na pele com a ponta dos dedos. Depois, pega uma pequena seringa e aplica um líquido cor de mel sobre o rosto.

"O que é isso?", pergunto, sempre fascinada com o tempo que ela passa cuidando da pele.

"Uma ampola com extrato de células-tronco", responde ela, com toda a naturalidade. "Minha pele está muito seca hoje, já que bebi demais ontem. Essa ampola é só para ajudar até eu receber o tratamento completo, lá na clínica. Você devia ir junto, se arrumar o melhor possível para a mãe dele. Acho que consigo arrumar um horário para você, já que sou cliente preferencial."

Fico tentada, porque a pele de Kyuri está brilhando como vidro, mas sinto um pico de ansiedade só de pensar em ficar deitada em uma mesa de spa. Balanço a cabeça. Ela suspira, olhando para o meu rosto, e começa a aplicar creme para os olhos com batidinhas do anelar.

"É por isso que você está tão tensa", comenta ela. "Quer saber? Eu ia fazer você beber neste fim de semana, para tentar se animar. O clima nesta casa anda péssimo por causa desse seu nervosismo, sabe? Bem, que tal esta Bottega para combinar com o vestido?". Ela tira uma bolsa trançada do armário, que coloca nas minhas mãos.

A mãe de Hanbin, que o restante do país conhece como Im Ga-yoon, foi uma das mulheres do "Triunvirato" da década de 1970: três Misses Coreia que se tornaram atrizes e estrelavam a maioria dos filmes, dramas e comerciais daquela década. Ela era a mais velha e a mais prolífica das três e teve um papel icônico de freira que virou *femme fatale* em *My Name Is Star,* uma série de sucesso. Diziam que não se via um só carro nas ruas do país inteiro quando *My Name Is Star* passava na tv. Depois de ter um caso com o coprotagonista mais novo, o que muito prejudicou sua carreira, ela sumiu por uns anos do olhar do público, até descobrirem que tinha se casado em segredo com o filho mais novo do Grupo ks, um conglomerado de segunda linha que fabricava tanques de água e aquecedores. Uma década depois, ela abriu uma galeria de arte perto do Palácio Gyeongbokgung e se reinventou, assumindo o papel de primeira negociante a fazer a ponte entre o mundo das celebridades e o mundo das artes na Coreia. Celebridades pediam sua ajuda quando precisavam decorar suas casas, e dizem que ela ganhou mais dinheiro do que o sogro.

Descobri todas essas coisas lendo obsessivamente sobre a família de Hanbin na internet e na parte de fofocas das revistas femininas. Os títulos dos artigos variavam entre "Im -Gayoon e marido compram terra na ilha de Jeju", "A galeria de Im Ga-Yoon está inflacionando os preços para celebridades?" e "Acusações do denunciante do grupo KS: o cunhado de Im Ga-yoon vai para a cadeia?". As matérias eram quase sempre acompanhadas por fotos de paparazzi de Im Ga-yoon vestida em casacos de pele e com óculos de sol, saindo de um carro, na frente da galeria.

Eu a encontrei algumas vezes. A primeira foi em Nova York, na formatura de Hanbin, na Universidade de Columbia. Desde que voltou para a Coreia, Hanbin armou duas belas surpresas para a mãe: uma vez, me levou ao aeroporto para cumprimentá-la quando ela voltava de uma viagem de vendas para uma galeria de Hong Kong; na outra, combinou um almoço para nós três em seu restaurante favorito no Reign Hotel, no aniversário dele. No primeiro encontro, as únicas coisas que ela me disse foram "Ah, oi" e "Tchau" e respondera às perguntas que Hanbin fizera no carro com monossílabos. Na segunda, no almoço, ela me fez perguntas gentis sobre minha família, perguntas que mostravam que já sabia tudo sobre mim e que eu não deveria tentar me enaltecer. "Quantos anos você tinha quando viu seus pais pela última vez?", "E seu tio, ele administrava um... restaurante para taxistas?". Ela estremeceu ao perguntar. E o golpe final: "É maravilhoso saber que, hoje em dia, tem tantas oportunidades para gente como você, não é mesmo? Nosso país se tornou um lugar muito encorajador".

Eu poderia demonstrar mágoa ou aborrecimento, eu sei, mas, um tempo atrás, decidi que serei sempre alegre, porque me lembrei de algo que Ruby disse em Nova York:

"Os ricos são fascinados pela felicidade. Eles acham todo o conceito muito doído."

Paro na loja de departamentos Joye para comprar orquídeas em miniatura na floricultura do primeiro andar. Custa dez vezes mais do que no mercado de flores perto do meu apartamento, mas o vaso tem o logotipo e o nome da Joye. Quando encontro Hanbin, do lado de fora da estação de metrô mais próxima de sua casa, ele vê a sacola e diz que não havia necessidade de comprar um presente, mas posso dizer que aprovou a iniciativa.

A casa de Hanbin é moderna e surpreendente, toda de ardósia cinza, vidro e telhados inclinados, e fica no topo de uma colina em Sungbukdong, atrás de um muro alto de tijolos. Quando o portão se abre, meu coração bate tão forte que me deixa sem fôlego. Ele só me contou sobre os inconvenientes do lugar, de como a casa pode ser fria no inverno, como os turistas e jornalistas andam pela vizinhança, querendo dar uma espiadinha para além do portão, como os amigos do famoso arquiteto holandês aparecem para visitas improvisadas a fim de analisar sua primeira encomenda na Ásia. A arquitetura lembra os museus japoneses que estudei na escola, com linhas rígidas e beleza discreta.

É só quando estou de pé no gramado — que casa em Seul, ainda mais no bairro de artes mais cobiçado, tem um gramado de verdade? — que percebo que o que passei a sentir por Hanbin e sua mãe é quase desprezo.

O interior da casa parece ainda mais cheio de flores brancas do que os jardins. Montes de orquídeas e peônias em arranjos incomuns estão espalhadas por toda parte, e olho para o meu pequeno vaso com tristeza.

"Vou avisar sua mãe que você chegou", anuncia o homem que abriu a porta da frente. Ele se curva, pega meu casaco e me entrega um par de chinelos de couro do armário de sapatos de mármore. Apesar do discurso formal para Hanbin, ele está vestido de forma casual, só com camiseta de mangas compridas (listradas!) e calças cáqui amassadas, não de terno ou uniforme, como eu esperava.

"Não precisa. Vou subir e aviso pessoalmente", responde Hanbin. Ele me pede para esperar na sala de estar, à esquerda do saguão, e segue pelo corredor, virando à direita.

A sala de estar é quase uma caverna: mais ou menos da altura e do tamanho de uma quadra de basquete, com conjuntos de poltronas e mesas de centro em cada canto. No centro está o peixe Ishii, do tamanho e da cor de um filhote de elefante; é uma coisa linda, reluz quando me aproximo. Nas paredes, a arte também é japonesa e moderna, uma mistura de Tsunoda, Ohira e Sakurai. Eu me sento no canto mais distante, perto de outro pequeno Ishii da cor de uma nuvem raivosa.

O homem que abriu a porta me traz um pouco de chá em uma bandeja. O chá é uma pequena flor malva que se abre na água conforme infusiona. Ele arruma as flores na mesa de centro sem dizer uma palavra, e percebo que Hanbin estava certo: o sr. Choi, o motorista, seria um conforto para mim. Pena que ele não está aqui.

"A mamãe não está se sentindo bem, então hoje seremos só nós dois", anuncia Hanbin, vindo em minha direção. "Ela está deitada, com uma dor de cabeça terrível."

Ele me encara um pouco sério demais enquanto fala, como se estivesse se obrigando a não desviar o olhar. Ou está mentindo, ou pensa que a mãe está mentindo, e meu coração começa a bater forte. O ácido vai percorrendo minhas veias. Ele não disse que a mãe pediu desculpas por não descer.

"Que chato! Espero que ela melhore logo." O que mais há para dizer? Olhamos para nossos chás refrescantes, e ele pigarreia.

"Vou te mostrar os jardins enquanto preparam o almoço. A menos que você queira bolo ou bolinhos de arroz *ddeok*. Está com fome?"

Balanço a cabeça. Ele segura minha mão e me leva de volta para fora. Na saída, vejo duas mulheres uniformizadas me espiando de uma porta e inclino a cabeça para que não fiquem na minha linha de visão. Quando chegamos à porta, o homem que nos recepcionou se materializa com nossos casacos.

Os jardins se estendem ao redor da casa, desdobrando-se em várias paisagens em miniatura. Meu favorito é o bosque de pinheiros ao fundo, um labirinto de árvores cuidadosamente projetadas e podadas. O aroma tem um efeito calmante para o meu nervosismo.

Por trás das árvores, a vista flutua em nossa direção. Posso ver outras casas enormes espalhadas na colina e o restante da cidade se esparramado abaixo.

Enquanto Hanbin caminha na minha frente, curvando-se sob os galhos baixos, sinto o coração em chamas. É demais: essa casa, a mãe dele, a arte... No que ele estava pensando quando me trouxe aqui?

"Aquela é a casa da minha avó", diz Hanbin, apontando para uma casa branca de dois andares ao longe. É uma casa de estilo ocidental, rodeada por roseiras e mais pinheiros. Sua avó paterna está à beira da demência e recentemente começou a acusar os empregados de roubar seu dinheiro. "E ali é a casa do pai da Ruby", informa ele. Minha cabeça vira na direção em que ele aponta, à direita da casa de sua avó. Mesmo distante, a casa do pai de Ruby parece uma fortaleza sombria, e os jardins lembram um fosso sinistro. Mas talvez isso aconteça porque, quando a vejo, ouço a voz de Ruby sussurrando na minha cabeça.

Ficamos ali sem dizer nada, até que ele começa a caminhar de volta.

Depois do almoço, um evento dolorosamente constrangedor em uma sala de jantar espetacular, iluminada pela luz do sol, servido por dois homens muito quietos, peço a Hanbin que me deixe no meu estúdio. Ele não protesta, embora eu saiba que ele queria ver um filme. No carro, nós dois ficamos quietos.

"Posso entrar?", pergunta ele ao parar na frente dos estúdios de arte, no campus.

"Fora de cogitação", respondo, dando-lhe um beijo rápido na bochecha antes de sair do carro. "Não sei por que você ainda pergunta."

Carrancudo, ele vai embora.

No estúdio, sou tomada pelo grande alívio que sempre sinto ao passar pela porta. Prendo o cabelo para trás, visto as roupas de trabalho e penduro o vestido de Kyuri com cuidado na porta do banheiro.

O terrível rufar em meu coração diminui enquanto pego meus pequenos cinzéis e me sento na estação de trabalho. A cena à qual estou tentando dar forma, a imagem que está tão clara na minha cabeça, é a de um mar à noite, com uma garota em um barco. Os longos cabelos cobrem seu rosto, e ela está inclinada para a frente sobre a água, usando uma camisola transparente e um anel de rubi vermelho-sangue no anular esquerdo. Está fascinada com algo na água.

Na semana passada, comecei a esculpi-la em gesso. O rosto foi a parte mais fácil. É o cabelo que vai demorar mais. Acho que farei o mar com penas de avestruz, e o barco será um barco de verdade. Estou pensando em um barco a remo de madeira, com tinta vermelha desbotada.

Depois de algumas horas esculpindo, deixo os cinzéis de lado e começo a trabalhar em uma aquarela da mesma cena. Só quero uma representação do que tinha na cabeça antes que eu me esqueça de alguma coisa, embora seja uma perda difícil de cogitar. Esta será a sexta peça da minha última série Ruby. As outras cinco, entre pinturas e esculturas, estão nos fundos do estúdio, no escuro. Foram manifestações patéticas do que eu tinha na cabeça, e ainda não as terminei.

Em uma caixa de sapatos, em algum lugar embaixo da minha cama, tem uma pilha de fotos em preto e branco. São minha primeira série Ruby, se eu decidir seguir por esse caminho. Minha favorita mostra Ruby em um casaco de pele branco, algo absurdo de vison tosado com forro de seda creme, além de um chapéu combinando. Ela está parada nos degraus da biblioteca da nossa escola (como sinto falta do inverno de Nova York!), a neve amontoada dos dois lados, as luzes brilhando nas janelas. Por baixo do casaco, está com um vestido preto como piche que bate no joelho, meia-calça e saltos instáveis. Ela parece feliz, enrugando os olhos ao dar um sorriso torto e raro.

Naquela noite, estávamos a caminho da inauguração de uma galeria e paramos na biblioteca para ver se havia algum livro sobre o artista em destaque, um pintor alemão especializado em bétulas coloridas em neon. "Só precisamos ler a introdução", explicou ela, com autoridade, passando o dedo pela lombada do livro que encontramos na seção europeia. "Só isso." Quando encontrou o livro, leu a introdução duas vezes e me fez memorizar os títulos de três das obras mais notáveis do artista.

Hanbin nos pegou na frente da biblioteca. Ou será que o encontramos na galeria? De qualquer forma, ele quase sempre nos buscava, e certamente estava lá para aquela exposição. Ele comprou um quadro para Ruby e a surpreendeu em seu aniversário, um mês depois. "Era o mais barato da exposição", sussurrou para mim, na festa dela. Ruby adorava aquele quadro, uma floresta de bétulas fluorescentes, com traços de rosa e amarelo berrantes, em uma moldura dourada grossa, com seu nome escrito: RUBY SO-WON LEE.

Eu me pergunto onde esse quadro está. Talvez em uma parede da casa do pai dela, ou em algum armário cheio de segredos.

Dia desses, no telejornal, vi uma pequena matéria sobre o irmão mais novo de Ruby — o telejornal norte-americano, não o coreano. Sua startup exótica que aluga automóveis tinha acabado de receber financiamento da segunda maior empresa de capital de risco de São Francisco. Achei isso intrigante por muitas razões. Por que Mu-cheon precisaria de financiamento? Por que está tentando trabalhar em algo tão insignificante como uma locadora de veículos nos Estados Unidos, ainda por cima em inglês? E o que aconteceu com a faculdade de direito?

No entanto, quando perguntei a Hanbin, ele deu de ombros e respondeu: "Por que não?", o que acabou com qualquer suposição. Hanbin achava que o financiamento era mais por publicidade do que por necessidade e que os investidores do Vale do Silício provavelmente precisavam dos contatos de Mu-cheon mais do que Mu-cheon precisava deles. Um filho ilegítimo não deixa de ser um herdeiro poderoso e importante, um prêmio a ser cortejado com cuidado por um bom tempo.

Quando penso em Ruby, me lembro dela descansando naquele seu sofá branco em seu apartamento em Tribeca, acariciando uma joia que comprara no mesmo dia, rodeada das mais improváveis belezas. Ruby era uma colecionadora nata, dona de um olhar certeiro, mas conseguia harmonizar a miríade de peças que comprava. Entrávamos em uma loja de antiguidades e ela encontrava uns bibelôs aparentemente desconexos e extravagantes — uma caixa de joias centenária feita de ébano e incrustada com gemas intactas; xícaras de chá da Rússia com bordas douradas; uma boneca melancólica do século XIX, com cachos louro-acinzentados e um guarda-roupa de minivestidos requintados —, mas, quando iam para o seu apartamento, pareciam ter sido cultivados ali, plantados lado a lado de outras sementes de beleza. O apartamento dela nutria uma parte de mim que eu não sabia que tinha: um desejo triste de tocar e ver e de me deleitar com os objetos.

Ela sabia que eu estava hipnotizada por suas coisas, mas não se importava. Eu já estava inscrita em sua mente como uma artista e uma amante da beleza, e minha adoração por seu gosto estético só alimentava sua vaidade de colecionadora.

"Só porque a pessoa compra um monte de coisas caras não significa que tenha *uma coleção*", ela disse com desdém enquanto lia um artigo no *Times* sobre os últimos hábitos de consumo dos novos-ricos da China.

Mas eu entendi o que ela queria dizer. Seu olhar não era um dom, era mais um instinto, tão natural para ela quanto a melancolia ou a desconfiança.

Conheci todos em Nova York: Ruby, Hanbin, o grupo de amigos deles. Para mim, foi um passo imenso ir para Nova York e começar um programa na SVA, a Escola de Artes Visuais. Foi minha primeira viagem de avião, minha primeira vez fora do país, minha primeira vez fora da proteção do Centro Loring, minha primeira vez em busca de um objetivo. Entre outras surpresas, fiquei perplexa de encontrar tantos coreanos tão à vontade nas ruas, cafés e lojas de Nova York, sem falar nos corredores e salas de aula da SVA. Para eles, era comum estudar no exterior e viajar de um lado para o outro sozinhos. Para alguns, era algo que faziam desde a infância.

Eu estava lá com uma bolsa de estudos para artes visuais da SeoLim, o que Ruby achou engraçado quando me entrevistou para uma vaga de emprego em sua galeria. Não entendi por que ela riu, até que outra garota com a mesma bolsa me explicou, meses depois, que o pai da Ruby era Lim Jun Myeong, o CEO do SeoLim Group e um dos homens mais famosos da Coreia. Ruby e seu irmão, Mu-cheon, eram mais de vinte anos mais jovens que os outros filhos, então havia rumores de que a sra. Lim não era a mãe, e os dois eram ilegítimos — a mãe seria recepcionista de um prédio comercial da SeoLim.

Respondi a um anúncio do quadro de avisos do prédio do nosso departamento, um quadrado esquecido e vazio, às vezes pontuado por anúncios de empregos de babá colocados por nossos professores sem dinheiro. Eu precisava desesperadamente de um emprego — a bolsa cobria a mensalidade do curso, o alojamento, a alimentação e as passagens de avião, mas não muito mais que isso —, e um anúncio em coreano parecia uma tábua de salvação. Arranquei o aviso do quadro e me refugiei em meu quarto para estudá-lo.

O anúncio era notável não só pelo conteúdo, mas também pela aparência: tinha sido impresso com fita *foil* dourada em um papel grosso e verde-oliva. Mais parecia um convite de casamento do que um anúncio feito por algum aluno.

"Procura-se Assistente de Arte para inauguração de nova galeria" e, embaixo, em fonte menor: "Conhecimento de arte contemporânea e fluência em coreano e inglês são desejáveis".

Imagino que não havia muita concorrência pela vaga, mas fiquei extasiada quando fui contratada com mais quatro outras garotas de várias universidades da cidade. Fiquei encarregada de planejar os catálogos, folhetos e cartões-postais da galeria. Os custos de impressão eram absurdos, mas Ruby pagou as faturas que me deixavam tão nervosa sem pestanejar.

Por quase três semanas, nosso pequeno grupo trabalhou noite adentro. Ruby e eu costumávamos ser as últimas a ir embora, pois eu a ajudava com tudo, até correr para trazer café e croissants — tudo comprado com o cartão de crédito dela, claro. As outras garotas tentaram fazer amizade, mas ela respondia com frieza a tudo que não fosse relacionado ao trabalho, e isso gerava ressentimento. Só mais tarde percebi que todas aquelas garotas vinham de famílias ricas e não precisavam do dinheiro, como eu; só tinham aceitado o emprego para conhecer Ruby.

Às vezes, eu ficava observando enquanto ela trabalhava. Ruby era uma figura impressionante, não importava o que estivesse fazendo. Usava só batom e nenhuma outra maquiagem, mas eu suspeitava que tinha tatuado o delineado dos olhos. Suas roupas eram sempre maravilhosas, com uma personalidade incrível no estilo e no corte, além de combinações de cores incomuns. Ruby tinha a voz baixa e um sorriso raro, que às vezes brilhava como um cometa em seu rosto.

"O reitor a adora, depois de todas as doações que o pai dela fez", comentou uma das garotas da Parsons, depois que Ruby nos pediu para trabalhar em um domingo de manhã. "E ele só fez essas doações porque ela não conseguiu entrar em Stanford, como todo mundo da família."

"Ouvi dizer que foi uma desgraça... Até os vizinhos dos cônjuges dos primos dela conseguem entrar se tiverem ligação com a família SeoLim", comentou outra garota, que ia para Tisch. "Então, ao que parece, Ruby queria ir para a Yale, mas a ex do namorado dela estuda lá, então ela surtou e decidiu vir para cá."

"Não, não, foi por causa de uma festa daquelas lá em Ashby, regada a drogas e tudo o mais", rebateu a primeira garota, jogando o cabelo para trás. "Era para ela ter sido expulsa, mas deixaram que se formasse, porque o pai doou um novo ginásio de esportes. Minha prima estuda na Ashby e disse que o ginásio custou 20 milhões de dólares e está equipado com tudo que tem de mais moderno da tecnologia SeoLim."

Ruby entrou na sala e olhou em volta, procurando por mim. "Miho, pode me ajudar com esses folhetos?" Então saiu sem dizer mais nada, e notei a insatisfação estampada no rosto das outras garotas — o que achei ótimo, já que elas estavam me ignorando desde que descobriram que eu tinha bolsa de estudos e não frequentara nenhum internato nos Estados Unidos.

"Nunca ouvi falar", comentou outra garota da SVA, quando dei o nome do meu colégio público na Coreia. "Fica em que bairro?" E, quando respondi que ficava em Cheongju, ela ergueu bem as sobrancelhas antes de voltar a olhar para o celular.

Mas eu não me importava. E, mesmo que me importasse, eu não conseguiria mentir sobre minhas escolas. Apesar dos milhões de habitantes, a Coreia é do tamanho de um aquário, e tem sempre alguém desprezando outro alguém. É assim que as coisas são nesse país, e é por isso que as pessoas fazem um verdadeiro questionário quando conhecem alguém. Em que bairro você mora? Onde estudou? Onde trabalha? Conhece Fulano? Depois de definida sua posição na escala nacional de status, eles se sentem livres para cuspir em você sem nem pensar duas vezes.

Eu não era a única que achava Ruby fascinante. Quando estávamos em um café ou em uma biblioteca, via que as pessoas não paravam de olhar para ela. Eu não conseguia definir o que era especial nela — o brilho da pele, as roupas ecléticas e caras ou o olhar de pedra. Mas só os homens mais desatentos é que tentavam falar com ela. Uma vez, estávamos jantando em um novo restaurante com vários tipos de saladas perto do apartamento dela quando um homem se aproximou. Parecia estrangeiro — italiano, talvez? — e era jovem. Vestia um terno elegante e bem cortado. Claramente era um cara do ramo financeiro saindo em busca de uma refeição rápida para comer durante o trabalho. Ele ficou olhando na nossa direção enquanto estava na fila e, depois de pegar seu pedido, parou perto da nossa mesa.

"Com licença, desculpe interromper", falou ele, com um sotaque leve, parecendo fofo e confiante. "Você é muito bonita."

Ruby não tirou os olhos da comida, só continuou comendo devagar, sem dizer nada.

"Você mora por aqui? Eu moro e trabalho ali na esquina", continuou ele, apontando para a janela de um prédio que achava que devíamos conhecer.

Seu sorriso começou a vacilar quando nenhuma de nós respondeu.

"Ok, bom apetite", disse ele, quase taciturno, e se dirigiu para a saída. Ele abriu a porta, e ouvi nitidamente quando murmurou: "Piranha".

"Que ridículo!", falei para Ruby, meio na brincadeira.

"Quero mandar alguém matá-lo", respondeu ela, estreitando os olhos.

Caí na risada, mas parei de rir quando ela me encarou.

"Da próxima vez que isso acontecer, tire uma foto do cara", orientou Ruby. "Como ele ousa pensar que pode simplesmente entrar e falar comigo?" Ela cerrou a mandíbula e continuou comendo, com um brilho selvagem nos olhos.

Balancei a cabeça e murmurei em concordância. Ainda estava aprendendo o que dizer e como reagir perto dela.

Ruby chegou a me dizer, passados alguns meses, depois de a galeria ser inaugurada, as outras garotas saírem e precisarmos encontrar substitutos que não fossem coreanos, que meu comportamento estava dentro do aceitável.

Estávamos bebendo em um bar em K-Town, esperando Hanbin e um de seus amigos. Sem dizer nada, Ruby me entregou um documento falso, muito bem-feito. Tinha uma foto minha e tudo. Eu ainda estava embriagada, depois de finalmente pedir meu primeiro drinque de verdade em um bar nova-iorquino. Era um mundo tão diferente da Coreia, onde o álcool circulava livremente entre menores de idade, praticamente sem nenhuma restrição.

"Sabe, gosto que você aprende rápido", comentou ela, de súbito, dando um sorriso torto.

"Como assim?", perguntei.

Ela fez um floreio, gesticulando para a minha roupa. Eu estava com um suéter de caxemira preto e uma saia longa e justa de couro que comprara em um brechó no Brooklyn. Fiquei sabendo que alguns estilistas doavam as peças não vendidas da última estação naquele brechó, então passei horas vasculhando as araras à procura de peças de marca que ainda estavam com as etiquetas.

"Lembra quando você usava *camurça falsa cor-de-rosa*?", perguntou ela, caindo no riso.

Corei e fingi dar um tapinha no braço dela. "E daí? Muitos estilistas usam cor-de-rosa em qualquer estação! Não venha dar uma de nova-iorquina chata."

"É tão fácil te provocar!" Ela chegou a engasgar de tanto que riu. Até que Hanbin entrou com outro rapaz bonito e bem-vestido da Columbia, e, por sorte, mudamos de assunto. Mais tarde, no entanto, ela voltava a me provocar, e eu me sentava na cama no meio da noite, com as bochechas ardendo.

Naquela época, Hanbin era o terceiro integrante do nosso trio. Ele seguia Ruby e eu pela cidade, e íamos caminhando alguns passos à frente. Hanbin era o namorado tranquilo e atencioso de Ruby. Ele sempre nos dava carona até as boates mais disputadas e descolava ingressos na primeira fila de peças de teatro, exposições e desfiles de moda que ela queria ver. Os dois nunca demonstravam afeto em público e nunca tiravam fotos juntos, o que eu achava estranho. Só os vi se abraçando uma vez, e foi tarde da noite, quando eu estava saindo do apartamento dela depois de termos assistido a um filme. Olhei para trás enquanto a porta se fechava, e Ruby encostava a cabeça no peito de Hanbin, que a abraçava. Os dois pareciam tão serenos, tão completos e tão satisfeitos que fiquei ali, em transe, até a porta terminar de se fechar bem devagar. Nunca mais os vi se tocarem.

Toda vez que eu tinha uma mostra — uma das exigências da minha bolsa de estudos era fazer o máximo de mostras possível —, Ruby e Hanbin compareciam e ficavam por um bom tempo, o que significava muito para mim. Os dois foram até à mostra de calouros, onde expus apenas duas peças. Ruby nunca falava muito, só perguntava sobre o trabalho dos outros alunos, mas Hanbin sempre parecia surpreendentemente interessado no meu processo criativo. Ele sempre perguntava: "Quanto tempo você levou para fazer essa peça?" e "Qual foi a inspiração para esta aqui?". Era um doce, sempre parecendo inseguro sobre o que era apropriado indagar, e eu precisava resistir ao impulso de estender a mão e tocar as pequenas rugas que se formavam em sua testa.

Às vezes — e eu vivia para esses momentos —, Ruby se atrasava ou mandava uma mensagem cancelando tudo quando Hanbin e eu já estávamos esperando. Ele franzia a testa e soltava um leve suspiro — Hanbin sempre ficava desapontado quando levava um bolo dela, mesmo que acontecesse com frequência

—, então se virava para mim e dizia, dando de ombros: "E aí, ainda quer comer alguma coisa?". Meu coração acelerava enquanto eu assentia, talvez um pouco animada demais, e depois, em segredo, me contorcia de nojo por me sentir assim.

"Não temos nenhum talento artístico na família. Nem mesmo minha mãe, que tem suas galerias", ele confessou quando foi com Ruby ao meu estúdio para ver as renderizações do meu projeto final.

Eu mostrava a ele alguns esboços que planejava transformar em uma série.

"Adoro este aqui", comentou ele, com certa reverência, segurando um esboço de uma menina dentro de um poço, olhando para cima, com as mãos estendidas. Estava enterrado sob uma pilha de outros esboços, e Hanbin examinou todos. "É incrível."

"É tudo muito mórbido", murmurei, envergonhada. Tinha esquecido que o esboço estava na pilha, e os olhos da garota estavam muito diferentes do que eu visualizara na minha cabeça. Era um trabalho sobre família, mas nunca o entreguei.

"Mas é por isso que a gente gosta de você", rebateu Ruby, do canto, onde examinava uma das minhas esculturas de crianças cegas. "É por isso que *eu* gosto de você", reforçou. "Acho que você vê as coisas com uma clareza que os outros não têm, porque se distraem fácil."

Eu não tinha a menor ideia do que ela estava falando, mas sorri mesmo assim, sem querer perder aqueles belos juízos de valor feitos a meu respeito.

No inverno, era moda entre os jovens coreanos ricos reservar uma suíte de hotel para passar a noite bebendo, mesmo que todos vivessem em belos apartamentos. Teve uma vez em que chegamos a ir para Boston só porque Ruby queria. "Estou tão entediada aqui", reclamou ela, então buscou seu irmão, Mu-cheon, que estudava na Universidade de Columbia com Hanbin e morava no subúrbio da cidade, além de alguns outros amigos do internato. E lá fomos nós, ficar hospedados no Corycian Hotel, na rua Boylston, com planos de fazer compras e conhecer as boates.

Ruby insistiu em dirigir seu Maserati vermelho. Hanbin foi no banco do passageiro, e eu e o irmão dela, atrás. Mu-cheon estava apagado, com ressaca por conta da noite anterior, e eu fiquei quieta, olhando para as árvores cobertas de neve que passavam zunindo pela janela.

Estava tentando não pensar na cena que testemunhara na semana anterior. Estava saindo da biblioteca, me perguntando por que Ruby não entrava em contato comigo fazia mais de uma semana, quando a vi com outra garota coreana da SVA, a Jenny. Estavam saindo de um táxi com sacolas de compras enormes e rindo, e o motorista teve que sair do carro para ajudá-las. Pelo design das sacolas, notei que tinham passado o dia na Quinta Avenida. Algumas semanas antes, Ruby tinha me deixado de fora de um jantar com vários outros amigos estrangeiros em sua casa. Descobri isso quando ouvi duas garotas elogiando o chef particular que ela contratara.

Ruby só parou duas vezes até chegarmos a um pequeno restaurante em Koreatown, em Boston, onde jantamos e começamos a beber — o proprietário conhecia Hanbin e nem pediu nossas identidades. O lugar ficava cada vez mais barulhento à medida que se enchia de alunos bêbados. No começo, éramos seis, mas logo mais pessoas começaram a chegar, já que todos tinham chamado seus amigos de Boston para irem ao restaurante.

Por volta da 1h da manhã, pedimos *soju* para levar e partimos com baldes de plástico nas mãos. Ruby dirigia de forma lenta e brusca.

De volta ao hotel, alguém colocou uma música para tocar, e continuamos bebendo. Tinham passado o número da nossa suíte para os convidados no restaurante, e as pessoas foram chegando em grupos de dois e três, todos trazendo mais bebida. Alguns tinham reservado quartos no nosso andar, e íamos entrando e saindo dos outros quartos com bebidas na mão, sussurrando e rindo pelos corredores. Eu não conhecia nenhum dos recém-chegados, mas estávamos todos tontos e embriagados. Ouvia suas brincadeiras, sorria e bebia um pouco mais. No canto, Mu-cheon e uma garota da Wellesley começaram a se pegar.

Não sei que horas eram — 3h ou 4h da manhã — quando fui me deitar na cama de uma das suítes. Minha cabeça doía, e meu corpo parecia boiar. Ouvi murmúrios e música do lado de fora, mas foi um alívio fechar os olhos.

A porta se abriu e fechou, e alguém tocou minha testa. Era Hanbin, pairando sobre mim. "Estou com dor de cabeça", falei. "Você tem Tylenol?"

Ele balançou a cabeça.

"Então pode massagear minhas têmporas um pouco? Assim..." Coloquei os dedos nas têmporas, que pulsavam.

Hanbin tinha mãos grandes e, sem muito jeito, tentou fazer o que lhe mostrei, mas logo começou a acariciar meu cabelo.

Rolei o corpo um pouco mais para perto dele, que se inclinou para mim. De repente, estava me beijando.

Tudo acabou bem rápido, mas adorei a sensação de seu corpo grande e forte contra o meu. Os ombros eram largos e atraentes, e a boca era quente. Ele se levantou abruptamente, olhou para mim por um segundo e saiu. Nunca mais falamos sobre isso, mas me lembro de tudo.

Quando Ruby se suicidou dois meses depois, não consegui falar com ninguém. Deixei de ir às aulas. Não conseguia sair do quarto. Não sabia o que fazer para continuar vivendo.

Queria que ela tivesse me contado mais sobre sua família, sobre a dor cotidiana que o pai lhe causava, sobre os demônios que tinha herdado. Ruby fez algumas alusões a essas coisas, mas não pedi para que entrasse em detalhes, e agora sabia que tinha sido assim que eu falhara com ela: por não pedir mais detalhes, não dizendo mais vezes como sua vida era muito incrível, se comparada à minha. Eu achava que ela sabia disso, que ela se sentia muito sortuda em relação a mim, e achava que era por isso que ela me mantinha por perto, que era minha amiga. Eu devia ter contado meus sofrimentos com mais detalhes.

Então passei a traí-la da pior forma possível: amando e me relacionando com Hanbin. Sei que, na próxima vida, vou pagar por isso, mas, no momento, não consigo evitar, não consigo parar de trilhar esse caminho, mesmo sabendo que vai acabar partindo meu coração. Tudo isso — Hanbin, meu trabalho, minha produtividade frenética — é bem temporário, eu sei. E tudo que posso oferecer a Ruby é a prova de que ela ainda me assombra todos os dias.

Ara

Todas as noites, antes de dormir, ligo para a SwitchBox para ouvir a mensagem do Crown do dia, na esperança de ouvir Taein. Tecnicamente, um quinto das mensagens do dia devem ter sido gravadas por ele, já que o Crown tem cinco integrantes e, na conferência de imprensa para o lançamento da SwitchBox, quando Taein usou aquela edição limitada do tênis da Louis Vuitton — de cano alto, estilizado com manchas de tinta, que se esgotou no mundo inteiro em 24 horas —, prometeram que cada um dos membros gravaria uma mensagem por dia. Mas, na realidade, só cerca de um décimo das mensagens do dia é de Taein — o que faz sentido, já que ele é o mais popular e, portanto, o mais ocupado, com participações em dois novos reality shows e vários comerciais.

Bestie acaba gravando quase todas as mensagens. Ele é o mais irritante do grupo, porque, além de ser o menos popular, parece não entender isso. Ele sempre fala como se todas as garotas do país o bajulassem, quando, francamente, tudo que elas querem é ver e ouvir Taein, talvez JB também, e

Bestie só serve para fazer volume. Não consigo entender como ele não enxerga isso, e ele sempre monopoliza um tempo precioso nas entrevistas e *talk shows*. Vivo reclamando dele nos fóruns de fãs do Taein, mas sempre sou bombardeada com comentários me pedindo para não falar de Bestie em espaços reservados a fãs do Taein. Todos no fórum odeiam o Bestie, que fica na cola dos outros e tem a mania de copiá-los. É verdade: nos últimos três eventos de tapete vermelho, ele usou gargantilha de tatuagem preta e pulseira de ouro em forma de corrente, exatamente o que Taein usou na estreia do último filme dos X-Men, quando brincou de queda de braço contra Hugh Jackman, que o deixou ganhar.

Minha mensagem favorita na SwitchBox até agora é aquela em que Taein falou sobre o que faz quando está sozinho na estrada.

"Acho que não tem muita gente que pensa nisso, porque nossa vida parece tão glamorosa de fora, mas a gente normalmente passa o dia e a noite toda ensaiando nos locais dos shows. Depois voltamos para o hotel, vamos cada um para o seu quarto e ficamos sozinhos, vendo TV até dormir", contou ele, em sua voz profunda e magnética. "É até meio constrangedor admitir, mas tenho visto tantos dramas de época nos quartos de hotel que até sonho com as histórias. Um dia desses, Bestie me pegou falando sozinho com um sotaque superesquisito!"

Adoro ouvir a voz dele no meu celular. E adoro o fato de eu não precisar ter que responder.

No trabalho, estou tendo problemas com as garotas — as assistentes que deveriam preparar e lavar o cabelo, varrer o chão e até secar o cabelo de alguma cliente quando estou ocupada com outra. Elas precisam passar despercebidas, como música de fundo, e é por isso que, no salão, usam roupas iguais, uniformes que imitam roupas de colegiais: camisa branca de botão e saia xadrez curta e vermelha.

O problema começou com a garota nova. Tem sempre um entra e sai de garotas novas, que dão respostas atrevidas, entediadas e resmungonas. Mas essa, Cherry, veio com um brilho malicioso no olhar. E ela foi escolhida para trabalhar comigo.

Mesmo antes de ela chegar, eu já penava mais do que as outras cabelereiras, porque não posso simplesmente dar as ordens, tenho que encontrar as garotas e tocá-las no ombro para indicar o que quero que façam. Se não consigo encontrá-las na hora, acabo fazendo eu mesma. Na maioria das vezes, não é um grande problema, mas há dias em que vários clientes chegam ao mesmo tempo, e todos se irritam se não posso atendê-los imediatamente. Nesses momentos, a Cherry some, e eu quase enlouqueço. Fico tentando pegar emprestadas as assistentes de outras estilistas só por alguns minutos, e na hora elas são um doce, mas depois vão reclamar com o gerente Kwon.

A segunda-feira foi particularmente difícil. Uma das minhas clientes mais importantes, a produtora da KBC, veio fazer escova no mesmo horário em que minha cliente mais antiga, a sra. Oh, que queria tingir e fazer permanente. A sra. Oh sempre dá gorjetas de pelo menos 30 mil wons, algo antes inédito no salão, mas sempre fico na expectativa de que a produtora da KBC me coloque em uma gravação do *Music Pop* ou, nos meus devaneios mais insanos, nos bastidores de uma das premiações de fim de ano. Cherry não estava em lugar nenhum, e eu corria de uma cadeira para a outra, tentando finalizar o cabelo da produtora da KBC enquanto misturava as tinturas. Acabei deixando pingar um pouco da mistura de tinta na nuca dela; limpei bem rápido, mas vi que ela sentiu e se encolheu.

É difícil repreender alguém por escrito.

Onde você estava?, escrevi no meu bloco de anotações, no fim do expediente, enquanto Cherry varria o chão. Na página, as palavras não transmitiam nem um pouco da fúria que eu estava sentindo.

"Como assim?", perguntou Cherry, o retrato da inocência. "Eu estava trabalhando." E lançou um olhar para as outras garotas que foi quase um revirar de olhos.

Você sumiu por vinte minutos! Sublinhei "vinte minutos" três vezes.

"Eu provavelmente estava fazendo alguma tarefa para você", rebateu ela. "Passei o tempo todo aqui, pode perguntar para as outras." Ela olhou outra vez para as garotas, e todas assentiram com veemência. Essa bruxa, ela enfeitiça as outras.

Eu adoraria que ela fosse demitida, mas, três meses atrás, pedi ao gerente Kwon para substituir uma assistente. Ela não era uma má pessoa, só burra e desastrada. Depois da terceira vez que derramou café quente em uma cliente, solicitei a troca. O gerente Kwon foi compreensivo, mas sei que não vai gostar se eu pedir outra mudança, ainda mais porque a Cherry sempre se mostra muito atenta e respeitosa quando ele está por perto. Não posso deixar o salão pensar que sou uma pessoa difícil, pois seria quase impossível encontrar outro emprego como esse. Só fui aceita aqui porque Sujin ficou meses insistindo para que o proprietário me desse uma chance, e passei três meses trabalhando de graça, para demonstrar minha gratidão. Se eu soubesse que isso iria acontecer, teria ficado com a outra assistente.

Na juventude, quando eu ainda falava e era confiante, eu era pior do que a Cherry. Com meus amigos, aterrorizávamos as ruas e não tínhamos medo de dinheiro nem do futuro. Sei como Cherry pensa, e esse é o problema, porque sei que não há nada que possa mudá-la, exceto o tempo e as desventuras inevitáveis da vida. Tenho certeza absoluta de que aquelas garotas com quem eu costumava andar levam hoje uma vida bem difícil. Só espero que, seja lá qual for a tragédia reservada a Cherry, não demore muito para acontecer.

Estou mal-humorada, e é por causa do boato que surgiu essa semana de que Taein está namorando Candy, a vocalista do Charming. É claro que todo mês surge algum rumor ridículo sobre quem Taein está namorando, mas, nos últimos dois anos, as fotos dos paparazzi mostraram a presença consistente de uma modelo japonesa sem nome que todos os fãs toleram, porque a linguagem corporal claramente mostra que ela está atrás dele, e não o contrário. Além disso, a mulher tem uma aparência estranha, com olhos muito espaçados e lábios inchados como os de um baiacu.

Mas Candy... Candy seria uma história completamente diferente. Ela é o tipo de beleza insolente que chega a ser ofensiva, e todos sabem que está intimidando a nova garota do grupo delas. O público já a detestava mesmo antes desse escândalo, e os portais de fãs do Crown estão ansiosos, exalando descrença e desconforto. "Não tem como o Taein ir atrás da Candy. Ele sempre falou que não ia namorar nenhuma outra estrela!", "Eu vi Candy uma vez no restaurante em Itaewon, ela estava tratando o agente muito mal!" e "Quem mais vai à sede da inu Entertainment hoje à noite só para esperar a Candy sair? O Charming deve ensaiar até a hora de irem para a Star Plus Radio, onde vão participar como convidadas às 22h."

Nenhuma foto de Taein e Candy juntos foi publicada, mas a página inicial da LastNews está há semanas dando indícios sobre o maior escândalo de *idols* já descoberto. Nos portais, os comentários estão dizendo que essa demora toda para soltarem as fotos é porque estão negociando com a agência de cada estrela sobre qual foto publicar. Quanto mais escandalosas as fotos, mais dinheiro podem extorquir da agência. Em geral, acabam liberando só as fotos mais comportadas: um leve aperto de mãos, ou a foto do casal em um carro.

As agências de Taein e de Candy não divulgaram nenhum comunicado, mas saiu um anúncio de que o Crown encerrará as divulgações do novo álbum esta semana para começar a se preparar para a turnê mundial. "Estamos superanimados! Desta vez, vamos começar em Los Angeles!", Bestie diz nas redes sociais. Uma confusão terrível se inicia nos portais sobre qual ação os vários fã-clubes farão no último show. O presidente do clube bate o martelo no *fanchant* "Até logo, Crown!" e escolhe as frases para as guirlandas, que serão entregues nos bastidores depois do show de encerramento. Como cada membro do grupo tem uma ONG favorita, serão feitas cinco doações diferentes. Há uma breve discussão sobre o valor de cada doação (os fãs de Taein insistem que nossa quantia só é maior que a dos outros membros porque estamos em maior número), mas chegam a uma rápida conclusão (doar a mesma quantia) e tudo se resolve.

Mas continuo chateada com o comentário que uma fã de Taein escreveu sobre como vai sentir saudade dele, já que o grupo vai sair em turnê por pelo menos um ano e depois vai precisar de mais outro para criar um novo álbum. Dois anos? Como vou esperar tanto? Pelo que vou viver? Eu preciso vê-lo. Preciso.

Levo um susto sempre que o gerente Kwon me chama para atender uma cliente, mas a produtora da KBC só vai vir na sexta de manhã. Sorrio muito assim que a vejo e dou um pequeno aperto em seu ombro. Cherry vê isso e me analisa, raciocinando.

"Parece que *alguém* está de bom humor hoje, srta. Ara", diz a produtora, satisfeita. Balanço a cabeça e, com um ar questionador, toco seu cabelo. Ela sempre manteve a cor escura e só mudou o estilo de corte bem de leve durante os três anos em que fiz seu cabelo. As clientes que me procuram não são muito exigentes e confiam em mim. Hoje, porém, ela parece inquieta, pois fica batendo o mocassim no piso enquanto se olha no espelho, infeliz.

"Acho que quero mais claro desta vez", diz ela, passando os dedos pelas mechas, constrangida. "Estou cansada de preto, sabe?"

Assinto, sorrio e lhe entrego um catálogo com amostras de cores. Ela escolhe um castanho acobreado. É uma decisão ousada. Escrevo isso no bloco de anotações.

"Eu sei, mas tenho um encontro às cegas nesse fim de semana, então meio que quero mudar o visual", explica ela, jogando o cabelo para trás. Várias clientes minhas fazem isso, o que pode dar muito certo, mas também muito errado. Às vezes elas gostam, mas às vezes ficam arrasadas e pedem para que eu faça o cabelo voltar ao que era, de modo que preciso reagendar as outras clientes às pressas.

Balanço a cabeça, sorrio de novo e vou até o armário de tinturas. Na minha cabeça, escrevo e reescrevo o que quero lhe perguntar, e a ansiedade faz minhas mãos tremerem. Esta é minha única chance.

Enquanto misturo as tinturas em uma tigela com o auxílio de um pincel, ouço o gerente Kwon chamar meu nome de novo e corro para ver quem é. É uma das amigas da sra. Oh. Ela quer tingir as raízes de preto. É claro que Cherry não está por perto, então eu tomo as rédeas da situação e, antes de ir buscar as tinturas, peço para a nova cliente se sentar ao lado da produtora. Enquanto corro para pegar a tigela, vejo outra de minhas clientes habituais, a sra. Chin, entrar com a filha. O gerente Kwon acena para chamar minha atenção ao mesmo tempo que pede para elas se sentarem até serem atendidas. Eu me viro depressa, tentando pedir ajuda, e vejo as garotas se dispersarem, evitando olhar para mim.

Minha cabeça lateja e respiro para tentar me acalmar, mas o cheiro da tintura e dos demais produtos só fazem piorar a dor. Aprendi a controlar a reação aos vapores químicos ao longo dos anos, mas, hoje, sinto que vou sufocar.

Não posso perder essa oportunidade. Taein vai embora na semana que vem. Ele provavelmente vai passar anos longe, se apresentando nos Estados Unidos e no restante da Ásia para aqueles que podem pagar uma viagem para vê-lo em um show.

Com as mãos tremendo, pego meu bloco de anotações e começo a redigir o pedido, mas o gerente Kwon aparece na minha frente.

"O que está *fazendo*?", sibila ele, agarrando meu cotovelo. "Você tem três clientes esperando, e elas estão começando a reclamar! Não fique aí parada! Vá atendê-las *imediatamente*."

Eu me curvo em um pedido de desculpas e corro para acompanhar a sra. Chin e a filha até as cadeiras vazias. Assim que a sra. Chin termina de explicar o que quer que eu faça em sua filha — uma coloração suave e um corte em camadas começando nas maçãs do rosto —, a amiga da sra. Oh me chama com uma voz estridente e queixosa: "Quanto tempo vou ter que ficar esperando assim? Isso é um ultraje!". E, bem enquanto analiso as amostras de cores com *ela*, vejo no espelho que a produtora da KBC está se levantando da cadeira com um olhar furioso.

"Escute, srta. Ara", começa ela, com uma voz fria e dura, quando me aproximo. "Você não acha que já foi longe demais? Eu normalmente nunca reclamo quando fico esperando, porque sei que as coisas devem ser um pouco mais difíceis para você e tudo o mais, mas chega. Eu avisei que fazer meu cabelo era importante e tirei uma folga preciosa para vir aqui, já que meu encontro é amanhã na hora do almoço. Fiquei esperando, mas vi você atender todo mundo que chegou depois de mim, e você ainda nem aplicou a tintura no meu cabelo! Não posso mais esperar, tenho que ir." Ela começa a tirar a capa preta com o logo do salão e a recolher seus pertences na mesinha lateral.

Balanço a cabeça, me curvo e fico tensa, procurando meu bloco de anotações para escrever um pedido de desculpas, mas, quando vejo, ela já se foi. As portas de vidro se fecham atrás dela e eu fico lá, em estado de choque, só olhando, incrédula.

"Isto aqui não é seu?", ouço uma vozinha atrás de mim e, quando me viro, vejo Cherry segurando a tigela de tintura e meu bloco de anotações. Seu sorriso é malicioso e zombeteiro. Ela segura o bloco de um jeito que nós duas podemos ler o que escrevi.

Será que você me deixaria ir à gravação do programa dos idols *da* KBC *neste fim de semana? Sou uma grande fã do Crown e gostaria muitíssimo de vê-los uma última vez antes de eles saírem em turnê*, escrevi com minha letra torta, as palavras tremendo de esperança.

"Falei para suas clientes que você sempre precisa de um tempinho a mais", diz Cherry, me observando. "Também tentei acalmar o gerente Kwon, mas ele está chamando. E parece furioso. Você não precisa mais disso, certo? Vou lavar." Ela leva a tigela de tintura de volta para o armário, caminhando a passos leves como se fosse uma colegial feliz, com sua sainha xadrez e seu rabo de cavalo saltitante.

Algumas horas depois, por volta do horário do jantar, a notícia já se espalhou por todos os portais. As dez palavras-chave mais usadas em todos os sites se referem a Taein e Candy.

"Fotos de Taein e Candy", "Carro de Taein e Candy", "Taein e Candy estão namorando", então, depois de mais ou menos uma hora, "A agência de Taein confirma o relacionamento com Candy e pede a compreensão dos fãs" e "Declaração oficial de Taein".

As fotos não mostram muito, só duas pessoas camufladas com chapéu e máscara, mas a silhueta esguia de Taein é inconfundível, assim como o cabelo descolorido de Candy, oculto pelo capuz do moletom. Em uma das fotos, os dois caminham juntos para o carro de Taein — um pouco afastados, mas claramente juntos. Em outra, Candy está saindo do estacionamento do apartamento de Taein. E, na última, Taein sai do mesmo estacionamento, um pouco depois. Nos comentários, circulam rumores de que havia fotos em que os dois estavam fazendo check-in em um hotel no Japão, mas a agência de Candy pagou uma quantia astronômica para que não fossem publicadas.

Janto bolinhos que peguei na sala de descanso e vou lendo e atualizando a página inicial do LastNews, que não para de publicar artigos com as mesmas fotos.

De canto de olho, vejo Cherry e as outras assistentes juntas, rindo, mas as ignoro e continuo lendo. O Charming vai ter que encerrar as divulgações até que isso acabe. As fãs de Taein já se preparam para as apresentações do Charming na KBC e na BCN hoje à noite. Elas não vão engolir esse namoro. O grupo pode ter que deixar o país por alguns dias, até que o próximo escândalo tome conta da mídia.

Termino meus bolinhos e jogo fora a caixa de isopor. Em seguida, procuro o gerente Kwon. *Vou limpar tudo e fechar o salão,* escrevo no meu bloco de anotações, desenhando uma carinha sorridente. *Mande as outras garotas para casa, menos a Cherry.*

O gerente Kwon olha para mim e suspira.

"Tudo bem, srta. Ara. Sei que você está se esforçando, e não sou uma pessoa cruel."

Eu me curvo em agradecimento e vou escovar os dentes; no caminho, eu o vejo conversar com as garotas, e Cherry se vira para mim enquanto ele dá instruções.

Às 22h, as últimas clientes deixam o salão, e as estilistas vão embora logo em seguida, com o cabelo e a maquiagem ajeitados para a farra de sexta-feira à noite. "Obrigada, srta. Ara!", elas gritam ao sair às pressas, e as assistentes ficam só o mínimo de tempo necessário antes de também irem embora. Elas não dizem nada para mim conforme vão saindo, só se curvam sem muita empolgação e murmuram coisas ininteligíveis. "Te vemos amanhã, Cherry!", dizem elas, mas Cherry está limpando as portas do armário, então não ouve. Ela começou a limpar os armários loucamente há mais ou menos meia hora, então deve ter planos para hoje à noite.

Verifico se o chão foi limpo com esfregão e se os espelhos e balcões estão impecáveis antes de pegar meu casaco e as chaves. Cherry vem correndo, com trapos nas mãos, quando começo a desligar as luzes dos fundos.

"Terminei os banheiros, as salas de descanso e os armários", anuncia ela, ofegante. "Quer conferir?"

Balanço a cabeça e gesticulo para que ela pegue suas coisas e fique perto da porta da frente, assim eu posso desligar a última luz e trancar a porta dupla com cuidado.

"Bem, pelo menos foi rápido", diz Cherry, animada, agora toda sorrisos, virando-se para as escadas. Eu me aproximo e puxo seu rabo de cavalo com tanta força que ela cai de costas.

"Que merda é essa?!", grita ela, em choque, e continua gritando quando chuto sua barriga com força. Mais cedo, coloquei as botas com ponteiras de metal. Enquanto ela se contorce no chão, eu me aproximo de novo, puxo seu rabo de cavalo e a arrasto até o banheiro, no corredor. Ela é mais pesada do que parece, mas não importa. Levanto o assento do vaso sanitário e mergulho seu rosto na água. Fico feliz em ver que está bem sujo. Ela se debate, desesperada, mas ainda está sofrendo com a dor da queda e do chute, então não é páreo para mim. Ela começa a se afogar, soltando bolhas na água, e parece engolir uma boa quantidade daquela nojeira antes de eu ficar satisfeita. No ensino médio, meus amigos e eu fazíamos isso com certa frequência.

Dou um último puxão com tudo em seu rabo de cavalo e a jogo no chão do banheiro. Então, curvando o corpo sobre o dela, pego o celular em seu bolso e o atiro na privada. A água respinga em seu cabelo. Tiro os sapatos dela e os levo embora, batendo a porta ao passar. Alguns quarteirões depois, jogo os sapatos em um beco qualquer, primeiro um, depois o outro, o mais longe que consigo.

Quando chego em casa, vejo que Sujin está me esperando com meu bolo de chá-verde favorito, que ela compra na padaria perto de onde trabalha. Ela continua usando um lenço marrom-escuro enrolado na metade inferior do rosto, mesmo eu dizendo que seria melhor não usar o lenço quando estiver em casa, mas ela jurou que vai viver assim até que o inchaço diminua.

"Querida, sinto muito pelo Taein", diz ela, com a voz abafada pelo lenço. Ela me dá um abraço apertado e recua para me observar. "Por que você está tão animada?", pergunta, desconfiada, e dou de ombros, abrindo a gaveta da cozinha para pegar dois garfos e desejando que meu corpo pare de tremer. "Eu ia guardar isso para o seu aniversário, mas acho que você precisa se animar um pouco..." Ela abre a bolsa e tira um pequeno envelope branco. Lá dentro, tem um ingresso para o último show em Seul da Crown World Tour. "Consegui com uma cliente que trabalha naquela empresa de venda de ingressos! Parece que foi bem difícil de conseguir, mas ela é minha cliente regular há anos e só me cobrou uma taxa de dez por cento, o que foi muito legal da parte dela. Mas, com esse escândalo, acha que as pessoas vão pedir reembolso?" Sujin continua tagarelando enquanto abre a geladeira e pega duas cervejas.

Fico olhando para o ingresso, então olho um pouco mais, porque é quase impossível que seja verdade. Toco o papel verde e grosso, sem conseguir acreditar. Então começo a chorar.

Sujin cambaleia, derramando sua cerveja, e se aproxima para esfregar meus ombros. "Qual é o problema, Ara?", pergunta ela, assustada, e eu só fico lá, parada, segurando o ingresso precioso, agora molhado de lágrimas. "O que foi? Pode me falar...", ela tenta me acalmar, como faz desde que éramos crianças.

Kyuri

Estou bebendo de novo com Nami, minha amiga. Estou evitando Sujin, porque sei que ela logo estará em casa, batendo à minha porta.

Estamos no meu *pocha* favorito, uma barraca de rua, e a sopa e os bolinhos de peixe são a combinação perfeita de texturas e sabores. O proprietário está a fim de mim, então sempre traz pratos de cortesia para acompanhar o *soju*. No fim de semana passado, ele se sentou e bebeu uma rodada conosco, depois pediu para entregarem frango frito de outro estabelecimento, porque eu disse que estava com vontade de comer asinhas com pasta de pimenta *gochujang*. Ele é do tipo tímido e desajeitado que sabe que não têm nenhuma chance e que esse é o único jeito de me fazer gostar dele.

Nami e eu bebemos juntas pelo menos um fim de semana a cada quinze dias. Quando ficamos bêbadas só nós duas é completamente diferente de quando ficamos bêbadas no trabalho. Quando bebemos juntas, é *game over* desde o começo. Ninguém consegue acompanhar, mas às vezes algum cara tenta se juntar a nós (sempre desistindo depois de um tempo, pois é ignorado enquanto bebemos dose após dose). Já vemos homens demais no trabalho. Eles precisam nos deixar em paz pelo menos nos fins de semana. Usamos moletons largos e bonés de beisebol bem afundados na cabeça e não passamos batom, só delineador, mas eles mesmo assim vêm falar conosco. "Vocês são bonitas demais para beberem sozinhas", dizem eles. "Podemos nos juntar a vocês?" E, quando os ignoramos, se tornam desagradáveis. "Que porra é essa?", reclamam, bem viris, nos xingando baixinho enquanto se afastam: "Vadias arrombadas".

Nami é a única garota dos meus tempos de distrito da luz vermelha com quem ainda falo. Nenhuma das outras garotas da Ajax sabe que eu trabalhava em Miari, e, se soubessem, muitas nunca mais falariam comigo. É ridículo! Todas fazemos variações do mesmo trabalho, mesmo que pertençamos ao seleto grupo das "dez por cento mais bonitas" que não precisam dormir com os clientes. Mas elas me julgariam mesmo assim. Faz parte da natureza humana essa necessidade de desprezar alguém para se sentir melhor consigo mesmo. Não adianta se chatear.

Eu queria poder compartilhar esse tipo de sabedoria com Sujin, mas, por enquanto, estou evitando me encontrar com ela. Sujin anda bem atormentada porque o salão de manicure onde trabalha está passando por um momento difícil, e sua chefe disse que provavelmente terá que dispensá-la em breve. Faz só dois meses desde sua cirurgia, e ela ainda tem partes do rosto inchadas e fala de um jeito engraçado porque não consegue abrir muito a boca, mas já está atrás de mim para saber dos próximos passos para conseguir emprego em uma casa noturna. Falei para ela procurar emprego em outro salão de manicure, pelo menos por enquanto. Um lugar onde possa usar máscaras contra poeira e não ter ninguém olhando para seu rosto.

O problema é que ela se sente obrigada a cuidar de Ara. Sim, a Ara é uma pessoa com deficiência, mas ela tem um emprego, mesmo que o salão de cabeleireiro não pague bem. Mas, quando falo que Sujin precisa aprender a cuidar de si antes de se preocupar com qualquer outra pessoa, ela chora, diz que Ara não consegue regular com a realidade, que precisa ser protegida e que ela, sendo assim, precisa ganhar o máximo de dinheiro que puder para as duas.

O que Sujin não entende é que estou tentando salvá-la. Depois que o dinheiro começa a circular e você entra no nosso mundo, é fácil entrar numa fria.

Você aceita empréstimos das Senhoras, cafetões, agiotas e outros sanguessugas que vão lhe oferecer uma pequena cirurgia para consertar o rosto e, quando vê, já está mergulhado em um oceano impagável de dívidas. Você trabalha, trabalha e trabalha até o corpo se acabar e não haver outra saída senão continuar trabalhando. Mesmo que você pareça ganhar muito dinheiro, nunca poderá economizar, por conta dos juros que terá de pagar. Você nunca vai conseguir sair dessa. Vai se mudar para uma casa diferente, em uma cidade diferente, com uma Senhora diferente e um conjunto diferente de regras, horários e expectativas, mas vai ser a mesma coisa, sem nenhuma chance de escapar.

Eu não teria conseguido sair de Miari se não fosse por um dos meus clientes mais antigos, um vovô careca e curvado que se apaixonou por mim e me deu o dinheiro de que eu precisava para pagar minhas dívidas: 50 milhões de wons em espécie. Os donos do lugar onde eu trabalhava tentaram me enganar e fazer com que eu continuasse lá mesmo depois de pegarem o dinheiro, mas o vovô, advogado aposentado, os fez assinar todos os documentos confirmando que eu estava livre de dívidas.

Foi só com a junção dessas duas forças, o dinheiro e o medo da lei, que eles me deixaram ir embora.

O vovô ainda aparece a cada poucos meses, mas sempre me certifico de que minha colega de quarto, Miho, não esteja em casa quando ele vem. Tudo que ele pede é que eu faça um show-zinho de *striptease* e depois passe o restante do nosso tempo juntos nua, para ele poder me tocar e olhar para mim. Ele não faz questão de transar ou de receber um boquete. Diz que está velho demais para aguentar esse tipo de emoção e que não quer morrer em cima de mim. Não sei se ele faz isso por consideração a mim ou para evitar que a família perca o respeito por ele. É bom quando ele me olha, cheio de carinho, e me chama de "arte", sem que eu tenha que fazer nada.

Ele não sabe que comecei a me endividar de novo por causa das minhas cirurgias recentes, de retoque. Os procedimentos são simples, mas as contas vão se acumulando. Decidi não contar. Ele acha que estou estudando para ser professora; está orgulhoso de como mudou minha vida e, muitas vezes, chega a lacrimejar quando olha para mim. Ele adora a narrativa de que me salvou.

Quando Nami foi para o lugar onde eu trabalhava, em Miari, tentei dizer a ela para não aceitar dinheiro dos cafetões. Eles davam a entender que era só um agradinho, mas não era bem assim. Só que ela já tinha começado e, como o restante de nós, não conseguia parar.

Nami era só uma menina, uma das mais jovens ali, e parecia ainda mais jovem com suas bochechas rechonchudas e a boca dentuça. Devia ter 13 ou 14 anos quando apareceu pela primeira vez, e não era nada atraente naquela época, só uma menina gordinha, reta feito uma tábua. Mas os homens sempre a escolhiam por causa da idade.

Não sei por que gostei dela. Não costumo gostar das garotas com quem trabalho, mas Nami era tão simples e tão jovem que era difícil não sentir pena dela. Uma coisa que me incomodava era que ela nunca sorria e ficava só olhando para nós, garotas e homens. Acho até que os homens que a escolhiam eram do tipo que queriam punir seu comportamento.

Nós duas agora temos aparências muito diferentes. Ela às vezes diz que gostaria de ter uma foto nossa daquela época. "Você está maluca? Por que quer uma prova disso?", pergunto, chocada. Eu seria capaz de matar uma pessoa e apodrecer na prisão antes de deixá-la ver como eu era antes da cirurgia.

Agora que já faz alguns anos que trabalho em Gangnam, onde tudo é muito chique e sutil e o objetivo de cada cirurgia é garantir um resultado natural, eu chego a sentir calafrios ao ver suas últimas escolhas. Os seios, por exemplo, parecem coisa de desenho animado, projetando-se como melões em seu corpo de menino. As pessoas costumam encará-la sem parar ou desviam o olhar, constrangidas, principalmente quando ela fica com aquela expressão acanhada, com a boca ligeiramente aberta enquanto encara todos ao redor.

"Quero que pensem que sou burra", contou ela, certa vez. "Não ter expectativas é bom. Te dá tempo para pensar."

Bem, você com certeza convenceu todo mundo, tive vontade de dizer.

Minha colega de quarto, Miho, se junta a nós lá pelas 22h. Nossos quartos originalmente eram parte de um officetel maior, de forma que o "escritório" ficava de um lado e, do outro, os aposentos, conectados por uma porta que agora era mantida trancada, para que pudessem alugar dois apartamentos pequenos separados. Meu vizinho anterior era um sujeito bizarro de

30 e poucos anos que, à noite, gemia ao bater punheta. Fiquei aliviada quando ele se mudou e Miho chegou, algumas semanas depois. Eu a convidei algumas vezes para beber, e ela me convidou para ver os quadros em que estava trabalhando. O estilo de arte dela não me comove; o mundo já é deprimente o bastante, não precisamos acrescentar mais essa tristeza esquisita. Enquanto isso, Miho acha que todos os meus regimes são perda de tempo e dinheiro. Mas sempre existe a necessidade de falar para afastar a solidão e de ter alguém com quem conversar, então, depois de alguns meses nos conhecendo, pedimos ao responsável pelo prédio para destrancar a porta que conectava nossos apartamentos.

Nami fica muito intimidada com Miho, porque ela morava nos Estados Unidos até pouco tempo atrás e tem um emprego de verdade como artista em uma universidade. Não sei como, mas *pagam* ela para brincar com tinta, madeira e argila o dia todo. Porém, na maioria das vezes, ela parece só olhar para a parede.

Miho chega e se afunda em uma cadeira. Suspirando, começa a tamborilar os dedos na mesa. São dedos bem perturbadores, cheios de bolhas e com manchas de tinta seca impregnadas em cortes cicatrizados. E o estado das unhas! Acho que ela nunca fez unhas de gel na vida. Eu me arrepio só de ver, e Nami fica boquiaberta.

"Estou morrendo de fome", diz Miho. "Você pediu mais comida?" Ela enrola o longo rabo de cavalo no pulso.

"Quando foi a última vez que você comeu?", pergunto. Miho se esquece de comer quando está trabalhando. Fico até com inveja, porque, para mim, é muito difícil fazer dieta, mas Miho nem pensa na balança e continua magérrima.

"Acho que comi hoje de manhã. E bebi, sei lá, um bule de café por hora."

Empurro os bolinhos de peixe que sobraram no meu prato na direção dela e aceno para o dono do *pocha*, que vem correndo do balcão.

"Oi, queremos *kimchijeon*.* O que mais você quer?", pergunto para Miho.

"O que tiver de melhor no cardápio", ela informa ao dono, que coça a cabeça. Mas Miho já se voltou para mim, e ele corre para a cozinha. "Hanbin também está a caminho, mas vai levar pelo menos uma hora no trânsito. Não fale nada sobre a mãe dele, tá?" A voz de Miho estremece com o aviso. Ela é toda cheia de dedos com esse namorado.

"Claro que não", digo, desanimada. "Acha que sou louca?"

"Como você está, Nami?" Miho olha para Nami com gentileza. Esta é a terceira ou quarta vez que as duas se encontram. Depois de cada encontro, Miho sempre diz que Nami parece jovem demais para já ter feito tantas cirurgias. "Ela não vai se arrepender quando ficar mais velha?"

Para alguém que cresceu em um orfanato, Miho é muito ingênua. Como se houvesse a possibilidade de Nami pensar no futuro! Ela não vê os pais desde que fugiu de casa, aos 12 anos, e vive uma noite de cada vez. Qualquer um que já tenha vivido os perrengues do dia a dia compreende isso em um piscar de olhos. Mas Miho também acha que eu trabalho em uma casa noturna porque quero ganhar muito dinheiro. Ela nunca conseguiria imaginar o tipo de lugar em que Nami e eu começamos. E, embora Nami também tenha trocado Miari por uma casa noturna um pouco menos badalada que a minha, ela vai trabalhar até se matar ou até ser jogada fora como um pano de chão velho.

---

* Panqueca de kimchi, conserva tradicional de vegetais, geralmente feita com acelga e rabanete, fermentada e apimentada. (As notas são da tradutora.)

Ainda fico surpresa com a ingenuidade das mulheres desse país. Principalmente as esposas. O que elas acham que os maridos fazem de segunda a sexta-feira, das 20h à meia-noite? Quem elas acham que mantém essas dezenas de milhares de casas noturnas abarrotadas de dinheiro? E tem aquelas que sabem, mas se fazem de cegas para o fato de que seus maridos escolhem uma garota diferente para trepar a cada semana. Fingem com tanto afinco que realmente chegam a esquecer.

Olho para Miho, que parece preocupada. Ela com certeza será uma dessas esposas sem noção.

"O namorado da Miho é um *chaebol* de verdade", digo a Nami. Seus olhos se arregalam um pouco, alarmados, então voltam a ficar vidrados. Ela nem pergunta de que empresa a família dele é dona.

"Por que acha que ele gosta de você?", pergunto a Miho, genuinamente curiosa. Miho é bonita, mas não tem o nível de perfeição que se pode alcançar com uma cirurgia, além de não ter família nem dinheiro. Mas, por algum motivo, namora esse rapaz, que vem de uma das famílias mais ricas do país. É um mistério.

"Como assim? Por que essa pergunta?", rebate ela, mas sorri, querendo demonstrar que não se ofendeu.

"Não sei. Às vezes acho que conheço os homens, mas não consigo entendê-los", respondo.

"Ah, a propósito, falei para ele que você é minha amiga do ensino médio e que é comissária de bordo", diz Miho, parecendo se desculpar. "Pode dizer que não quer falar de trabalho? Não quero que você tenha que mentir demais."

"Por que comissária de bordo? Que específico." Apesar da escolha estranha, ninguém poderia me apresentar como acompanhante de casa noturna. A Miho é a única pessoa que sabe, além das meninas com quem trabalho e dos caras que me pagam.

"Bem, você tem esses horários estranhos e é muito bonita...", explica ela, com a voz quase sumindo. "Não consegui pensar em mais nada que envolvesse esse tipo de coisa. Mas, pensando bem, é uma mentira meio maluca." Miho parece angustiada. "E se ele perguntar sobre suas rotas de voo e seus países favoritos?", pondera, chateada. "Ele viaja bastante."

Dou de ombros. "Não tenho problema em falar que sou comissária de bordo", respondo. "Eu mudo de assunto se não souber o que dizer."

Um tempo depois de sair de Miari, mas antes de entrar na Ajax, eu cogitei trabalhar como comissária de bordo. Até me matriculei em uma daquelas escolas na estação Gangnam para um curso de duas semanas em que aprendi a "dobrar os joelhos, não os quadris" e aquela merda toda. Então descobri o quanto essa gente ganha, mesmo os funcionários das companhias aéreas do Oriente Médio, que recebem o dobro do salário dos comissários de voos domésticos, e desisti. Aí comecei a trabalhar na Ajax porque... olhar para os homens com adoração e beber os drinques deles é tudo que sei fazer.

"Por que você não diz que desistiu e está tentando virar atriz?", sugere Nami, então fecha a boca depressa, como se tivesse falado algo errado.

Miho comemora. "Perfeito! Por que não pensei nisso antes?" Ela sorri e olha para Nami. "E você, Nami, o que você faz?"

"Ah, o mesmo que ela", Nami diz sem pestanejar e dá uma risadinha. "Nós duas somos atrizes desesperadas!"

Eu olho para ela. Nami é ligeira.

"Enfim, o que você preferir, Miho", digo, revirando os olhos.

"Não quero que você se sinta desconfortável. Então, sim, está ótimo... Você está tentando virar atriz."

"Tudo bem", respondo. "Eu não me importo."

Quando Hanbin finalmente chega, é quase meia-noite, e todas as mesas estão ocupadas. As pessoas ainda não estão bêbadas, mas gritam, alegres.

Ele é bem bonito e atlético, muito mais alto do que eu imaginava, com o rosto bronzeado e o cabelo bem cortado. Suas roupas são caras e elegantes, mas não elegantes demais: uma camisa azul estampada da Paul Smith, jeans escuro e tênis de couro caramelo. Gosto especialmente da magreza firme de seu corpo. Miho fica empolgada assim que o vê, enquanto Nami se concentra ainda mais em seu drinque. Mantenho o sorriso frio e distante.

"Olá", cumprimento.

"Oi", responde ele. "Estou muito animado! Finalmente estou conhecendo as amigas da Miho depois de todo esse tempo." O dono traz um banquinho de plástico, e Hanbin dá um chutinho antes de se sentar. "É um lugar e tanto", diz, olhando em volta. Sua energia e otimismo destoam da atitude das outras pessoas do bar, que parecem derrotadas pela semana.

Fazemos apresentações rápidas, só nomes, mais nada, e ele pede outra rodada de *soju*.

"No que você trabalhou hoje?", ele pergunta para Miho. Então escuta, bastante interessado, enquanto ela conta como passou o dia todo pintando vidros.

Gosto de como ele se envolve com a história dela. Não me lembro da última vez em que um homem me perguntou sobre o meu dia e prestou atenção na resposta. Nami também observa os dois de canto de olho, e posso afirmar que ela presta mais atenção na maneira como seus corpos se movem em direção um ao outro do que no conteúdo da conversa.

"Sabe, minha mãe tem um amigo que é artista e que tem um estúdio de sopragem de vidro em Paju", ele conta para Miho. "Eu já fui lá, você ia amar. Por que não visitamos semana que vem? Aí você o conhece e vê o trabalho. Ele está tão ansioso para impressionar a mamãe que vai ficar feliz em lhe mostrar o lugar."

"Mas o que a sua mãe diria?", pergunta ela, parecendo desanimada. "Não quero que ela pense que estou tentando tirar vantagem da sua família."

"Tudo bem, só vou pedir para a assistente dela organizar tudo. Vou adorar! Ela sabe que gostei muito da última vez em que estive lá."

"Pode ser", responde Miho, parecendo preocupada. Então boceja, e suas olheiras ficam ainda mais escuras quando ela as esfrega.

"Você está com fome", afirma Hanbin. "Você não comeu nada, né? Dá para ver." Ele se vira e gesticula para o dono, que vem correndo. "Ande logo com a comida, por favor", pede, em voz alta. O dono se curva e corre de volta para a cozinha. Pouco tempo depois, volta com o *kimchijeon*, que Hanbin corta para Miho com os hashis. Nami está extasiada, chupando um pirulito vermelho-escuro enquanto assiste.

"Você precisa tomar mais cuidado. Saco vazio não para em pé. E aí você não vai conseguir trabalhar direito." A voz é terna e repreensiva enquanto ele coloca mais comida no prato de Miho. Claro que ele gosta de assumir *esse* papel. Ele então se vira e me diz: "Você não concorda? Ela parece aquela propaganda do Snickers".

"Eu só a invejo por conseguir fazer dieta sem nem perceber que está com fome", respondo, descontraída, embora esteja falando sério.

Ele ri, pega o celular e passa um minuto escrevendo uma mensagem de texto.

"Sung e Woojin querem ir ao karaokê", diz ele. "Os dois estão aqui perto, então vou combinar de nos encontrarmos no Champion."

Miho balança a cabeça, dando mordidas graciosas e ferozes. "Vocês também vão, né?", pergunta Hanbin, e concordamos. Vamos beber de graça. Acho que ele mal sabe quanto vai dar a conta, pois é o tipo que entrega o cartão de crédito sem nem olhar. E Miho nem bebe muito. Que desperdício.

No karaokê, encontramos os amigos de Hanbin, e as coisas logo ficam muito divertidas. Os dois são *yoohaksaeng*, garotos ricos que estudaram nos Estados Unidos no ensino médio e na faculdade. Gosto dos *yoohaksaeng* porque tendem a ser mais experimentais com as posições sexuais, já que assistem a bastante pornografia americana. Ao que parece, a prática é muito ridícula e exagerada, mas muitas vezes se concentra no prazer das mulheres, que é medido pela altura dos gemidos.

Nami está agindo feito uma idiota. Tirou o suéter, e a blusa branca de manga curta mostra a parte de cima dos seus seios, que saltam e se comprimem quando ela ri. Claro que os garotos adoram e escolhem músicas agitadas de propósito para fazê-la dançar. E não param de pedir bebidas.

Miho já está dormindo em um canto, as bochechas coradas pelos dois drinques que tomou. Deve ter sido por isso que Nami conseguiu se soltar. Nami pega o microfone do karaokê e coloca a música do grupo feminino mais badalado do ano, e é óbvio que memorizou todos os passos e começa a dançar enquanto canta. É engraçado como seus olhos brilham enquanto ela pula. Tenho certeza de que não fica assim quando canta essa música no trabalho.

Por volta das 3h da manhã, quero ir para casa. Hanbin também está dormindo em uma cadeira, então aceno para Nami e os garotos, me despedindo, e arrasto Miho até um táxi. Durmo até o meio-dia do dia seguinte e acordo com dor de cabeça.

A semana de trabalho passa em um borrão. Não sei por quê, mas ultimamente tenho tido ressacas terríveis, sendo que nunca tive problema com isso. E o Bruce ainda não apareceu. Talvez porque seu noivado esteja se aproximando. Ou quem sabe ele se cansou de mim.

Não me entenda mal, não tenho ilusões em relação ao Bruce. Já namorei clientes mais ricos ou mais legais que ele e não sou idiota.

Sim, ele me requisita toda vez que vem aqui. Às vezes, dependendo de seu humor, ele me dá somas consideráveis de dinheiro "para comprar algo bonito".

Mas ele não me dá dinheiro por ter um carinho especial por mim. Ele não sorri para mim em jantares à luz de velas nem nada assim, e quase sempre estamos muito bêbados quando vamos para um quarto de hotel, então vemos tv na cama e adormecemos juntos. Acho que é isso o que mais gosto nele, o fato de que eu me sinto confortável para dormir quando ele me abraça.

Eu estava esperando noites fáceis de lidar, mas o destino me reservou diversos grupos de bebedores insanos, do tipo que ficam insistindo para as garotas beberem também, em vez de só encherem a cara sozinhos, esperando que a gente sirva. Não é só comigo. Em noites especialmente ruins, algumas garotas já estão vomitando lá pelas 22h. E o cliente que hoje insiste para todo mundo beber não é o que vai pagar a conta ou sair de lá com alguém, o que sempre me irrita. Se você não está pagando ou sendo bajulado, precisa calar a boca e ficar na sua. Quase dou uma resposta atravessada quando esse cara feio e magricela que obviamente é só um aproveitador fica tentando me fazer beber.

"Por que desperdiçar coisas caras comigo?", digo, tentando rir. Ele me ignora e, me encarando com olhos febris, não para de repetir: "Beba! Beba! Beba! Beba!".

Sorrio e tomo a bebida. Depois dou um longo suspiro, o que o faz se sentir vitorioso.

No dia seguinte, quando Nami me manda uma mensagem sobre sair para beber, respondo que não quero por causa da dor de cabeça, mas que ela pode aparecer aqui em casa se quiser.

"A *unni** Miho está aí?", escreve ela.

"Não."

"Ela vai voltar logo?"

"Ela saiu bem tarde essa manhã, então provavelmente não", respondo, um pouco irritada.

Apesar do que eu disse sobre não beber, Nami traz várias garrafas de *soju* e uma caixa de asas de frango frito, então diz que não preciso beber e que o *soju* é para ela. Ela não para de olhar em volta, nervosa, até que estalo os dedos para ela parar quieta e não me deixar nervosa.

Atacamos o frango frito na frente da TV, assistindo a outro especial de k-pop. A quantidade de novos grupos lançados a cada semana desafia a lógica. As garotas se balançam e pulam freneticamente no palco usando minissaias e meias até o joelho. Nami se levanta e imita alguns passos, cantando com uma asa de frango no lugar do microfone. Seu olhar hoje está um pouco insano, os olhos brilhando como bolas de gude enquanto ela balança a cabeça de um lado para o outro.

"Você está derramando óleo de frango no chão", digo. A ressaca de hoje não é a pior da semana, mas ainda bate forte, implacável.

---

* Irmã mais velha. Termo também usado para se referir a uma garota mais velha que a pessoa respeita e admira.

Nami se senta de volta quando um cantor que já era, de tão velho que está, com quase 40 anos, começa uma balada romântica.

"Tenho que ir embora logo", anuncia ela, tomando uma dose e olhando para a porta.

"Como assim? Você acabou de chegar. O que está acontecendo com você hoje?"

Ela pigarreia e começa a falar sem parar, então consigo arrancar a verdade: parece que ela andou dormindo com Hanbin. Pisco várias vezes enquanto Nami conta a história.

Depois que saí com Miho, naquela noite, Hanbin acordou, e todos beberam ainda mais. Nami disse que apagou cedo, mas que o que ela conseguia lembrar é que em algum momento só tinha ela e Hanbin na sala e ela estava de joelhos, fazendo um boquete. Ele não conseguiu gozar e insistiu em ir para um hotel vizinho, onde ela o chupou mais um pouco e os dois fizeram sexo selvagem e adormeceram. De manhã, transaram de novo, e ele pegou o número dela antes de deixá-la ir. Ele mandou mensagens de texto durante a semana inteira, pedindo para se verem de novo. Nami o encontrou ontem à tarde, e os dois foram para um hotel.

Fico em silêncio enquanto ela conta.

"Ele está te dando dinheiro?", pergunto, depois de uma longa pausa. Nami balança a cabeça, parecendo infeliz. Pego o *soju* e tomo um gole direto da garrafa. "Acho que *vou* beber hoje, afinal."

Nami joga os ossos de frango no lixo, depois se senta na minha frente e pega outra garrafa. "É a primeira vez que durmo com alguém que não é um cliente", diz, hesitante, depois de tomar um gole. "Mas é tudo um sonho, como se eu estivesse assistindo na tv ou algo assim. Digo, sei que está acontecendo, mas não consigo acordar."

Giro o copo, esperando que, desta vez, ficar bêbada acabe com a dor de cabeça. "Vocês conversam e tal?", pergunto. "Ou é só sexo?" Estou curiosa para saber como ele é na cama, o garoto *chaebol*. Miho nunca fala disso.

"Sim, um pouco", responde Nami. "Ele é muito gentil depois. E me leva para comer nesses restaurantes legais e ri quando como muito." Ela franze a testa. "Ele tem muitas coisas com as quais se preocupar."

"Como o quê?", pergunto, incrédula. "Como dormir com o máximo de garotas possível sem pagar?"

"Ontem ele me contou que o pai tem um demônio dentro dele", revela ela.

"Um demônio? Como assim?"

"Não sei. *Oppa** Hanbin ficou repetindo isso, dizendo que o pai precisava ser exorcizado por uma *mudang*.** E que a mãe dele foi banida para um quarto no porão da casa." Nami olha para o chão.

"Ele te conhece há dois segundos e já te conta isso? Que esquisito." Principalmente porque Miho disse que Hanbin nunca fala sobre o pai. Mas, só para lembrar, todos os jovens ricos são meio estranhos. Um cara, um cliente regular, sempre exibia o dinheiro quando eu estava em Miari, e uma vez pôs dinheiro na cama e me fez afundar a cara nas notas enquanto me fodia. Tinha visto isso em algum filme. Depois disso, fiquei pensando que ele provavelmente não era tão rico, mas que, como ia lá algumas vezes por semana, também não podia ser pobre.

---

*   Irmão mais velho. Termo também usado para se referir a um rapaz mais velho que a pessoa respeita e admira.
**   Xamã, geralmente uma mulher.

"Espero que não esteja me pedindo conselhos", digo, por fim, suspirando.

"Não estou pedindo conselhos. Só não quero fazer as coisas pelas suas costas." Nami abre outra garrafa e se serve de outra dose, sem nem me oferecer.

"Isso é o que você chama de não fazer nada pelas minhas costas?" Pisco. "Mas aí está mais uma coisa com a qual preciso me preocupar."

Nami parece magoada, e ficamos em silêncio, então eu a abraço. Ela cheira a xampu de amêndoas e perfume barato. "Ele disse alguma coisa sobre a Miho?", pergunto.

"Não", responde ela, pegando uma mecha do meu cabelo e enrolando no dedo. "Não falou dela nenhuma vez."

Quando Nami sai, levando todo o lixo no saquinho plástico em que trouxe o frango, eu me sinto agitada e exausta. Uma sensação de estar doente se instala em meus ombros, como uma capa pesada, e não importa que drama ou *reality show* esteja passando na TV, minha mente vagueia. É enlouquecedor como estou desperdiçando meu dia de folga com esse mau humor.

Tento descobrir a origem desse sentimento. Não pode ser a surpresa com Hanbin. Eu já esperava que ele fosse um idiota como todos os outros rapazes ricos com os Maseratis da mamãe e os cartões de crédito do papai, sejamos francos. Além disso, Miho e eu não somos amigas de verdade. Nunca conversamos sobre nada pessoal. Acho que nunca contei a ela sobre meu pai ou minha irmã. E não que Hanbin fosse se casar com ela.

O mau humor provavelmente vem do instinto de proteger Nami. Até hoje, ela nunca tinha falado comigo sobre garotos.

Só os do trabalho, mas os caras do trabalho não contam, não importa o quanto um cliente possa ser bom. Nami pode ser jovem e ingênua, mas já sabe disso.

Quando ouço Miho destrancando a porta do apartamento, fico quieta, esperando que ela não apareça aqui, mas ela aparece. Ela entra e enfia a cabeça no meu quarto enquanto finjo que estou distraída no celular.

"O que você está fazendo? Já comeu?", pergunta ela.

Seu cabelo está trançado e enrolado firmemente. Ela tem manchas de tinta turquesa espalhadas no pescoço e nas mãos. Seu rosto é sincero e feliz, o que me deprime.

"Você não comeu o dia todo de novo?", pergunto, exasperada.

"Eu queria comer hoje, de verdade. Comprei um iogurte e um pãozinho de café da manhã naquela padaria nova da esquina da Tehranro, mas devo ter deixado a sacola em algum lugar porque, quando me lembrei, hoje à tarde, não consegui encontrar a sacola em lugar nenhum. É um mistério."

Ela entra, alheia ao meu mau humor, e se senta na cama, mexendo no vestido que usei ontem à noite. "Gosto dessa cor", diz Miho, sonhadora, acariciando a bainha. O vestido é barato e justo, mas também gosto da cor, um ardósia escuro. Nenhuma das outras garotas gosta de usá-lo, o que faz com que eu me sinta interessante e misteriosa.

"Quer ir ao aquário comigo?", pergunta Miho, de repente.

"Ao aquário? Por quê?"

"Eu preciso olhar os peixes."

"Para trabalhar de novo, você quer dizer?" Da última vez, ela queria ver como a carne de pato era suspensa em um restaurante de Pequim especializado nessa iguaria.

Ela assente. "Estou começando um projeto com vidro, e isso me fez pensar em peixes. Hanbin não pode ir comigo porque tem um compromisso de família."

Reviro os olhos, irritada, mas ela não vê.

"No fim de semana, o aquário fica lotado de crianças barulhentas", digo, satisfeita por inventar uma desculpa perfeita para não ir. "Centenas de crianças em um espaço escuro e fechado." Estremeço. "Parece um filme de terror."

Miho parece chateada.

"Mas você deveria ir", digo, em seguida. "Vai te inspirar. E talvez todas aquelas crianças também te inspirem. Ouvi dizer que crianças podem fazer isso com a gente."

Ela me encara e diz: "Sabia que todas as clínicas ginecológicas e maternidades estão fechando porque ninguém está tendo filhos? Ouvi isso hoje, no noticiário do rádio".

"Já vão tarde", respondo. "Por que trazer mais crianças para esse mundo, para sofrerem e passarem a vida inteira estressadas? Elas vão te decepcionar, e você vai querer morrer. Além de te deixarem pobre."

"Eu quero ter quatro filhos", comenta ela, sorrindo.

Isso porque você está namorando um cara rico, tenho vontade de dizer. *E ele nunca vai se casar com você.* Em vez disso, falo: "Nenhuma cirurgia vai conseguir consertar sua vagina depois disso. Você quer deixar escapar xixi toda vez que espirrar?".

Mas é verdade. Além de Miho, ninguém que eu conheço quer ter filhos. Muito menos eu. Só de pensar em engravidar, minha pressão dispara.

Minha mãe sempre faz questão de comentar que, quando tinha a minha idade, Haena, minha irmã, já tinha 6 anos, e eu, metade disso.

"Você não precisa estar preparada para ter filhos, basta tê-los, e eles vão crescer de uma forma ou de outra", insiste ela, implorando para nós, principalmente para Haena, já que acha que Haena ainda é casada. "Quem vai cuidar de vocês quando estiverem velhas? Olhem para mim, como seria minha vida sem vocês?"

Ela não entende que nunca vou poder me responsabilizar por outra vida sendo que luto feito louca para dar conta da minha. É por isso que compro dez caixas de pílulas anticoncepcionais de uma só vez na farmácia. Miho uma vez me disse que, nos Estados Unidos, não se vende anticoncepcionais sem receita. Um médico precisa prescrevê-los. E, para ver um médico, não basta ir, você precisa agendar uma consulta com dias ou até *semanas* de antecedência. Muitas coisas que ela diz sobre os Estados Unidos me intrigam, porque é muito diferente de como imagino que sejam. Suspeito que pode ter havido muitos problemas de comunicação enquanto ela estava lá. Ela não devia entender o que as pessoas diziam. Eu já a ouvi falando inglês, e ela não parece muito fluente.

Miho não toma pílulas, pois diz que afetam muito seu humor e seu trabalho. Ela também tem medo de que as pílulas a impeçam de engravidar no futuro. Eu disse a ela que espero que isso seja verdade. Mas digo isso pensando em mim.

Mas tenho sorte. Ainda não precisei fazer um aborto, porque sou muito pontual ao tomar minhas pílulas. Não importa quão bêbada eu fique na noite anterior ou se estou bebendo durante o dia. Configurei um alarme diário no celular, mas, mesmo que a bateria acabe, meu corpo lembra. Mesmo morrendo de sono, acordo bem na hora.

Conheço uma garota alguns anos mais velha que eu que trabalhava na Ajax, mas que saiu porque seu padrinho queria. Ela conseguiu um apartamento chique e teve dois bebês. A última notícia que tive foi de que enlouqueceu e foi mandada para um hospital psiquiátrico.

Penso nela e em Miho, Nami e Haena, depois vou até a geladeira, pego um copo de vinagre de uva e vou até o armário pegar *soju*. Misturo os dois e começo a beber, sentada no chão, em frente à janela que dá para a rua.

Não sei, estou pensando em me mudar para Hong Kong ou Nova York. Algumas garotas mais velhas com quem costumava trabalhar disseram que encontraram empregos em casas noturnas lá. Parece que os padrões de beleza são muito baixos nessas cidades e que as pessoas circulam com todo tipo de rosto feio. "Você deveria vir também!", disseram elas, como se fosse uma aventura, em vez de uma aposentadoria forçada. Elas me passaram seu contato, mas não responderam quando escrevi perguntando como está a vida nova lá por aqueles lados.

Quem sabe? Talvez alguém se case comigo, se eu me mudar para lá. Um estrangeiro que vai pensar que eu nasci bonita, porque não sabe a diferença.

Wonna

É minha quarta gravidez este ano e já sei que esta também não vai dar certo.

Ainda não compartilhei essa convicção com meu marido. Ele só diria: "Os pensamentos se transformam em sementes da má sorte!" ou qualquer outra coisa sem importância e tentaria mudar de assunto.

Não tive nenhum sonho sinistro nem nada assim. Eu só sei. Uma intuição materna, se preferir — ou o contrário.

Na sala de espera da minha médica, três outras mulheres grávidas se remexem, desconfortáveis com as barrigas inchadas. Nenhuma está radiante; todas parecem gordas e cansadas. Duas trouxeram o marido. Não entendo por que submetem os homens a tanta perda de tempo. Nunca deixo meu marido vir, embora ele sempre diga que quer. "Só se concentre em ganhar mais dinheiro, por favor", peço, com toda a educação, e ele se cala. Já é difícil o suficiente ser um funcionário de cargo intermediário e salário mediano que não pode tirar folga nem para ir à consulta da obstetra da esposa. "Não entendo por que você quer que eu tenha um bebê se não vamos poder pagar uma creche", eu costumava dizer, antes de tentar engravidar. "Não vou poder trabalhar e nem vou poder *não* trabalhar."

Meu brilhante marido sempre tem uma resposta infalivelmente estúpida para essas questões práticas: "Só precisamos ter um bebê, daí vamos dar um jeito! Nossos pais vão ajudar!".

Às vezes eu o vejo com seu sorriso simples e despreocupado e sinto o coração se contorcer com tanta aversão que preciso desviar o olhar para ele não ver a expressão no meu rosto. Ele é um homem gentil, essa é a única vantagem, e sempre preciso lembrar que me casar com ele foi uma escolha minha. Ao longo de toda a minha vida adulta e no meu casamento, tento não ser cruel, porque sei que é só questão de tempo até que a parte ruim do meu sangue venha à tona.

"Sra. Kang Wonna", chama a enfermeira, e sou conduzida ao consultório cor-de-rosa da médica, repleto de fotos em preto e branco de bebês e imagens de úteros. A médica atrás da mesa é uma mulher gordinha de meia-idade, com óculos redondos e permanente no cabelo.

"É sua primeira consulta conosco? E seu gráfico indica uma gravidez de quatro semanas?", pergunta ela, brincando com os óculos enquanto lê meu prontuário. "Como está se sentindo?"

Penso na pergunta.

"Estou com um mau pressentimento", digo, então paro.

"Está com dor, é isso que quer dizer?" Ela parece preocupada.

"Ainda não", respondo. "Mas sei que algo vai acontecer."

Ela ergue uma sobrancelha, e eu tento explicar.

"Posso sentir que algo ruim vai acontecer com o bebê. É só uma sensação. Minha antiga médica não me ouviu, por isso estou aqui." Digo essa última parte para alertá-la a ter cuidado com as palavras, mas não tenho certeza se ela me entende.

Ela olha de novo para o prontuário.

"Vejo que você já teve três gestações, não é?"

"Sim."

"E sofreu aborto espontâneo em todas?"

"Sim."

A médica dá leves batidinhas no prontuário.

"Entendo que esteja apreensiva", diz ela, hesitante, "mas quero que saiba que abortos espontâneos são bastante comuns, então não precisa achar que é algo que acontece só com você. Muitas mulheres abortam, e não é culpa de ninguém. Se quiser, podemos fazer alguns testes, só para ter certeza de que está tudo bem, mas queria primeiro fazer mais algumas perguntas."

Ela continua fazendo perguntas desinteressantes sobre meu estado físico e mental e sobre o passado, e eu dou respostas automáticas.

"Considerando tudo que você passou, gostaria de falar com um terapeuta?", pergunta ela, e é a minha vez de erguer a sobrancelha.

"Isso não vai me fazer perder o plano de saúde?", indago. "Ouvi dizer que, se você faz tratamento de saúde mental, é dispensado do plano, e nenhum outro convênio vai querer saber de você."

"Ah, acho que isso não acontece mais", responde ela, incerta. "Mas não tenho certeza. Acho que você teria que ligar para o seu convênio."

"Melhor não", respondo. Mesmo se eu tivesse dinheiro para desperdiçar, não estou tendo pensamentos suicidas nem nada assim. Eu sabia que não devia ter mencionado essa premonição. Não sei por que esperava algo diferente dessa médica.

Ela olha para o relógio. "Por que não fazemos um ultrassom?"

Ela se vira para a enfermeira, que me conduz até a mesa de exame, onde tiro a calcinha depressa e coloco os pés nos apoios. A médica desenrola um preservativo lubrificado no bastão do ultrassom e o empurra gentilmente para dentro de mim, sondando, enquanto nós duas olhamos para a tela.

"Luzes, por favor."

A enfermeira diminui a luminosidade, e a médica continua procurando alguma coisa enquanto me pede para relaxar. Depois de uns bons cinco minutos de sondagem, ela puxa o bastão e tira as luvas, uma por vez.

"Bem, é cedo demais para enxergar qualquer coisa. Por que você não volta na semana que vem? Aí podemos dar outra olhada na bolsa e nos batimentos cardíacos. Vamos coletar um pouco de sangue e fazer alguns exames. Enquanto isso, não se preocupe. Você vai ficar bem."

"Sim, eu sei", digo, me vestindo o mais rápido possível. Não digo mais nada para ela e saio em silêncio, tentando não olhar para as mulheres inchadas na sala de espera.

Sei que é loucura, mas tirei o dia inteiro de folga só para essa consulta. Na semana passada, quando falei com Lee, o chefe do departamento, ele perguntou, aborrecido: "Deus, o que é agora?". Ele não parava de perguntar o motivo específico, mas resisti até o fim. "É só um dia para resolver um assunto pessoal", falei, encarando seus sapatos marrons brilhantes, e ele começou a me bater na cabeça com um maço de papéis enrolado. "É *por isso* que as mulheres não conseguem avançar na carreira", ele praticamente gritou para todo o departamento ouvir, depois me disse para sumir de vista.

Fiquei indecisa se deveria folgar apenas metade do dia, mas a viagem de uma hora e meia decidiu por mim. Então estou sentada em uma cafeteria em Garosugil, gloriosamente sozinha, comendo um croissant de amêndoa amanteigado e sacudindo as migalhas de um lenço que acabei de comprar na butique da esquina. Não sei o que me deu para comprar esse lenço, pois estamos precisando de dinheiro, mas já fazia um tempo que eu não comprava nada e o lenço parecia muito elegante no manequim da vitrine. Agora que o coloquei, vejo que o tecido é barato e que as pontas já estão se desfazendo. Como tudo na minha vida, foi uma escolha impulsiva — uma escolha errada.

Quando finalmente dou uma olhada no celular, encontro três mensagens do meu marido. "Tudo certo?", "Faz um tempo que você não dá notícias, aconteceu alguma coisa?" e "Como está se sentindo?"

Mando uma resposta rápida: "Desculpe, estou ocupada no trabalho. Te ligo mais tarde". Eu já devia saber que ele encontraria uma forma de interromper qualquer passeio feliz.

No caminho de volta para a estação de metrô, tento bloquear a mente, mas tudo que vejo são bebês em seus carrinhos. Quantos bebês existem nessa cidade? O governo e a mídia não estão sempre se queixando de como nossa taxa de natalidade é a mais baixa do mundo?

Todos os carrinhos parecem perigosamente altos. São esses carrinhos escandinavos que agora estão por toda parte. Quero gritar com as mães. *Parece que os bebês vão cair! Parem de mexer no celular e passear!*

Um bebezinho me olha do carrinho e franze a testa enquanto a mãe vasculha uma gôndola de acessórios na rua. Ele está enrolado em um cobertor de dois tons de caxemira com bordados que reconheço dos blogues europeus de roupas de bebê. Deve ter custado mais que o meu salário. Olho para a mãe, séria. Ela parece abatida, mesmo cheia de maquiagem.

Não quero nada com meninos, só quero uma menininha que use vestidos chiques e macios de cores como bege, rosa e cinza e que pule no meu colo. Eu não compraria um desses carrinhos de bebê pesados, compraria um carrinho robusto, com uma cesta grande na parte de baixo, para quando eu a levasse ao supermercado para comprar suas comidinhas. Papinhas totalmente orgânicas, com um pouco de carne, cogumelos, feijão e cenoura. Sem sal nem açúcar até que ela tenha pelo menos 2 anos. E definitivamente nada de biscoitos, suco ou televisão.

Às vezes, no meio da noite, acordo sonhando que minha bebê estava dormindo ao meu lado, que rolei por cima dela e a sufoquei. Acordo ofegante, com as costas molhadas de suor.

Não conto nada disso para o meu marido, claro. Não conto para ninguém.

À medida que subo os degraus da frente do officetel, quase trombo com uma pessoa vindo depressa. Quando damos um passo para trás, vejo que é uma moradora do andar de cima. É uma das garotas do Centro Loring que pede entrega de comida no meio da noite e que fez uma cirurgia pesada no rosto há pouco tempo, por isso ainda anda com curativos em volta do queixo. Ela se desculpa e se curva. "Tudo bem", sussurro.

Ela se curva mais uma vez, depois desce as escadas com passos leves e flutuantes, apesar do curativo. *Para onde ela vai assim?*

Eu me viro e a vejo sair correndo pela rua. Ela parece tão livre. Todas elas parecem livres, as garotas barulhentas daquele grupo lá de cima.

Se eu soubesse que teria inveja de crianças de um orfanato, não teria ficado tão aterrorizada com as ameaças da minha avó de me deixar em um.

Na verdade, aquela garota foi a razão pela qual eu e meu marido viemos morar aqui, nesse officetel. Antes de nos casarmos, fomos a vários corretores de imóveis na área de Yeoksam, perto do trabalho dele. Estávamos em frente a um mapa do bairro, ao lado do corretor, quando ouvi vozes atrás de mim falando sobre o Centro Loring. Parei de respirar, ouvindo cada palavra com atenção.

Há muito tempo, minha avó me levou a uma das filiais do Centro Loring, que ficava um bairro próximo. Ela me fez ficar sentada na escada e disse para eu pensar no que havia feito de errado naquele dia e se merecia voltar para casa com ela ou ser deixada ali, como as outras crianças cujos pais não as queriam. Ela apontou para uma caixa grande que se projetava da parede e disse que tudo que ela precisava fazer era tocar a campainha acima daquela caixa para alguém aparecer e me levar.

As garotas atrás de nós no escritório da imobiliária falavam sobre o dormitório no Centro Loring de Cheongju e como ter um novo lugar juntas seria como morar lá de novo. Aquelas garotas eram tão ingênuas que discutiam esse tipo de coisa na frente de um corretor de imóveis.

Mas, para a minha surpresa, o corretor que falava com elas estava cotando um preço que parecia não só razoável, mas barato, e jurava que o officetel era novo e limpo. Quando as garotas saíram com ele para ver o lugar, perguntei ao nosso corretor sobre o officetel de que tinham acabado de falar. "Não pude deixar de ouvir a conversa", falei.

"Mas não serve para casais", explicou ele, franzindo a testa, cogitando apartamentos mais caros para nós, depois de saber onde meu marido trabalhava.

"Um preço mais em conta é sempre bom", comentei. "Quero ver aquele officetel, por favor."

Foi assim que nos instalamos no Color House, felizes com o aluguel mais barato. E fico vendo essas garotas indo e vindo... Talvez eu teria sido uma delas, em algum momento.

E talvez eu teria sido tão livre quanto elas. Adoraria ficar sozinha, morar com uma colega de quarto, pedir *lamen* às 2h da manhã, acordar deliciosamente sozinha, sem ninguém para perguntar o que pretendo fazer durante o dia.

Queria poder convidá-las para me visitar, mas isso exigiria que eu tivesse uma personalidade diferente. Gostaria de poder lhes dizer que tenho empatia por elas, que somos iguais. E que minha mãe também desistiu de mim.

Acho que pensar em minha mãe torna minha impossibilidade de ter um bebê ainda mais difícil. O problema não é engravidar. O problema é que os bebês ficam morrendo. Li em algum lugar que abortos espontâneos são bebês que se eliminam por si próprios quando sabem que haverá algum problema. Saber que eles preferem se matar a nascer de mim acaba comigo.

Quando penso na minha mãe, imagino que ela é uma mulher rica, bem-sucedida e invencível. Também gosto de imaginar que ela está sozinha, torturada pelo arrependimento de ter deixado sua bebê para trás. Às vezes, se estou em um espaço público, olho em volta ao acaso para ver se encontro alguma mulher bem-vestida com óculos de sol caros escondida em uma esquina com uma expressão ansiosa.

"Depois que eu te deixei, nunca mais soube o que é ser feliz", diz ela, quando junta coragem para conversar comigo.

No entanto, quando penso em minha avó, entendo por que minha mãe foi embora. Se eu tivesse tido coragem quando criança, também teria fugido.

Minha mãe está por aí, em algum lugar. Sempre que vê um bebê, ela pensa em mim.

Nem sei se todas as coisas venenosas que minha avó vomitava sobre minha mãe ter me abandonado eram verdadeiras. Eu achava que ela estava com meu pai no exterior, onde ele trabalhava. Não entendi, até ele voltar, que minha mãe havia nos deixado.

Algumas semanas depois do acidente com meu primo, meu pai veio me buscar na casa da minha avó. Ela não falou comigo durante aquelas semanas e parou de me alimentar. Não ficava mais em casa durante o dia, dizendo que não suportava ficar na mesma casa que eu. Eu fazia meu próprio arroz e comia a comida desidratada que, crua, tinha um gosto ruim.

Mas, quando meu pai veio me buscar — isso conta a seu favor, pois ele fez as malas e deixou sua vida na América do Sul com uma mulher de lá assim que soube do acidente —, minha avó fez um escarcéu inimaginável. Ela gritou, engasgou, jogou coisas e me agarrou com tanta força que as unhas se cravaram em meu pescoço. Então eu me contorci e corri para o meu pai, que eu nem conhecia, gritando: "Pai, pai!".

Quando ele me levou para seu novo apartamento em Seul, disse que nós dois estávamos recomeçando. E que, a partir daquele momento, poderíamos ser felizes.

Já passa da 1h da manhã, e estou curvada sobre o vaso sanitário de novo.

Meu enjoo matinal só vem à noite, quando meu marido já foi dormir. Ele se instala principalmente na garganta, mas nunca vomito, só sinto fome. Porém, quando procuro algo entre as coisas que temos em casa para comer, minha vontade é vomitar de novo.

Tudo bem aí, bebê?, quero perguntar enquanto toco minha barriga com cuidado. *Foi o sorvete? O macarrão?* São as únicas coisas que consigo comer, e é por isso que minha barriga parece a de uma grávida de cinco meses, em vez de dois. Comecei a usar vestidos largos e drapeados para tentar disfarçar a barriga protuberante, mas tenho certeza de que os olhares afiados no trabalho logo vão perceber. Morro de ódio quando penso no que vão dizer, e será ainda pior se eu perder esse bebê também. Não que eles saibam dos outros abortos espontâneos, mas foram bem hostis da última vez que liguei dizendo que estava doente por três dias consecutivos.

Trabalho no Departamento de Desenvolvimento de Novos Produtos, e minha chefe imediata é uma mulher solteira de 37 anos de quem *quase* sinto pena toda vez que temos que trabalhar à noite. Assim que o jantar começa, sempre puxam uma conversa sobre por que ninguém se casou com ela.

"Por que cada um não compartilha algumas teorias sobre a srta. Chun?", sugere Lee, o chefe do departamento, assim que o chefe, Cho, pede as carnes. "Chefe Cho, o que o senhor acha?"

Com isso, os homens se revezam dissecando a altura (muito alta), a educação (muito ameaçadora), a personalidade (muito forte) e as roupas (muito escuras) dela, oferecendo conselhos sobre como atrair um homem (incorporar maneirismos fofos na fala).

A sra. Chun sorri e entra na brincadeira. "Eu sei, preciso suavizar a primeira impressão que causo...", responde, dando um sorriso dolorido e cheio de dentes. Ela fica a noite toda tentando desesperadamente levar tudo na esportiva.

Quem paga pela destruição do pelotão de fuzilamento somos nós, seus subordinados. No dia seguinte, ela sempre grita conosco pelo "trabalho inaceitável" e nos faz ficar com ela no escritório até tarde da noite. A srta. Chun pode ficar até arde no escritório, já que ninguém a espera em casa. Mesmo que ela não fosse uma piranha amargurada, sua total inaptidão me impediria de sentir pena. Ela só continua sendo promovida porque fica depois das 23h na maioria das noites e sempre anuncia isso bem alto, no dia seguinte, tendo a nós como testemunhas. A gerência a considera "leal".

Não quero ficar todas as noites depois da meia-noite em uma empresa que me trata como uma formiga que pode ser esmagada a qualquer momento. Mas os que ficam, os que não têm família, são os que conseguem avançar. A mulher de carreira que imagino que minha mãe seja provavelmente também é uma dessas.

Sei que é muito cedo para o bebê chutar, ou pelo menos para eu senti-lo chutando, mas posso jurar que sinto um movimento bem de leve logo abaixo do umbigo. Coloco a mão ali, ouço e espero. Pelo que, não tenho a menor ideia.

"Por favor, fique", sussurro. "Por favor, por favor, fique."

Miho

Muitas vezes me pergunto onde eu estaria se minha tia e meu tio não tivessem decidido que não poderiam mais me manter.

Os dois talvez continuariam me criando, se minha prima Kyunghee não fosse tão inteligente. Ela era cinco anos mais velha que eu e, desde a quinta série, exibia sinais claros de uma inteligência que os professores, mesmo os de nossa escolinha esquecida no meio dos canaviais, eram rápidos em destacar e elogiar. Kyunghee sabe fazer grandes divisões matemáticas de cabeça, Kyunghee consegue esboçar uma natureza-morta surpreendente baseando-se apenas em memória, Kyunghee memorizou todos os reis da história coreana. Eu também tinha orgulho dela, minha prima talentosa, e o que eu mais gostava de fazer era pegar meu caderno de desenho, me sentar debaixo da grande árvore, do lado de fora do restaurante dos meus tios, e desenhar enquanto ela fazia o dever de casa ao meu lado, seus lábios curvados em concentração enquanto avançava devagar pelo livro. "Não vá sujar os dedos", lembrava ela quando erguia os olhos das tarefas, porque, ainda naquela época, eu já preferia borrar as bordas dos meus desenhos com os dedos. Agora não trabalho muito com lápis, mas esses raros momentos sempre me lembram dela.

Kyunghee não me dava muita atenção. Seu cérebro estava sempre tentando descobrir coisas que a interessavam, e ela não ligava muito para ter amigos. Meus tios também costumavam me deixar em paz. Eles tinham um "restaurante de taxistas", um lugar que servia três tipos de "sopa cura-ressaca" e acompanhamentos simples. Devia ser o restaurante mais barato da cidade, situado à beira de uma área salpicada de flores silvestres, e morávamos em uma casa de dois quartos atrás do restaurante.

Não sei de onde veio esse impulso de Kyunghee. Ela adorava os elogios e estudava sem parar. Eu ficava de papo para o ar, às vezes assistindo à TV dos clientes do restaurante, e ela se sentava no canto e terminava o dever de casa assim que chegava da escola e, quando não entendia algum problema, ia para a escola mais cedo no dia seguinte, para encontrar algum professor ou funcionário que lhe mostrasse a resposta. Nem preciso dizer que todos os adultos a amavam por isso. Minha tia e meu tio não sabiam como ajudá-la, mas eram gratos a ela por ser tão autossuficiente.

"Não sei de quem ela herdou isso", diziam eles, balançando a cabeça com orgulho quando os clientes notavam que ela estava estudando com tanto empenho e, inevitavelmente, comentavam a respeito.

Eu, por outro lado, era péssima na escola. A única aula de que eu gostava um pouco era a de artes, mas, mesmo nessas, tinha dificuldade de seguir instruções muito precisas. Eu tinha pavor de matemática e coreano; as ciências me confundiam, e eu achava sociologia um absurdo. "Isso vem do lado materno da família", ouvi minha tia dizer ao meu tio, muitas vezes. Ela não fazia nenhum esforço para esconder a antipatia que sentia pela minha mãe, dizendo que ela transformara meu pai em um alcoólatra. Meus pais tinham se envolvido com jogo, mas também bebiam muito e brigavam, um dia, pediram dinheiro emprestado à minha tia e ao meu tio e foram para algum lugar, ninguém sabe se juntos ou separados

Apesar disso, meus tios não usavam meus pais contra mim. Se tivessem uma segunda filha, mais lenta, acho que a teriam tratado da mesma forma que me tratavam. Kyunghee era o sol da vida deles, o que era algo muito natural.

Quando eu estava na quarta série, e Kyunghee, no terceiro ano do ensino médio, a professora nos acompanhou até em casa um dia e disse que Kyunghee devia se inscrever para o ensino médio avançado de ciências.

"É quase certo que ela vai passar, basta um empurrãozinho", disse a professora, uma jovem solene, com franja torta e olhos de coruja. "Mas ela precisa começar a se preparar para o teste imediatamente, se decidirem levar isso adiante."

Preparação significava aulas particulares, e aulas particulares significavam dinheiro, e o restaurante não ia bem havia muito tempo. Ficava cada vez mais difícil para mim assistir à tv, porque meus tios a desligavam quando não havia clientes, para economizar eletricidade.

"Foi quando te mandaram para um *orfanato*?", perguntou Ruby, incrédula. Todos ficaram maravilhados ao ouvir minha história. Ruby, Hanbin, seu amigo Minwoo e eu estávamos em St. Marks Place, em um *izakaya*, um tipo de bar japonês, pequeno e lotado, comendo espetinhos *yakitori* e bebendo *shochu*, um tipo de destilado. Ruby e Minwoo ficaram maravilhados, mas Hanbin parecia indiferente.

"Bem, soa ruim quando você resume desse jeito", falei. Era a primeira vez que contava essa história para amigos. Tive que escrever um ensaio pessoal para o meu pedido de bolsa de estudos e tocar em alguns pontos dessa história na entrevista com o comitê que acabou me mandando para Nova York, mas aquilo era diferente. Era como tomar um banho no meio da sala com todo mundo olhando.

"De que outra forma você resumiria?", perguntou Ruby.

Não lembro o que me disseram sobre ir para o Centro Loring. Acho que não protestei. Acredito que deve ter sido difícil no começo. Não lembro. Ou, para ser mais precisa, fiz um grande esforço para esquecer. Agora, acho mesmo que estava tudo bem.

Nos primeiros meses, meus tios ainda iam me visitar a cada poucas semanas. Kyunghee foi uma vez com eles, olhou ao redor e não disse quase nada. Depois disso, ela sempre estava ocupada demais para me visitar. Minha tia levava grandes potes de comida e, às vezes, sorvete. Bem de vez em quando, me levavam a algum lugar de carro, quase sempre para a papelaria, onde eu podia escolher o que quisesse. Eu costumava escolher canetas de gel fluorescentes, aquelas japonesas que custavam mais de 2 mil wons cada e nunca ficavam com crostas nas pontas. Eu sabia que eles se sentiam mal e tentava lhes mostrar as melhores partes do Centro Loring: a sala de aula para crianças pequenas era clara e organizada, e as crianças eram fofinhas de olhar quando não estavam chorando, e tínhamos até uma pequena biblioteca colorida com livros em inglês, um lugar que a própria srta. Loring montou. Além dos quartos dos bebês e das crianças pequenas, só havia meninas no Centro. Os meninos mais velhos eram enviados para outras instituições pelo país. Nós, as meninas mais velhas — éramos quatro na mesma faixa etária —, tínhamos nosso próprio quarto: um cômodo espaçoso, com cubículos na estante, camas, escrivaninhas e uma TV, pela qual sempre brigávamos.

E, quando descobriu que eu gostava de desenhar, a srta. Loring decidiu dedicar uma sala para artes. Antes era uma sala de reuniões para funcionários, com uma mesa comprida e cadeiras de plástico, mas agora havia baldes de lata com lápis de cor e tintas, além de prateleiras cheias de pilhas de folhas grandes de papel reciclado. Quando chegou a hora de eu ir para o ensino médio, embora as outras meninas estudassem na escola pública local, a srta. Loring providenciou para que eu frequentasse uma pequena escola experimental de artes.

"Você sentiu saudades de casa?", perguntou Ruby. "Quando eu fui para o colégio interno, passei semanas sem conseguir comer."

"Porque você não gostou da comida", lembrou Minwoo, mordiscando uma asa de frango grelhado. "Lembro que vira e mexe seu motorista tinha que trazer comida japonesa de Boston."

"Até isso era horrível", disse Ruby, revirando os olhos. "Odeio a comida asiática de Boston. De qualquer forma, era isso."

Acho que não senti muita falta de "casa". Na verdade, não havia muito do que sentir falta. Nos últimos meses em que morei com meus tios, minha tia passava as tardes em agonia, quando, muitas vezes, não havia clientes. Com o rosto escondido pelo cabelo, ela chorava sobre a tábua de corte enquanto picava legumes, salgando as cenouras e a abobrinha com as lágrimas. Kyunghee evitava voltar para casa, virava a noite na sala de estudos que alugava por mês, e meu tio volta e meia sumia, dizendo que ia dar um jeito nos negócios. O clima era muito estressante. Até bem pouco tempo atrás, eu não tinha compreendido que o choro da minha tia também pode ter sido por causa da condição dela.

Cinco meses depois de eu ter sido colocada no Centro Loring, no outono, minha tia deu à luz um menino que chamaram de Hwan. Eu não sabia que ela estava grávida, até que um dia ela veio me visitar, e sua blusa estava esticada a ponto de estourar por causa da barriga enorme. Nunca conheci meu primo, porque meus tios não voltaram lá depois que ele nasceu. Mas, a essa altura, o Centro era o meu lar. As meninas com quem eu morava se tornaram minhas irmãs, meninas de quem eu cuidava, com quem reclamava e trocava roupas.

No Centro, não parecia que tinham injetado uma dose de ácido no meu coração sempre que via meus tios preocupados com dinheiro, ou quando Kyunghee tentava me ajudar com o dever de casa e suspirava, exasperada, se eu não conseguia acompanhar suas explicações. Por mais que brigássemos entre nós, lá no Centro, éramos uma unidade impenetrável, e nos indignávamos com qualquer sinal de desprezo ou piedade das outras crianças da escola, as que tinham casa e pais. Éramos ousadas e confiantes em nossa união, e os professores não nos tocavam porque não podiam prever as consequências. Uma vez, Sujin deu um tapa em uma colega de sala que disse que a mãe dela era mendiga, então a srta. Loring apareceu, vestida de propósito no casaco de vison que ia até o chão, com o chapéu combinando. A visão do professor Kil suando enquanto tentava falar com ela em inglês (ele era nosso professor de inglês!) nos fez passar dias rindo a ponto de gargalhar.

As únicas vezes em que eu sofria eram logo após as visitas dos meus tios, quando os via se afastando em direção ao ponto de ônibus, minha tia andando feito um pato enquanto a barriga ficava maior a cada visita.

Ela ficou assustada com as pessoas com deficiência que moravam no Centro, eu sei. Vários meninos da minha idade moravam em um prédio separado do nosso. Dois deles pareciam bem, mas um batia nas pessoas se estivesse de mau humor, e o outro não conseguia focar o olhar por muito tempo em nada. Eu e as outras meninas não falávamos com eles — éramos estupidamente cruéis naquela época —, mas conhecíamos as famílias que os visitavam e, como sabíamos em quais bancos sob as árvores as famílias gostavam de se sentar e a hora que vinham, podíamos evitá-los. Meus tios não disseram nada quando as pessoas com deficiência e seus cuidadores cruzaram nosso caminho, mas minha tia, por instinto, sempre acariciava a barriga protuberante.

Na última vez que minha tia visitou, teve que se sentar, com a respiração já ofegante. Disse que podia sentir o bebê em sua pélvis e que a cabeça dele batia em seus ossos toda vez que ela dava um passo.

Eu não sabia que aquela seria a última visita, mas, depois que eles partiram, a srta. Loring veio dizer que tinham deixado um envelope com dinheiro e confiado a minha guarda a ela, coisa que não tinham feito antes. Quando ela me mostrou a quantia, fiquei chocada; nunca vira ou sequer ouvira falar de tanto dinheiro de uma vez só. Eles devem ter pegado emprestado, eu sabia que nunca tinham tido tanto dinheiro assim. Mas, se eu soubesse que era a última visita, teria ficado feliz. Era um alívio nunca mais ter que me despedir deles.

"Não importa qual era a situação da sua tia", disse Ruby. "*Quem faz uma coisa dessas?*" Estávamos comendo no *izakaya* havia quase uma hora, mas ninguém dava sinais de parar. A mesa estava abarrotada de pratos minúsculos de carnes e legumes grelhados, enquanto os garçons passavam freneticamente com os pedidos das outras mesas. Como sempre, pensei na conta, em quanto custaria toda aquela carne. A língua, em particular, era bem cara. As infindáveis doses de *shochu* também aumentariam o valor, e tive o cuidado de não beber muito. Isso me fazia sentir menos mal quando Hanbin ou Minwoo — mas geralmente Hanbin — inevitavelmente pagavam a conta. Nunca ouvi Ruby se oferecer para pagar. Quando me ofereci para ajudar, logo quando os conheci, Hanbin só riu e afagou minha cabeça enquanto Ruby me olhava, achando graça.

Com o rosto ainda vermelho, Ruby tirou casaco de pele cor de camelo, que deslizou pelo assento e caiu no chão. Eu me inclinei, peguei-o com cuidado e coloquei de volta na cadeira dela, meus dedos se demorando na maciez da pele de camelo.

"Então você nunca mais os viu?", perguntou, pegando um espetinho de coração de frango. "Eles nem ligaram para você? Você sabe onde eles moram?" Ruby ergueu a garrafa de *shochu* e sacudiu, para mostrar que estava vazia. Minwoo chamou um garçom e pediu outra garrafa, então viu um amigo em outra mesa e foi falar com ele.

"Acho melhor mudar de assunto, se a Miho estiver incomodada", sugeriu Hanbin, estendendo a mão para o copo de Ruby. Como estava metade cheio, ele tragou toda a bebida e depois o depositou, vazio, do lado dele da mesa. "E acho que você está bebendo muito rápido", completou. Olhando para ele, pensei em como seus ombros eram largos. Usando um suéter grosso de gola alta com nervuras, ele parecia pertencer a algum catálogo da Nova Inglaterra com um cenário de fundo, exibindo uma casa de madeira e pinheiros cobertos de neve. Seu rosto estava quase impassível, e ele não disse uma palavra enquanto eu contava a minha história. Percebi apenas um lampejo de desaprovação, embora não estivesse claro para quem se destinava.

"Ah, cala a boca", rebateu Ruby, com grosseria. "Para começar, se ela estivesse incomodada, não estaria nos contando isso. Você não quer saber mais?" Ruby nem olhou para ele enquanto respondia.

Se alguma coisa nela me incomodava, era a maneira grosseira como tratava Hanbin. Baixei os olhos para o prato. Esperava que eles notassem que eu não estava comendo muito. Sempre tomava vários potes de iogurte ou comia uma fatia de tofu com molho de soja do mercado asiático antes de encontrá-los, para já chegar cheia.

"É claro que quero ouvir mais", retrucou Hanbin, olhando para mim. Encarei seu cabelo que brilhava sob a lâmpada para evitar olhar em seus olhos. "Mas não se trouxer à tona lembranças ruins. Lamento muito ouvir sobre tudo isso. Deve ter sido muito difícil para você." A linha de expressão em sua testa ficou mais profunda.

Murmurei alguma coisa, envergonhada. Eu não queria que ele sentisse pena de mim e me arrependi de ter contado alguma coisa. Eu sabia que ouvir essa história mudaria a forma como eles me tratavam. Como um morcego escuro, a ansiedade vibrou em meu peito.

"A conclusão da história é que tudo deu certo", disse Ruby, com uma voz teimosa e triunfante. "Ela não estaria aqui se tivesse ficado com os tios."

O que Ruby disse era verdade. Eu nunca teria tido a chance de ganhar uma bolsa de estudos para frequentar as aulas de artes nos Estados Unidos, porque não fazia ideia de que isso existia. Era a Fundação Loring que tinha esses contatos, e foi a srta. Loring que nos fez praticar inglês toda semana, dizendo que um dia precisaríamos disso. Também foi ela quem deixou reservado um orçamento específico para materiais de arte em seu testamento, lido quando ela morreu de repente, deixando todo o seu dinheiro para o Centro. Eu só precisava pedir, que recebia o dinheiro para comprar gesso, tinta, papel, cinzéis e formões.

Então veio o grande escândalo, alguns anos atrás, sobre todas as bolsas *chaebol* concedidas exclusivamente a filhos de políticos e promotores que as famílias *chaebol* queriam manter sob suas asas. De repente, as fundações precisaram se esforçar para encontrar crianças necessitadas de verdade para oferecer as bolsas de estudo, e uma órfã de um orfanato estava no topo da lista. E, como a maior e mais antiga fundação, o Centro Loring estava no topo da lista de orfanatos. Quando conheci os membros do comitê de bolsas de estudos encarregados do programa de intercâmbio da SVA, eles praticamente desmaiaram de empolgação ainda durante as apresentações. "Nós lemos tudo sobre você!", disseram. "Estamos *orgulhosos* por ter alguém como você se beneficiando desse projeto." Minha história recheava folhetos de programas, periódicos para doadores e perfis de jornais de autoajuda.

Depois que me formei e voltei para a Coreia, não tentei encontrar meus tios. De vez em quando eu pensava neles com alguma curiosidade, querendo saber o que diriam se me vissem agora, se me pediriam para devolver o dinheiro. Muitas vezes me perguntei para qual faculdade Kyunghee tinha ido, se ela conseguira entrar em uma das três universidades de maior prestígio da Coreia, como era seu objetivo. Ela tinha dito que queria ser médica, mas acho que só queria isso porque era o único trabalho que dava dinheiro naquela época.

Depois do *izakaya*, fomos para uma festa no apartamento de um dos amigos de Minwoo e Hanbin, no Soho. Escutamos a música alta assim que saímos do elevador no fim do corredor — uma batida de hip-hop arrasadora que não me preparou para a aparência interna do apartamento. Um corredor escuro se abria de repente em um loft alto, com um teto que devia ter cinco metros de altura. Os sofás e cadeiras eram todos estofados com veludo azul-petróleo, contrastando com um enorme lustre com gotas de cristais vermelhos. Eu ainda não estava acostumada com o interior desse mundo — o mundo dos coreanos ricos nos Estados Unidos. O uso estranho e pródigo de cores nesse apartamento me desnorteava e oprimia. Até o cheiro era denso e incomum, como raízes queimadas misturadas com flores e especiarias. Eu nunca tinha sentido cheiro de nada parecido, mas logo percebi que era um cheiro caro.

Um barman loiro e uniformizado, o único não coreano na festa, estava na cozinha misturando bebidas na ilha com tampo de mármore. Devia ter dez pessoas por lá, algumas muito mais velhas, com pelo menos 30 e poucos anos. Ruby, Hanbin e Minwoo cumprimentavam seus amigos, então me separei deles e fui procurar o banheiro — uma caverna escura iluminada por esferas fantasmagóricas e velas brancas grossas e elaboradas —, onde me olhei em um espelho de moldura dourada enquanto lavava as mãos, preocupada em como passaria aquela noite. Decidi que não podia só ficar perto de Ruby e não falar com ninguém, porque seria ainda mais estranho. Iria me aventurar sozinha por alguns minutos, depois voltaria para Ruby e Hanbin, quando todos estivessem um pouco mais bêbados e ninguém mais prestasse atenção em mim.

Quando finalmente saí do banheiro, fui para a cozinha e pedi ao barman um coquetel de cranberry.

"E um *old fashioned*, obrigado."

Eu me virei e dei de cara com um rapaz alto e magro de jaqueta de couro logo atrás de mim. Seu rosto era magro, com bochechas encovadas. Eu o reconheci da escola.

"Você não é da sva?", perguntou ele, olhando para mim. Ele cheirava a sabonete americano.

Fiz que sim com a cabeça. "Você também?", perguntei.

"Sim, estou no segundo ano."

"Eu estou no primeiro."

O barman estendeu nossas bebidas, e eu peguei as duas e entreguei um copo para ele.

"Como você conheceu o Byung-joon?", perguntou ele, inclinando a cabeça em direção à sala de estar, de onde vinha um burburinho cadenciado de vozes animadas.

"Eu não conheço ninguém aqui", falei. "Só os amigos com quem eu vim. É ele que mora aqui?"

"Sim, esse apartamento é do Byung-joon", respondeu o rapaz, tomando um gole de uísque. "Com quem você veio?"

"Ruby, Hanbin e Minwoo. Não sei se você conhece."

"Sim, eu conheço. Estudei com Minwoo no ensino médio e com Hanbin no ensino fundamental. Eles voltaram a namorar, não voltaram? Hanbin e Ruby?"

"Sim", respondi. "Eles voltaram." Encarei minha bebida e tomei um gole.

"Esses dois vivem terminando e voltando", disse ele, sorrindo, como se fosse uma piada interna entre nós. Com o sorriso, seu rosto de repente pareceu animado, como o de um vampiro elegante que acabara de satisfazer seu apetite noturno.

"Onde você fez o ensino médio?", perguntou ele, e meu coração se encolheu. Essa devia ser a pergunta mais comum que os novos alunos coreanos que vinham estudar na cidade me faziam ao me conhecer. Havia apenas algumas respostas possíveis naquele círculo social, e a resposta imediatamente estabelecia o histórico e o contexto de cada um. Embora a maioria tivesse ido para um internato na Costa Leste, alguns tinham feito ensino médio com línguas estrangeiras na Coreia. Os jovens do internato eram muito mais ricos e falavam inglês melhor, enquanto os jovens dos colégios com línguas estrangeiras eram mais geeks. Os jovens de internatos tendiam a evitar os jovens de colégios coreanos. Eu não era nenhum dos dois, óbvio.

Nesse momento, eu tinha duas opções: dizer o nome do meu colégio, que incluía a província de onde eu vinha, o que imediatamente me rotularia como uma caipira idiota, ou dar uma resposta mais vaga. Escolhi a segunda.

"Eu estudei em uma pequena escola de artes na Coreia", respondi, esperando que isso bastasse. Não que eu me importasse com o que ele pensava de mim, mas comecei a temer o momento das sobrancelhas levantadas ou o desdém. Tarde demais, lembrei que ele estudava na sva, então é claro que perguntaria o nome da escola de artes.

"Artes de Seul?", perguntou, astuto.

"Não", respondi. Depois de uma pausa, completei: "Na verdade, foi em Cheongju".

"Cheongju? Uau", respondeu ele. "Que interessante! Nunca conheci ninguém de Cheongju. Só uns parentes distantes." Ele me olhou com grande interesse. "Cheongju", repetiu.

Dei um sorriso frouxo.

"Tipo, você não tem sotaque nem nada", comentou. "Na verdade, não tenho ideia se as pessoas de Cheongju têm sotaque. Desculpe, estou sendo rude?" Ele sorriu de novo e sacudiu a jaqueta e, pela vermelhidão em seu pescoço, percebi que provavelmente ele tinha bebido muito. O rubor de seu pescoço contrastava com seu rosto pálido.

"Você se especializou em que área?", perguntei. Supus que não fosse em artes plásticas.

"Design. Mas estou tendo muitas aulas de cinema nesse semestre, para falar a verdade. Estou pensando se devo mudar de área. Como você veio parar aqui?"

"Ei, Jae, há quanto tempo!" Eu e o rapaz nos viramos e vimos Hanbin deslizando para a banqueta ao meu lado. Ele cumprimentou Jae com a cabeça, e ele pareceu um pouco surpreso e, depois, satisfeito.

"Hanbin! Quanto tempo mesmo... Foi naquele jogo de pôquer em Boston, certo? Quando nos vimos pela última vez?"

"Sim, cara." Hanbin gesticulou para o barman e pediu um uísque.

"Eu estava conversando com a sua amiga aqui, que parece que também estuda na sva", disse o rapaz. "Aliás, eu sou Jae Kong."

"Eu sou Miho", respondi.

"Vocês se conhecem por causa da Ruby?", Jae tentou adivinhar, ao que concordei.

"Sim, a Miho é uma grande amiga nossa", disse Hanbin. Posso ter imaginado, mas ele soou ríspido. "Ela é uma das melhores amigas da Ruby, na verdade."

"Nossa", comentou o rapaz, olhando de volta para mim. "Legal, cara."

Hanbin começou a falar comigo sobre um filme japonês que vimos no apartamento de Ruby, na semana anterior. Estranho ele falar sobre isso, já que o filme não tinha sido particularmente interessante, e ele pegara no sono quase na metade. Depois de alguns minutos fora da conversa, Jae viu um conhecido e se afastou.

"Sinto muito se ele estava te incomodando", disse Hanbin, de repente, girando o copo de uísque. "Ele é meio chato. Acho que a Ruby estudou com ele na Coreia."

Balancei a cabeça. "Ele não estava me incomodando."

"Sabe, mesmo antes de ouvir sobre o orfanato, eu sabia que você era diferente", comentou Hanbin, sem olhar para mim. "Mas não percebi que era por isso. Deve ter sido muito difícil passar por todas essas coisas. Isso me fez pensar... Assim, todo mundo que eu conheço é meio parecido, todos tiveram o mesmo tipo de vida enquanto cresciam. É diferente conhecer você, entende?" Ele passou a mão pelo cabelo, distraído, e pensei de novo em como era bonito. "Você também é tão normal", acrescentou.

Franzi a sobrancelha, em dúvida. "O que você está querendo dizer?", perguntei, e ele soou como se quisesse ser parabenizado pela observação.

"Não sei, sinto que eu ficaria muito confuso se tivesse que passar pelo que você passou. Sem ofensa", ele se apressou em dizer.

Senti um constrangimento queimar meu estômago e tomei um gole rápido da minha bebida. Mas ele falava comigo de uma forma mais íntima do que antes, então não tive escolha senão continuar o momento, como se fosse qualquer outro.

Hanbin olhou para mim e tocou meu ombro, deixando a mão descansar por um momento antes de apertá-lo. E eu fiquei ali, mesmo depois de ele deixar o braço cair ao lado do corpo.

"O que quero dizer é que estou feliz por você estar aqui", disse ele. "E não em outro lugar."

A verdade é que eu não sabia se merecia estar ali. A sorte do momento do escândalo da bolsa *chaebol* e minha história me abriram todas as portas. Eu era bem insegura sobre o meu trabalho.

No começo, quando me mudei para Nova York e conheci Ruby e Hanbin e todos os amigos deles, deixei que vissem minha insegurança e meu terror simplesmente porque estava me afogando em uma espécie de pânico nesse mundo estranho. Eles nunca tinham visto ninguém tão cru e devem ter ficado maravilhados comigo. Eles disfarçavam tão bem, eram seguros, presunçosos e luminosos.

"Hmm, obrigada", respondi a Hanbin, com minha voz mais entediada. "Acho que a Ruby está atrás de você." Eu a vi no canto, gesticulando em nossa direção. Hanbin olhou para mim por um tempo, então se virou e foi até ela, juntando-se ao grupo que a rodeava. Não que ela estivesse na conversa — Ruby tomava um gole de sua bebida e parecia não ouvir a conversa —, mas ela sempre foi o centro das atenções. Ela fez a festa ganhar vida só por ficar ali, com seus lábios cor de cereja e seu casaco de pele, os olhos brilhando, zombeteiros.

Tomando um gole do meu drinque, eu me virei, procurando o rapaz que tinha conversado comigo mais cedo. Não havia nada melhor a fazer quando você não tinha ninguém para conversar em uma festa do que parecer que estava procurando alguém, disso eu sabia. Andei pelo primeiro andar, atenta a trechos de conversas que conseguia escutar, depois subi para o segundo, onde as paredes eram pintadas em tons de magenta, contrastando com as luminárias de ébano. Imaginei como seria prazeroso pintar uma parede dessa cor e me perguntei se aquele seria o trabalho perfeito para mim e quanto tempo levaria para me qualificar. Eu gostaria de fazer isso, de espalhar cores profundas nas paredes, pintar murais delicados e fantásticos. Já podia ver os nova-iorquinos pagando muito dinheiro por murais em casa.

Ouvi vozes no fim do corredor e segui o som até chegar a uma porta entreaberta. Eu a empurrei um pouco mais e a abri, e a madeira rangeu.

Foi quando me deparei com um escritório que parecia o cenário de um estúdio de cinema, com uma mesa de mogno diante de uma janela e estantes com prateleiras forradas de livros do chão ao teto. No centro da sala, quatro ou cinco pessoas estavam sentadas em dois sofás verde-oliva, um diante do outro. O grupo conversava e bebia enquanto um poodle toy farejava o tapete.

"Ei! Venha cá!"

O rapaz com quem eu conversara lá embaixo acenou de seu lugar, sentado em um dos sofás. A conversa parou assim que fui até eles, tentando não parecer constrangida enquanto todos me encaravam.

"Aqui, vou pegar uma cadeira." O rapaz pegou a cadeira da escrivaninha e a colocou ao lado dos sofás.

"Este aqui é Byung-joon, que mora nesta casa", disse Jae, indicando um dos caras no outro sofá, que ergueu o queixo em um meio aceno. "E essa é a... Desculpe, qual o seu nome mesmo?", perguntou, virando-se para mim.

"Mas que m...?", começou a garota sentada à direita dele, a pergunta se transformando em risada. Seu cabelo descolorido batia na altura dos ombros e ela usava óculos no estilo gatinho. "Você nem sabe o nome dela? Isso é hilário!"

"A gente estava conversando lá embaixo", explicou o rapaz, fingindo estar chateado. "Ela veio com a Ruby, as duas são melhores amigas."

Com isso, o clima mudou de interesse moderado para alto.

"Como você conheceu a Ruby?"

"Você estudou com ela?"

"Em que ano você está na sva?"

Sorri e falei uma coisa que ouvi Ruby dizendo uma vez, quando lhe perguntaram algo que ela não queria responder: "Não esquenta com isso". A resposta fez todos rirem e pararem de fazer perguntas, parecendo quase envergonhados, antes de voltarem para a conversa anterior.

"Qual é o seu nome mesmo?", perguntei ao rapaz.

"Jae", respondeu ele. "Sou seu veterano na sva, então você tem que me respeitar", brincou.

Fingi uma grande reverência. "Claro, *sunbaenim*",* respondi. "Eu sou Miho. Você também está na escola de artes?", perguntei, virando-me para Byung-joon.

---

* As palavras *sunbae* ou *sunbaenin* são usadas para se referir a uma pessoa mais velha ou com mais experiência na área profissional ou na escola/universidade. *Sunbaenin* é a forma mais respeitosa, e *sunbae* pode ser usado se as pessoas forem mais próximas.

"Quem, eu?", perguntou Byung-joon, com espanto. "Não, eu estou na NYU."

"Eu reparei em como as cores desse apartamento são marcantes", falei, o coração batendo rápido. "Então imaginei que você era um estudante de artes, como nós."

"Não, não...", rebateu ele, quase com desdém. "Foi minha decoradora que fez tudo. Ela trouxe tudo de Portugal, inclusive o pintor. Estava incluído no orçamento da pintura."

O celular de Byung-joon tocou, e ele atendeu em inglês. "Tudo bem, pode mandar subir." Então, levantando-se, anunciou: "A pizza chegou! Pedi Papa John's!".

Todos gritaram e fizeram alarde.

"Cara, eu não como Papa John's desde que estava na Coreia!", "Que incrível!" e "Estou *morrendo de fome!*"

Eu ainda estava aprendendo os tipos mais convenientes de reação naquele mundo. Coisas pelas quais eu não deveria expressar espanto ou alegria. Coisas pelas quais eu deveria ficar muito feliz. Como o fato de que eu não deveria me impressionar com a beleza incomum do apartamento, enquanto uma pizza de massa grossa era motivo de verdadeiro frisson.

Fiquei lá, sentada, enquanto quase todos os outros se levantavam e seguiam Byung-joon, o cachorrinho latindo em seus calcanhares enquanto o seguia para fora. Olhei para Jae de canto de olho. Se ele se levantasse para sair, eu iria atrás.

"Você não está com fome?", perguntou ele, ainda sentado, e eu balancei a cabeça.

"Na verdade, não. Acabamos de jantar", respondi.

"Eu também, mas tenho certeza de que vou ficar com fome de novo daqui a pouquinho."

"Acha melhor descer, então?"

"Não, Byung-joon sempre pede uma tonelada de comida... Não vai acabar tão cedo", respondeu ele, revirando os olhos.

"Depois ele reclama sobre o impacto disso em sua dieta *low-carb*. No jantar, ele nos fez comer sashimi em seu restaurante favorito, mas não se passaram nem duas horas e ele já está com fome."

Dei risada. Era bom conversar com um garoto como se aquilo fosse natural para mim. Queria poder fazer isso melhor com Hanbin.

"E você? Como conheceu o Byung-joon?", perguntei.

"Ah, nossas famílias são amigas. Nossos pais estudaram no mesmo colégio e na mesma faculdade. Crescemos juntos. E você? Tem muitos amigos de Cheongju aqui?"

"Não", respondi. Eu poderia ter enfatizado minha resposta, mas não o fiz. "Meus amigos voltaram para a Coreia. Muitos se mudaram para Seul, para ir à universidade."

"Faz sentido", respondeu ele. "Cheongju é muito pequena, certo?"

"Sim", respondi. "É muito pequena."

Era tão pequena que parecia que todos na cidade nos conheciam: as crianças do Centro Loring. Órfãs, pessoas com deficiência ou delinquentes. Nosso abandono assustava as pessoas, como se fosse contagioso. Quando nos conheciam, as pessoas sempre ficavam surpresas de ver que tínhamos nossas faculdades mentais intactas — coisa que muitos não tinham —, mas nos rejeitavam mesmo assim. Em nossa cidade, a palavra "Loring" era sinônimo de "pessoa com deficiência intelectual". "Ele não é meio Loring?" ou "Você é tão Loring!" No ensino médio, a palavra estava tão arraigada no vocabulário local que muitas crianças nem sabiam que não era uma palavra em inglês de verdade.

"Mal posso esperar para sair desse inferno dessa cidadezinha de merda!", costumava gritar Sujin, minha amiga, sempre que voltava para o Centro, depois de ter problemas com os professores. Tive sorte, já que os professores da minha escola de artes gostavam de mim. Mas Sujin tinha sido rotulada como a encrenqueira na escola, e não tínhamos mais a srta. Loring para nos defender. Ela já havia morrido fazia um bom tempo, e os diretores do Centro mudavam quase todo ano.

Eu não achava que Sujin conseguiria, mas ela foi embora na primeira oportunidade que teve. Aos poucos, conquistou uma vidinha em Seul e nos contou que a palavra "Loring" não significava nada para as pessoas de lá. Duas das outras garotas também partiram para Seul não muito depois, mas fui a primeira a ir para os Estados Unidos. Isso sem ser adotada, claro.

"Quer mais um pouco?", perguntou Jae, apontando para o copo vazio que eu tinha na mão.

"Sim", respondi.

"Ah, tem bastante aqui, não precisamos ir ao bar do andar de baixo", lembrou ele. Então levantou-se e foi até uma das prateleiras atrás de mim. Só então notei que tinha um estoque, quase um bar, com copos de cristal e decantadores cheios de bebidas alcoólicas de cor âmbar. "A não ser que você queira cranberry", continuou, parando e olhando para mim.

"Não, tudo bem. Pode ser uísque."

"Aqui", disse ele, enchendo um copo e entregando-o para mim. Em seguida, ele se serviu. "Tem gelo na mesa, dentro do balde."

Começamos a conversar sobre a faculdade, de quais professores ele gostava e quais evitava, quais cafeterias tinham os melhores lugares para estudar e quais lojas ofereciam a maior variedade de materiais de arte. A voz dele era agradável, ficava mais alegre sempre que falava sobre coisas de que gostava. Ele era mais animado do que as outras pessoas que eu tinha encontrado na SVA, e, nessa animação, parecia vulnerável, o que eu achei muito comovente, porque não via algo assim desde que chegara em Nova York.

"E ouvi dizer que a biblioteca paga muito bem os funcionários", comentou ele. "Se você estiver procurando um emprego. Não estou supondo que você esteja..." Ele parou de falar, parecendo constrangido. O que também foi uma gracinha.

"Na verdade, eu já tenho um emprego", falei. "Estou trabalhando em uma das galerias de estudantes." Não acrescentei que era a galeria da Ruby e que foi assim que nos conhecemos.

"Ah, legal!", disse ele, aliviado por não ter me ofendido. Só o fato de estar preocupado com isso me fez sentir uma onda de afeto por ele.

Antes que eu pudesse pensar muito ou me controlar, me inclinei e dei um beijo em sua bochecha.

Foi só um beijinho, depois recuei para a minha cadeira, mas o que eu tinha acabado de fazer surpreendeu a nós dois. Ele sorriu e, em um movimento suave e fluido, pegou minhas mãos e me puxou para o sofá. Então começou a me beijar com seus lábios frios, úmidos, ainda com gosto forte de uísque.

"Você é linda", sussurrou ele. "Seu cabelo é incrível. Parece uma pintura. Que bom que puxei assunto com você lá embaixo."

Ri um pouco, recostada nele. Tudo era emocionante: aquele sofá macio, os livros ao nosso redor, o calor dele através do suéter. Minhas bochechas estavam quentes por causa do álcool, e o hip-hop, que lá embaixo estava em um volume excessivo, daqui de cima parecia baixo e relaxante. Eu não tinha ideia de para onde ir a partir dali, mas me sentia incrivelmente feliz.

A porta se abriu, e Byung-joon entrou na sala, seguido por Hanbin. Os dois pararam quando nos viram abraçados.

"Oi, o que é *isso*?", indagou Byung-joon. "Achei que você nem sabia o nome dela."

Fiquei toda vermelha e meio chateada, mas Jae apenas riu.

"Eu só estava tentando fingir que não estava interessado", explicou, sem perder o jogo de cintura, como se fosse uma piada. Byung-joon também riu um pouco, mas de um jeito preocupado, como se já estivesse pensando em outra coisa. Olhei para Hanbin, que nos encarava com um olhar gélido. "A gente estava conversando, e a Miho contou que ela trabalha em uma galeria", disse Jae. "Você deveria ir lá ver, Byung-joon. Não disse que queria comprar alguma coisa para a sua cozinha?"

Byung-joon parecia angustiado. "Sim, mas tenho coisas muito específicas em mente, então acho que só vou dar ouvidos à minha decoradora", explicou ele.

Fiquei mortificada por Hanbin pensar que eu estava tentando parecer mais importante do que era.

"Eu trabalho na galeria da Ruby", falei, sem olhar para Hanbin. "Ela tem peças exclusivas maravilhosas, mesmo que seja uma galeria de estudantes."

"Ah, a galeria da Ruby?", Byung-joon parecia desanimado. "É, ouvi dizer quando abriu... Ela só usa trabalhos de alunos?"

"Por enquanto", respondeu Hanbin, observando os livros e correndo o dedo pela prateleira. "É para ela praticar."

"Claro", disse Byung-joon. "Bem, então tenho a obrigação de ajudar minha amiga. E ainda poder ver os novos artistas que serão o próximo grande sucesso!" Ele deu uma gargalhada. "Não que a Ruby precise de ajuda", emendou, olhando para Hanbin.

"É só um hobby para ela se entreter", explicou Hanbin. "A Miho pode te contar mais a respeito." Ele ainda não olhava para mim, e era angustiante como meu coração batia rápido, ao mesmo tempo que parecia parar. E o meu rosto! Eu estava corando de novo. Achei ótimo Hanbin não estar olhando para mim.

"Aqui", disse Jae, colocando um pouco mais de uísque no meu copo e devolvendo-o para mim. "Alguém mais quer?"

Byung-joon aceitou, e Jae lhe serviu um pouco também.

"Seu rosto está todo vermelho", comentou Hanbin, de repente. Ergui os olhos e vi que ele falava comigo de onde estava, perto da estante. "Tipo, *muito* vermelho."

Toquei minhas bochechas e levei um susto. Estavam muito quentes.

"Talvez seja melhor parar de beber, se não quiser parecer muito louca", sugeriu ele.

"Você só precisa tomar um pouco de Pepcid antes de beber", interveio Jae. "É um truque, eu também fico supervermelho. Tome, vou te dar alguns." Ele pegou a carteira do bolso, abriu e pegou uma cartela de bolinhas brancas, que estendeu para mim.

"Agora não vai adiantar. Você tem que tomar isso antes de beber", argumentou Hanbin.

Eu não sabia o que era Pepcid. Seria alguma droga? Resolvi não perguntar. Peguei os comprimidos e os guardei na bolsa. "Vou tentar da próxima vez", falei baixinho. "Agora tenho que ir ao banheiro." Eu precisava ver como estava meu rosto, se parecia tão louca quanto Hanbin dissera.

Quando passei por Hanbin, o ouvi murmurar: "Você devia ir para casa, Miho. Não faça papel de boba. É constrangedor".

Fechei a porta atrás de mim e senti as lágrimas brotando, então corri para o banheiro que tinha visto no corredor. Tranquei a porta e comecei a chorar de verdade, até que me vi no espelho. Então parei, horrorizada. Meu rosto estava feroz e distorcido, repleto de marcas vermelhas. Olhei para baixo e fechei os olhos.

Remorso, foi tudo que me permiti sentir. "Nossa, que Loring!", teriam dito as garotas do Centro, se pudessem me ver agora. "Pare de ser tão Loring", eu podia ouvi-las zombar. Porque, secretamente, entre nós e para nós, essa palavra também era usada assim.

Ara

Não gosto de voltar para Cheongju. Fico me sentindo meio mal, porque meus pais não têm culpa de sua única filha não visitá-los há três anos. Sei que os outros empregados do Casarão sentem pena dobrada deles, pois, além de terem uma filha com mutismo seletivo, ela ainda por cima é ingrata. Prefere passar as férias sozinha a viajar para casa, como todas as outras pessoas do país.

Talvez por isso eu me sinta tão à vontade com Sujin ou Miho. Nenhuma delas é o tipo de pessoa que dá muita importância para a família. Qualquer um me acusaria de ser uma filha má ou ficaria imaginando por que não corro de volta para o lugar de onde eu vim, depois de ter visto como é ruim viver em uma cidade tão grande e impaciente.

Meus pais estão velhos. Deveriam ter uma filha dedicada e generosa, que lhes mandasse parte do salário e voltasse todos os meses para casa com notícias de promoções e conquistas românticas. Os dramas da TV retratam muitas filhas assim, seus rostos com olhos de corça se enrugando de tristeza quando escolhem os pais amados e carentes, em vez dos pretendentes fabulosamente ricos, porque não se pode ter os dois. Nunca conheci uma filha assim na vida real, mas talvez seja porque elas estão todas em casa, ocupadas em serem virtuosas. Acho que Kyuri chega perto disso, mas ela tem sua própria cota de problemas que matariam a mãe e a irmã de desgosto se elas descobrissem.

Mas, por Sujin — e só por Sujin —, estou pensando em fazer uma visita a eles no Ano-Novo Lunar e levá-la comigo. Depois que a vi desabar de novo essa semana em frente ao espelho do nosso banheiro, agitada e aflita, comecei a pensar em como distraí-la do terrível pós-operatório. Na verdade, já melhorou muito, mas ela não consegue superar o inchaço persistente.

"O inchaço do rosto de todas as garotas dos blogues diminuiu muito mais rápido. Já se passaram mais de dois meses! Isso não é normal, você não acha? Preciso ligar para o dr. Shim, você não acha, Ara? E o meu queixo ainda estala só de eu *andar*. Isso não pode ser normal, ou teriam me falado no hospital, certo?"

É verdade que a mandíbula dela parece mais inchada do que as das garotas dos blogues, mas a parte inferior do rosto não está mais projetada como a de um peixe. Em vez disso, sua boca ficou tão para dentro que, na minha secreta opinião, ela agora parece meio desdentada. Mesmo que eu sempre afirme que, depois que isso passar, ela vai ficar melhor do que qualquer blogueira, que sua transformação será ainda mais incrível por conta da recuperação prolongada, ela se nega a acreditar e sempre empurra meu bloco de anotações para longe quando escrevo isso.

É claro que foi Taein quem me deu a ideia e a coragem para pensar a respeito. Em sua última mensagem na SwitchBox, ele disse que estava indo para casa, em Gwangju, antes de partir para a turnê mundial do Crown. Vai ser a primeira vez que ele volta para casa desde que estreou. Ele disse que somos o que somos por causa das nossas raízes e que não mudaria as adversidades de seu passado por nada, pois são elas que, hoje em dia, influenciam suas letras e música e até mesmo sua dança. E, se ele consegue ter ânimo para visitar a mãe e os quatro irmãos mais velhos, que costumavam ignorá-lo e depois o processaram para garantir uma parte dos ganhos do Crown, eu também consigo ir para casa. E tenho que admitir que fico até animada de embarcar nessa jornada paralela à de Taein.

Primeiro, Sujin vai protestar. "E a nossa tradição?", ela vai perguntar. Em todos os feriados importantes, visitamos uma casa de banho diferente, onde passamos o dia inteiro indo de uma sala temática para a outra, de uma banheira de pedra para a outra, e, à noite, dormimos na sala de TV, com máscaras faciais e bastante óleo de flores de Jeju para tratar o cabelo.

Ao longo dos anos, sempre nos surpreendemos com a quantidade de gente que vemos nessas casas de banho. É bom saber que não somos as únicas que não querem ir para casa.

Adoro essa nossa tradição tanto quanto Sujin, mas li em algum lugar que é melhor evitar saunas por um mês após a cirurgia por causa do risco de infecção e, embora a de Sujin tenha ocorrido há mais de dois meses, prefiro que ela não vá. E ter estranhos a encarando também seria péssimo para seu psicológico.

Então, quando minha mãe envia sua costumeira mensagem de texto hesitante perguntando sobre meus planos para o Ano-Novo Lunar e dizendo como espera que eu volte para casa, porque tem algo importante para conversar, finalmente respondo que sim, eu vou. E que, além disso, levarei Sujin comigo. "Ela está se recuperando de uma grande cirurgia e precisa de uma mudança de ares", escrevo. Isso é para a minha mãe saber que não deve alimentar as frágeis esperanças de que isso se torne recorrente. Imagino minha mãe boquiaberta com a resposta inesperada e penso em como ela vai correr para a garagem do Casarão para contar ao meu pai.

Enquanto estivermos em casa, Sujin vai precisar concentrar todas as suas energias em me distrair, para eu não me chatear. Para compensar minhas lembranças tristes, ela vai entrar em um frenesi.

Ah, as coisas que eu faço por ela...

Viajamos no dia do Ano-Novo Lunar, já que as passagens para os outros dias tinham se esgotado há muito tempo. Miho também vai. Quando soube que voltaríamos para Cheongju, ela quis ir junto para visitar o túmulo de sua professora, no Centro Loring. Eu me senti na obrigação de convidá-la para ficar conosco, e ela aceitou, bem animada, apesar de a oferta ter sido bem indiferente. Kyuri já tinha viajado para visitar a mãe, alguns dias antes, e eu estava feliz por não precisar convidá-la também.

Vai ser extremamente desconfortável, avisei Miho, enfatizando várias vezes o "extremamente". *Você vai ter que dormir no chão, só com um cobertor fino, e não em um colchonete. E a água quente acaba no início da tarde ou sempre que tem muitos banhos quentes seguidos. E o banheiro é do tipo que se usa de cócoras.*

"Tudo bem", respondeu Miho, serena, torcendo o longo e sinuoso rabo de cavalo em torno do pulso muito fino. "Eu só lavo o cabelo duas vezes por semana, e ouvi dizer que a casa dos seus pais é uma *hanok*** enorme com alguns séculos de história, não é? Acho que me lembro de ouvir Sujin mencionar isso, quando éramos mais jovens. Quero *muito* ver." Seu rosto vívido e espirituoso se encheu de expectativa.

Balancei a cabeça.

"Você *não* mora em um complexo *hanok*?", perguntou ela.

---

*　Casa tradicional coreana.

Suspirei e pensei em como lhe explicaria tudo, toda a surrealidade antiquada da vida dos meus pais. Além disso, por que eu estaria quase morrendo de tanto trabalhar em um salão de beleza se fosse herdeira de um *hanok* centenário? É um milagre que Miho tenha sobrevivido tanto tempo nesse mundo, com tão pouca noção da realidade.

Fui procurar Sujin, que se examinava no espelho do banheiro, como um fantasma, o cabelo todo emaranhado caindo sobre o rosto, e dei um tapinha em seu ombro.

"Ah, me deixe em paz", pediu ela, irritada. Dei mais alguns tapinhas em seu ombro, com mais força.

Você pode ajudar, por favor?, escrevi e mostrei. *Miho acha que sou de uma família rica e preciso que você explique como é ficar na minha casa de verdade.* Não que Sujin já tenha ficado na minha casa, mas foi lá várias vezes durante o ensino médio, antes do incidente.

"Por que diabos ela pensaria isso?", perguntou Sujin, agora com um brilho determinado nos olhos enquanto passava por mim para remediar as coisas. Eu queria acrescentar que, para começo de conversa, era quase certo que Miho tinha essa ideia errada justamente por causa dela.

"Parece que você precisa entender algumas coisas", eu a ouvi dizer a Miho, com uma voz mandona, enquanto entrava no meu quarto e fechava a porta com força.

Então aqui estamos, Sujin, Miho e eu, sentadas juntas na parte de trás de um ônibus "expresso" barulhento, amontoadas com nossas malas. O povo da parte mais central de Cheongju não vai saber o que fazer com pessoas como nós, e menos ainda o povo do campo, de onde minha família é. Somos uma Sujin recém-otimista, escondida atrás de óculos escuros enormes e um lenço violentamente colorido; uma Miho etérea, envolta em um casaco de pele falsa cor de esmeralda; e eu, apreensiva e quieta. A única coisa alegre em mim é meu cabelo, que tingi de fúcsia há dez dias, em uma crise de pânico, depois de comprar as passagens de ônibus para casa. As raízes já estão aparecendo, no que espero que seja uma forma intencionalmente bacana. O gerente Kwon adorou a ideia de eu ter o cabelo rosa e se ofereceu para fazer a descoloração inicial. Ele sempre nos incentiva a fazer experiências com cores; quanto mais louco, melhor. Ele diz que as clientes ficam mais inclinadas a confiar em pessoas criativas. Sei que a cor vai desbotar até semana que vem, mas, por enquanto, fico feliz com ela, como se eu tivesse enviado um sinal para o mundo. Já percebi como as pessoas agem com grande cautela quando interagem com alguém com cabelo fúcsia, mesmo se esse alguém tiver mutismo.

Por sorte, o ônibus está meio vazio — quase toda a legião de filhos já voltou para as províncias dias atrás —, e o motorista estima que a viagem leve pouco menos de três horas.

Sujin e Miho estão discutindo se Sujin deve ir ou não com Miho na visita ao Centro Loring e ao túmulo da srta. Loring. Ela não esteve lá desde que partiu para a cidade grande.

"Não entendo, eu achava que você gostasse da srta. Loring", diz Miho, parecendo magoada.

"Você só pode estar *delirando*", rebate Sujin, me encarando com um olhar meio selvagem. "Pergunte para a Ara. Eu gostava de alguém no Centro Loring? Ainda mais daquela mulher branca? Não consigo acreditar que você pensava isso!"

Dou um tapinha nas costas dela e escrevo no meu bloco de anotações: *Ela odiava todo mundo*. Sujin passa o bilhete para Miho.

"Mas a srta. Loring era tão gentil! Ela deixou todo o dinheiro para nós, lembra? Nosso material escolar, o material de arte, nossas roupas... Tudo vinha dela. Você precisa ser grata por isso." Miho olha espantada para Sujin, que faz beicinho, magoada.

"Ela gostava de *você* porque você era bonita e talentosa", retruca Sujin. "Nunca usei a sala de artes. Ela só gostava de crianças que eram especiais de alguma forma, porque isso a fazia se sentir bem com cuidar de nós. Como a Yunmi, que estava uma série abaixo. A srta. Loring gostava dela porque era muito bonita e sabia cantar. E conseguiu uma bolsa de estudos de música para a Yunmi." Sujin deu de ombros e emendou: "Não que ela *não gostasse* das outras, ela só... Ah, não importa, você não entenderia. Além disso, admito que eu era bem problemática, então é natural que ela não gostasse muito de mim".

"Você acabou de dizer que não era o caso de ela não gostar de você", diz Miho.

"Ah, cale a boca", diz Sujin.

Miho franze a testa e se remexe no assento, inquieta, afetando o equilíbrio do monte de malas mais para perto dela. A mala de cima, que é dela, cai no chão com um baque.

"*Merda*", sibila Miho, encarando a mala, parecendo abalada. Olhamos para ela.

"Era o meu presente para os seus pais", explica ela, tristonha, dando um pulinho e puxando a mala para o colo. Depois de abrir o zíper, ela tira uma grande caixa preta com o logotipo da loja de departamentos Joye gravado em uma fonte estilizada.

"O que era?", sussurra Sujin.

Falei para as duas, em vão, que elas não deveriam comprar presentes para os meus pais; presentes seriam apenas um desperdício. Mas as duas me ignoraram: Sujin trouxe um grande bolo de chá-verde com creme fresco da padaria nova em Shinyoung Plaza, onde as pessoas esperam em uma fila que se estende pelo quarteirão. "Pelo menos você vai gostar, mesmo que seus pais não gostem", respondeu ela, quando escrevi, exasperada, que meus pais não comiam sobremesas ocidentais e não teriam como saber que isso custou quase 100 mil wons. E se *descobrissem* quanto custou, iriam pirar e pensariam que aquilo não era só um desperdício criminoso, mas também obsceno.

Miho abre a tampa e solta um suspiro aliviado: a caixa quadrada e funda está cheia de fileiras perfeitas de rosas vermelhas perfeitas. O perfume é surpreendente e adorável no ar viciado do ônibus. Sujin e eu nos entreolhamos; eu nunca tinha visto um arranjo como esse, mas é óbvio que são caríssimos. E flores são o pior presente possível para conquistar pessoas como nós! Miho devia saber disso, não devia ter desperdiçado tanto dinheiro! Solto um novo suspiro, e Sujin me cutuca com o cotovelo, dizendo:

"São lindas. Caíram, mas não ficaram machucadas."

"Acho que elas duram *um ano*, acredita?", diz Miho. "A mãe de Hanbin registrou a patente da tecnologia química no ano passado."

Solto um suspiro e sorrio para ela. Pelo menos espero que tenha conseguido um desconto com o namorado, embora duvide muito. Na verdade, não há mais nada a fazer a não ser me virar para a janela. Estamos na estrada, e é inacreditável a quantidade de construções em andamento, mesmo quando nos afastamos de Gangnam. Cada esqueleto de edifício é coroado por um gigantesco guindaste laranja, que eleva grandes vigas e tábuas no ar. A extensão desses novos conjuntos de apartamentos me deixa sem fôlego; não consigo nem imaginá-los todos cheios de gente, móveis e luz... Centenas, não, milhares de apartamentos, tão distantes do centro da capital e, mesmo assim, nunca poderei comprar um, por mais que eu economize a vida inteira. De certa forma, ficarei feliz quando estivermos quase em casa, e o cenário se transformar em campos de arroz e plantações; isso vai me lembrar do quão longe eu cheguei, em vez das coisas que não posso alcançar.

Na fila do táxi, na estação Cheongju, tivemos que esperar meia hora por um carro, porque ninguém gosta de trabalhar no dia de Ano-Novo. Li em algum lugar que muitos dos motoristas que trabalham nos feriados são ex-presidiários que não voltam para casa para ver as famílias por vergonha. Por sorte, tem um banco perto do ponto de táxi, e nos aconchegamos juntas para nos mantermos aquecidas. Sujin e Miho riem dos olhares hostis que recebemos de um ou outro transeunte. "Lar doce lar", diz Sujin, de um jeito teatral. É verdade, ninguém em Gangnam prestaria atenção em nós, mesmo com o casaco verde, o cabelo cor-de-rosa e tudo o mais. Só o fato de esperarmos no ponto nos caracteriza como "outras" — os demais passageiros que desembarcaram tinham carros e familiares esperando-os na calçada com sorrisos ansiosos.

Depois de três anos longe, é difícil acreditar que esse predinho de dois andares do tamanho de uma rede de supermercados em Seul seja um dos lugares com mais movimento aqui. Quando eu era jovem, parecia que o mundo inteiro se resumia a essa rodoviária, com pessoas de passos apressados e grandes malas de viagem se lançando rumo a vidas sombrias e glamorosas.

Um táxi solitário dá a volta na rua deserta, e suspiramos de alívio enquanto Sujin dá o endereço ao motorista.

"Tem uma grande propriedade *hanok* por lá, certo?", pergunta o motorista, olhando outra vez para nós, pelo retrovisor. "Ouvi dizer que filmam muitos programas de TV lá. Aquele ator Lee Hoonki veio aqui há alguns meses, meu amigo o levou lá uma vez. Vocês moram naquela região?"

"Não, não", responde Sujin. "Só vamos ficar lá por alguns dias porque conhecemos algumas pessoas."

Há um silêncio e, de repente, Sujin retoma a conversa com o motorista, o que é incomum para ela. Eu me pergunto se ela também está se lembrando do mesmo que eu: vamos passar pelo arco no caminho para a minha casa.

Se eu pensar bem, talvez chegue à conclusão de que passei três anos sem voltar para casa porque eu não queria passar pelo local onde me feri. É que só existe uma estrada para o Casarão, e não há como evitá-la.

Tenho certeza de que a maioria das pessoas nem nota o pequeno arco de pedra quando passa ou caminha por ele; está desbotado e fica tão longe da trilha de terra que é incrível que algum dia tenha sido construído. Devo ser a única pessoa que atribui algum significado ao lugar. Quando estávamos no ensino médio, era onde os garotos maldosos gostavam de ir depois de escurecer, e cada fenda estava cheia de pontas de cigarro, embalagens de chiclete e isqueiros quebrados. Nos anos que se seguiram ao meu acidente, nunca vi ninguém ficar por ali. Rumores sobre manchas de sangue e azar circulavam nas escolas locais.

Até eu perder a voz, meus pais estavam economizando para comprar um pequeno apartamento na cidade, que, garantiram, dobraria de valor na década seguinte. O filho de uma das outras governantas do Casarão era corretor imobiliário e tinha contatos no conselho de zoneamento local que o avisavam sobre as construções do governo.

Não fui só eu quem perdeu o rumo da vida naquele dia, meus pais também. Por isso fui embora. Não suporto ver meus pais ainda morando no pequeno anexo na propriedade do Casarão, quando deveriam voltar todas as noites para um apartamento novo e reluzente que agora vale quatro vezes o que teriam pagado, graças à nova estação de trem. De acordo com postagens nas redes sociais de antigos colegas de turma, o bairro, antes decadente, pulsa com vida e dinheiro renovados. Em vez disso, esse dinheiro foi gasto com um especialista atrás do outro que diziam o que eu já sabia: eu tinha perdido a voz e dificilmente voltaria a falar.

Acho que a parte mais difícil foi ver meus pais tão apavorados por minha causa. Não sei que tipo de vida eles acharam que eu iria levar, considerando que nunca me destaquei academicamente em nada e não tinha grandes ambições de carreira, mas minha mãe ficou catatônica de tristeza e precisou até ser hospitalizada.

Só recentemente entendi que eles estavam preocupados com o fato de que nenhum homem normal se casaria comigo. A ideia de que eu nunca experimentaria a maternidade era tão angustiante que desencadeou outra onda de culpa por eles não terem me dado irmãos. "Achamos que éramos velhos demais", disse minha mãe, torcendo as mãos. "Fomos egoístas, e agora você não terá ninguém quando morrermos."

Quase sempre que estou em um lugar lotado e barulhento, olho para as pessoas conversando e penso no quanto o que elas são está concentrado em suas vozes e em como vivo apenas uma fração dessa vida. Nessas horas, jogo um jogo inútil comigo mesma: seria melhor ter perdido a audição ou, quem sabe, a visão? A autocomiseração doentia se intensifica quando começo a imaginar sobre o que as pessoas estão falando.

Quando o táxi para no portão principal do Casarão, preciso avisar o motorista para continuar.

"Essa não é a porta da frente?", pergunta ele, confuso. Sujin precisa explicar que tem outra entrada virando a esquina, e Miho pressiona o nariz contra a janela para enxergar melhor enquanto passamos rápido.

Não que minha família fosse forçada a usar a entrada dos fundos — meus pais usam o portão da frente várias vezes ao dia enquanto trabalham —, mas o caminho dos fundos é o mais curto para o nosso pequeno anexo, e eu prefiro não ver ninguém do Casarão agora. O carro preto está estacionado bem na frente; aquele Equus robusto que deve ter uns quinze anos, mas ainda é brilhante como um espelho, graças ao meu pai.

Meu pai, ou Changee, como é conhecido na vizinhança, trabalha como motorista do Casarão desde que voltou do exército, com 20 e poucos anos. Ele era o filho mais novo do empregado do patrão e se casou com minha mãe, a filha da empregada; os dois me tiveram tarde. Meu pai é um homem quieto e não herdou nada do interesse por armamentos de seu próprio pai. Certa vez, ouvi Jun, o filho mais novo do Casarão, falar sobre meu notório avô para alguns amigos da escola. Estavam todos analisando o enorme bastão de madeira exposto na sala de meditação do pai dele, no Casarão.

"Foi Seo-sshi que fez. Ele era 'escravo do corpo' do meu avô", ia dizendo Jun. "Dizem que ele matou vários homens com isso."

"Ele pode fazer um desses para a gente? Ele ainda está por aí?", perguntou um de seus amigos, e eu, que limpava as janelas da sala, me aproximei para tentar dar uma olhada neles.

"Bem, temos Changee, que é filho de Seo-sshi, mas ele é só um motorista, então acho que não sabe fazer armas. Mas talvez eu peça para ele aprender e fazer uma para mim." Eu estava prestes a juntar coragem para falar o que sabia sobre aquele bastão — como fora usado na luta contra uma gangue local, no mercado, e como um estrangeiro oferecera muito dinheiro por aquilo. Mas, quando ouvi o que Jun disse, joguei no chão o pano molhado com que limpava as janelas, o gesto mais rebelde que pude fazer. Jurando nunca mais pôr os pés naquela casa, saí furiosa para o anexo. Lá, minha mãe me pediu para levar uns bolinhos de arroz para a cozinha do Casarão, já que Jun estava recebendo visitas.

Quando meus pais se casaram, minha mãe se mudou para um pequeno anexo na outra extremidade da propriedade, longe dos aposentos dos outros empregados; um lugar que tinha sido construído às pressas como presente de casamento. Por ser a única estrutura da propriedade que não tinha a arquitetura *hanok* tradicional, certamente também era a menor e mais feia do complexo, uma caixa retangular de concreto com telhado azul que tinha dois cômodos pequenos e uma cozinha. O retrato do meu avô, muito sério, ocupou um lugar de destaque no meu quarto durante toda a minha vida. Sujin e Miho ficariam hospedadas comigo nesse mesmo quarto.

Alguns dias atrás, eu tinha mandado uma mensagem para a minha mãe perguntando se poderíamos pegar mais colchonetes emprestados do Casarão. "Isso está fora de cogitação", respondeu ela. "Como você pode sugerir uma coisa dessas?"

Fechei os olhos, exasperada, quando ela respondeu. O Casarão tinha alas inteiras vazias e sem uso, certamente com dezenas de colchonetes luxuosos, grossos e bordados. Lady Chang era carinhosa comigo quando eu era mais jovem e teria emprestado os colchonetes, se pedíssemos. Mas, em vez disso, minhas amigas e eu dormiríamos com cobertores finos.

Enquanto entrávamos de fininho pelos fundos, Miho faz uma parada dramática, observando o terreno. "Ah, é *tão* lindo", comenta, com uma voz sonhadora que já começa a me irritar. "Quantos anos a casa tem? Deve ter séculos, não é?"

Dou de ombros. Tem pelo menos cem anos, que eu saiba. A Família é obcecada com linhagem.

"Você nunca perguntou?", estranha Miho. Seus olhos estão ávidos enquanto passeiam pelo lago de lótus, pelo templo budista, pelos jardins de pinheiros podados e, ao longe, pelo próprio

Casarão, com a estrutura de madeira esculpida e o telhado inclinado de duas águas. Enormes sapos de pedra montam guarda na frente de cada entrada da casa. A grama foi cortada com perfeição pelo meu pai, mais uma de suas tarefas na casa.

"Não é a família *dela*, por que ela iria se importar?", retruca Sujin, e eu sorrio.

"Se eu morasse aqui, nunca iria embora", diz Miho, ainda com o olhar fixo.

Quando chegamos ao anexo, ela larga as malas na sala de estar escura e diz como é legal ver onde cresci e como tive a sorte de ter meu próprio quarto, quando criança.

Meus pais não estão aqui, claro, embora eu tenha mandado uma mensagem sobre o ônibus que íamos pegar. Não importa que seja feriado — feriados são as épocas mais movimentadas, com toda a comida extra, a limpeza, as compras e os rituais.

Tento ver através dos olhos de Miho e Sujin, e é tão doloroso quanto previ. As bordas do papel de parede da sala ficaram amareladas e, no canto mais distante, um papel pega-mosca triangular está repleto de corpos de insetos, alguns ainda batendo as asas. Também espero que Miho não note os chinelos "Adidis" combinando dos meus pais, na área de entrada.

Miho sorri para mim e pergunta onde fica o banheiro. Aponto para a direita e vou até a cozinha, onde Sujin já se serviu de chá de cevada de uma jarra na geladeira e está comendo um bolinho de arroz de um prato que minha mãe deixou em cima da mesa.

"É meio estranho como tudo continua exatamente igual", comenta ela, gesticulando para o ambiente em volta. "Sinto que estou de volta no ensino médio. Sua mãe fez isso, não fez? Você levava esses bolinhos para o colégio." Sujin empurra o prato em minha direção, mas balanço a cabeça. Mesmo quando eu era criança, só conseguia ver o tanto de trabalho e limpeza que esses bolinhos demandavam e não gostava de comê-los.

Vamos atrás da minha mãe na cozinha do Casarão. Ela está na mesa redonda, fazendo bolinhos com a sra. Youngja e a sra. Sukhyang. Acenando com as mãos cobertas de farinha, a sra. Youngja e a sra. Sukhyang gritam de empolgação quando me veem.

"Olha quem está aqui! Ara! E de cabelo rosa! Meu Deus! E ganhou um pouco de peso!"

"Não, não ganhou, ela perdeu peso!"

As duas senhoras começam a discutir imediatamente, e minha mãe acena para mim. Em silêncio, ela me envolve em um abraço emocionado, e meu coração dá um salto de culpa quando vejo como seu rosto ficou enrugado. Sua pele parece fina e empoeirada, e listras prateadas irregulares marcam seu cabelo. Como ela envelheceu tanto em tão pouco tempo?

Escrevo uma saudação de Ano-Novo e mostro a ela. Também escrevo os nomes de Sujin e Miho e faço um sinal para elas virem dar oi.

As duas entram, tímidas, e se curvam. Idosos as deixam inquietas.

"Há quanto tempo!", minha mãe diz para Sujin. Fico aliviada por não haver tristeza ou censura em sua voz. Ela parece cansada demais para se incomodar com a garota que, no passado, levou sua filha para o mau caminho.

"É maravilhoso estar de volta!", diz Sujin, em voz alta.

Fico esperando algum comentário sobre o rosto dela — Sujin parece uma pessoa completamente diferente —, mas minha mãe não diz nada.

"Você já veio aqui?", pergunta a sra. Youngja, vasculhando a geladeira em busca de petiscos para nós. "Você é amiga de escola da Ara?" A sra. Youngja é relativamente nova no grupo, só começou a trabalhar no Casarão quando eu estava no colégio. A sra. Sukhyang é uma boa década mais velha que minha mãe, mas as duas aparentam ter mais ou menos a mesma idade, provavelmente por causa do tom preto-azulado do cabelo da sra. Sukhyang.

"Ela é uma amiga do ensino médio da Ara", responde minha mãe. Então diz algo que me deixa pasma: "Uma daquelas crianças do orfanato, sabe".

Sinto um aperto na garganta e olho depressa para Sujin e Miho, assim como a sra. Youngja e sra. Sukhyang. As garotas não ouvem essa referência — ou esse tom — há muito tempo.

"Eu também cresci lá", diz Miho, tranquila. As mulheres tagarelam, solidárias. "Coitadinhas, não têm mãe!" é o que todas estão pensando. Mas todas nós sabemos que, no minuto em que deixarmos a cozinha, essa solidariedade dará lugar a outra coisa. *Sinto muito*, sinalizo para Sujin, que pisca depressa, indicando que está tudo bem e que não devo me preocupar.

"Venham, venham, vocês precisam comer, depois de uma viagem tão longa", diz a sra. Sukhyang. Ela abre a tampa de uma das panelas no fogão e, com cuidado, coloca os bolinhos lá dentro.

"Elas moram em Gangnam, sabia?", conta a sra. Youngja, para a sra. Sukhyang. Sem o trânsito do feriado, fica só a duas horas de ônibus, mas sei que nenhuma dessas mulheres já esteve perto de onde moramos. Os filhos delas todos vivem na área de Cheongju; alguns até um pouco mais adiante, em Daejeon.

Minha mãe coloca *kimchi* e molho para os bolinhos na mesa e sinaliza para sentarmos. Miho agradece com delicadeza, e Sujin faz o mesmo.

"Ela ficou muito mais bonita", a sra. Youngja comenta para a minha mãe.

"Cheia estilo", diz a sra. Sukhyang.

"É o estilo de Gangnam", as duas seguram a risada.

"Quando vocês vão embora?", pergunta a sra. Youngja.

"Depois de amanhã", responde Sujin.

"O quê? Tão cedo?! Bem, então não há tempo a perder", diz a sra. Sukhyang. "É melhor você perguntar logo para a Ara."

"Perguntar o quê?", quer saber Sujin. As mulheres olham para ela, e sei que estão pensando que ela é mal-educada e que deve ser culpa do orfanato. Minha pele formiga, mas Sujin pisca para mim.

Minha mãe parece triste, mas decidida. Não pode ser tão sério, se ela vai me falar em uma cozinha cheia de gente.

"Como vai o trabalho no salão?", ela me pergunta, hesitante.

"Está indo *muito bem*", intervém Sujin. "A Ara agora conseguiria cortar meu cabelo de olhos fechados. Ela tem tantas clientes que precisam ligar com pelo menos uma semana de antecedência para marcar horário. Muitas senhoras ricas querem que Ara faça permanentes no cabelo delas. E *adoram* conversar com ela. Dizem que ela é muito reconfortante."

"Verdade?", pergunta minha mãe, sorrindo, orgulhosa. Estou prestes a dar de ombros, mas Sujin me cutuca por baixo da mesa, então faço uma careta e concordo.

Sobre o que você quer falar comigo?, escrevo.

Minha mãe pega o bloco de anotações e o segura mais perto, para enxergar, depois respira fundo. "Agora que está em casa, só quero que reserve um tempo para você", explica. "Você está ficando velha, e muitas de suas amigas estão se casando."

Do que você está falando?, escrevo, furiosa. *Ninguém está se casando. Você nunca vê as notícias? É um problema nacional.*

Ela espera que eu termine de escrever, então lê.

"Bem, aqui todo mundo vai se casar. Você conhece a Hyehwa? Da padaria?"

Hyehwa estudava comigo na época do ensino médio. Sujin e eu balançamos a cabeça, confirmando.

"Ela vai se casar no mês que vem! Eu a vejo toda semana, quando buscamos nosso pão. Talvez você possa aproveitar que está aqui e dar uma passadinha por lá e dar os parabéns pessoalmente."

Pensei que meus pais tivessem desistido da filha com mutismo seletivo, geniosa e obcecada por *idols*. Hyehwa sempre foi muito correta na época da escola. Talvez Sujin tenha sido rude com ela algumas vezes, não lembro. Olho para Sujin, mas ela parece bem inocente enquanto pega mais caldo da tigela com a colher.

"Moon, o cabeleireiro, está procurando uma assistente", diz minha mãe, de repente. "Você se lembra dele?"

Claro que eu lembrava: o desgrenhado sr. Moon, que tinha barba e voz rouca. Varri o chão para ele durante um verão, quando estava no colégio, e às vezes tomava conta de seu filho. Ele me deu várias amostras grátis de tintura para o cabelo, que depois passei para Sujin.

O salão deve estar indo bem, se ele precisa de assistente, escrevo. Pelo que me lembro, a esposa dele também trabalhava no salão com sua irmã gêmea. Mas não era possível que minha mãe estava mesmo achando que eu voltaria para casa para trabalhar no modesto salão do sr. Moon.

"A esposa dele foi embora", explica minha mãe. "A irmã dela também. As duas voltaram para Daejeon."

Bem, que triste, escrevo.

"O filho dele gostava muito de você", completa ela.

O bebê Moon, com seus olhos pequenos e brilhantes, não gostava nem um pouco de mim. Ele gritava loucamente sempre que eu o levava para passear no carrinho.

"Estávamos conversando sobre você, e ele tem lembranças muito carinhosas", diz minha mãe. As outras duas mulheres me encaram com olhos de coruja. "Ele sempre pergunta de você."

"É um bom homem, o Moon," diz a sra. Sukhyang, assentindo. "Ele era bom demais para aquela vagabunda da esposa dele."

Sujin e eu trocamos olhares divertidos, mas Miho se inclina para a frente e pergunta:

"Quantos anos ele tem?"

"Ah, ele está no auge", diz a sra. Youngja. "Eu o vi ajudando o médico homeopata a carregar armários de remédios enormes para dentro da farmácia, um dia desses. Moon carregou os armários nos ombros como se fossem meros sacos de arroz!"

"Fico pensando se ele conseguiria pagar o mesmo salário que ela ganha em Gangnam", comenta Miho, muito séria, sem olhar para mim.

"Salário?", diz a sra. Sukhyang, confusa. "Não é pelo *dinheiro*." Ela para, constrangida. "Tem a ver com o tipo de homem que apreciaria cabelo cor-de-rosa!", explica, triunfante.

"Você tem que ser prática, Ara", diz minha mãe, olhando para mim. "Ele gostaria de marcar um encontro enquanto você está aqui."

"Aposto que gostaria", diz Sujin, em uma voz sombria. "Ela é dez anos mais nova que a esposa dele, que já era nova!"

"Por que ela foi embora?", pergunta Miho.

"Nunca gostei dela", opina a sra. Sukhyang, enfática. "Quando abriram o salão, ela fez um corte horrível em mim, e Moon teve que consertar depois. Acho que ela estava *bêbada*." Ninguém diz nada.

"Basta concordar com um só encontro", diz minha mãe, implorando. "Só um. É demais uma mãe pedir isso? Uma chance de uma vida normal para sua filha? Em Gangnam, as pessoas não são normais, elas não levam uma vida normal. Aqui, você seria cuidada. Seria tudo mais fácil. É só uma *conversa,* é tudo que estou pedindo."

Fecho os olhos e suspiro. Dá para sentir o estado de angústia e quase histeria de Sujin. Em termos de distração, o plano está indo muito bem. Pelo bem de Sujin, fecho os olhos como se estivesse sofrendo, mas, na verdade, estou achando tudo isso hilário. O sr. Moon! E o bebê Moon!

"Vamos conversar com ela, não se preocupe", diz Miho, com uma voz tranquilizadora. "Podem ter certeza de que vamos falar sobre isso a noite inteira."

Já estou desesperada quando enfim saímos da cozinha, porque minha mãe nos mandou ir até o porão pegar alguns potes de *kimchi* branco.

"Uau", Miho murmura atrás de mim enquanto passamos em silêncio pelo corredor principal até as escadas. Não sei com o que ela se admira tanto, é só uma casa muito velha com móveis ocidentais muito antigos que não combinam com a arquitetura tradicional coreana. Não é como uma daquelas hospedarias *hanok* com uma linda curadoria de móveis incrustados de madrepérola e serigrafias bordadas.

No porão, encontramos várias fileiras de potes. Vou até o canto do *kimchi* branco e pego o pote menor. À minha esquerda, Miho abre um dos potes maiores, e o aroma picante e pungente se espalha pelo corredor escuro. "Tem um cheiro incrível", diz ela, enquanto Sujin dá um tapa em sua mão e coloca a tampa de volta.

Por que você disse para a minha mãe que tentaria me convencer?, escrevo e mostro a ela.

"Por que você *não* se encontraria com ele?", pergunta Miho.

"O que você está falando, sua maluca?", diz Sujin.

"Olha, isso faria sua velha mãe feliz, e ela pararia de falar no assunto. Sem contar que só tomaria dez minutos do seu tempo. Por que você não *tenta* ver como seria viver de um outro jeito?" Miho abre a tampa de outro pote e, dessa vez, mergulha um dedo nele e o lambe. Em seguida, se vira para mim e dá de ombros, dizendo: "Se eu fosse você, analisaria cada opção e veria qual é a melhor, para ter certeza sobre o que vai escolher".

Balanço a cabeça. Talvez isso funcione para ela, mas não preciso encontrar o sr. Moon para saber como seria minha vida aqui. Não importa quão bom ele seja, ou se seria um bom marido. Para mim, tem a ver com o que está escrito nos olhos das pessoas quando elas olham para mim aqui. Seria só mais um item na longa lista da vida humilde de filha dos empregados do Casarão, moça com mutismo e segunda esposa. Não, prefiro morrer sozinha no meio da cidade ouvindo a voz de Taein todos os dias no celular.

O que me entristece é minha mãe pensar que essa é a melhor opção para a minha vida.

"Bem", começa Sujin. "A Miho meio que tem razão."

Olho para ela.

"Sua mãe ficaria feliz se a gente concordasse com esse encontro, e confesso que seria bem divertido!"

Balanço a cabeça com veemência.

"Ah, qual é!", teima Sujin. "De qualquer forma, não tem nada para fazer aqui."

Você poderia visitar o Centro Loring com a Miho, escrevo.

"E por que eu faria isso?", pergunta ela, com os olhos brilhando.

É Ano-Novo, ele nem deve estar naquela porcaria de salão, escrevo e mostro a Sujin antes de irmos andando até o galpão de bicicletas. Nenhuma de nós trouxe luvas, e nossos dedos vão congelar se formos de bicicleta até a cidade.

"Bem, então podemos tomar um café na padaria e dar os parabéns para Hyehwa", diz Sujin. "Consiga um desconto para nós." Ela sorri com malícia.

Dobramos a esquina, e Sujin vai na frente, atravessando um dos portões internos. Ela tem uma boa memória. Só andamos de bicicleta algumas vezes, e isso foi há muitos anos. Meu pai ainda mantém todas as bicicletas do galpão limpas e lubrificadas, embora eu duvide que alguém as use, agora que todos os filhos do Casarão saíram do ninho.

Em frente ao galpão de bicicletas, encontramos um homem vestindo um casaco preto grosso. É o filho mais novo, Jun, que nos olha com um sorriso surpreso, as mãos nos bolsos do casaco. Não o vejo há anos, desde que ele cumpriu o serviço militar obrigatório. Minha mãe disse que ele agora é um cientista nuclear e trabalha em um *think tank* do governo. É o único dos filhos que ainda não se casou.

"Olá", diz ele. "Quem são vocês?" Sua voz é amigável e interessada enquanto olha para nós, mas principalmente para Miho. Ela parece muito deslocada aqui, com o casaco verde-esmeralda e o cabelo esvoaçante, que prendeu em um rabo de cavalo alto para andar de bicicleta.

As garotas recuam um pouco, e eu me curvo, chamando sua atenção. "Ah, é você, Ara!", exclama ele, surpreso. "São suas amigas?" Sua voz adquire o tom alegre e paternal da Família, com que tanto me importo. Concordo, balançando a cabeça.

"Olá", começa Sujin. "Estamos visitando os pais da Ara durante o Ano-Novo."

"Ah, entendi", diz ele, passando os dedos pelos cabelos. "Novas amigas de Seul."

"Feliz Ano-Novo", diz Sujin, sem contradizê-lo. Ela o encontrou várias vezes quando éramos mais jovens.

"Feliz Ano-Novo", responde ele.

Curvando-me de novo, faço o primeiro movimento para passar por ele e entrar no galpão, e as garotas me seguem. Enquanto pego minha velha bicicleta e procuro outras que Sujin e Miho possam usar, ergo os olhos e percebo que ele ainda está parado ao longe, olhando para nós. Ele acena, e eu me afasto, fingindo que não vi.

Quando eu estava no colégio, vivia para ver Jun de longe. Isso foi nos anos em que ajudei minha mãe no Casarão depois do colégio, para que pudesse me sentar na cadeira dele e às vezes até em sua cama quando minha mãe não estava olhando. Se minha vida fosse um drama, ele teria se apaixonado por mim e lutado contra os pais por um final feliz com a filha da governanta.

No entanto, aqui estamos, minhas amigas e eu, indo a toda velocidade para a cidade em bicicletas rangentes e enferrujadas espreitar um velho solitário que falhou no amor, tem um filho e já pensa em contratos de concessão.

Tudo isso só de brincadeira, claro.

Eu me importaria se não tivesse parado de me preocupar com tudo anos atrás, no dia em que perdi minha voz.

Levamos quase vinte minutos para chegar à cidade porque Miho tem dificuldade com bicicletas e, além disso, para a todo instante para admirar as árvores, mesmo com Sujin e eu gritando que está frio e pedindo a ela que tire uma foto nossa e depois veja se ela ficou boa. "Mas as cores não ficam legais em fotos", protesta ela.

A padaria fica na mesma rua do salão de Moon, mas as garotas insistem em ir primeiro ao salão. Não há carros, porque todo mundo ainda está em casa com suas famílias, comendo e se divertindo.

"Não vamos entrar nem nada", diz Miho, ofegante, pedalando com mais força. "Então pare de se preocupar tanto, Ara! Só quero saber como ele é."

Sujin apenas ri e mostra a língua mais ou menos na minha direção.

Para mim, parece cruel Miho insistir nisso quando seu namorado, Hanbin, não é só o sr. Bonito e Rico, mas também tem a nossa idade e não tem filhos. Se eu não a conhecesse, pensaria que essa vontade de ver Moon é só para tirar sarro de mim. Mas ela está tão genuinamente curiosa sobre tantas coisas que sou obrigada a acreditar. No metrô, ela sempre puxa conversa com estranhos, que ficam surpresos e desconfiados com a atitude, enquanto ela fica perplexa com a hostilidade. "Em Nova York, você pode conversar com qualquer um sobre qualquer coisa a qualquer momento que é possível até se apaixonar um pouco por essa pessoa, mesmo sabendo que nunca mais vai vê-la", contou ela. Então agora parece estranho para ela que, na Coreia, se você tenta puxar conversa com alguém a quem não foi apresentado, as pessoas te olham como se olhassem para uma ratazana. Por outro lado, basta uma apresentação superficial pelo conhecido mais distante que as pessoas passam a se importar como se você um irmão há muito perdido.

Paramos com nossas bicicletas do outro lado da rua do salão, que é tão pequeno quanto me lembro — apenas três assentos giratórios de couro falso em uma vitrine de loja, com uma placa do lado de fora onde se lê MOON HAIR & STYLE, em inglês, e o aviso de ABERTO na porta. Só concordei em usar essa bicicleta porque tinha certeza de que o salão estaria fechado por conta do feriado. Quem vai cortar o cabelo hoje? Não dá azar cortar o cabelo no Ano-Novo?

O sr. Moon está varrendo o interior do salão, de costas para nós. Há tufos de cabelo espalhados pelo chão. Eu me lembro de varrer esse mesmo chão para ele, tentando terminar o mais rápido possível para a próxima cliente se sentar. Durante o verão em que trabalhei aqui, apenas alguns meses após a inauguração do salão, havia uma longa espera por um corte de cabelo com o sr. Moon, principalmente depois que ele atendeu a dona do supermercado e fez um corte de cabelo drástico que, como um milagre, transformou seu rosto, e, depois, sua personalidade. Ele nunca se preocupou com o próprio cabelo, que ainda é desgrenhado e selvagem. Agora, mesmo do outro lado da rua, vejo que está sujo e grisalho.

"Parece que ele precisa de um corte urgente", comenta Sujin. "Acho que você podia entrar lá e cortar para ele."

Miho começa a rir. Faço uma careta e pego meu bloco de anotações. Enquanto procuro a caneta, ouço Sujin dizer: "Opa".

Ergo os olhos e vejo o sr. Moon parado à porta, que está aberta, acenando para irmos até ele. Seu rosto geralmente inexpressivo parece tomado de interesse.

"Ele está acenando para a gente, certo?", diz Sujin, olhando em volta para se certificar.

"Olha como ele está animado para ver você!", sussurra Miho.

Sufocando mais risos, Miho salta da bicicleta e a conduz pela rua, e Sujin faz o mesmo. Furiosa, vou atrás.

"Há quanto tempo", diz ele, hesitante, com o olhar pousado em mim. "Você veio em casa para o feriado? Essas devem ser suas amigas." Ele acena para Sujin e Miho.

"Feliz Ano-Novo!", diz Sujin, curvando-se. "A Ara aqui sempre me dava toda a tintura de cabelo que você dava quando ela trabalhava aqui. Nós duas estudamos juntas."

"Ah, essa amiga", diz o sr. Moon, reconhecendo-a. "A que uma vez pediu uma pintura violeta, eu acho."

"Isso!", diz Sujin. "Foi nas férias de verão."

"Gostei do rosa", diz o sr. Moon, acenando para mim. "Deve ter levado um bom tempo para ficar assim." Eu respondo com um sorriso frouxo.

"A Ara hoje em dia trabalha em um salão enorme em Gangnam", conta Sujin.

"É, a mãe dela me contou", diz ele. "É impressionante."

"Você vai passar o Ano-Novo aqui no salão?", pergunta Miho. Franzo a testa para ela, que finge não me ver.

"Sim, bem...", começa ele. "Receio que eu não tenha mais nada para fazer. E, para ser sincero, vieram alguns clientes hoje cedo. Pessoas ocupadas, sabe, que não têm tempo."

Estendo a mão e dou uma batidinha no ombro de Sujin. Então viro a cabeça na direção da padaria.

"Ah, estávamos indo cumprimentar nossa amiga que trabalha na padaria e vai se casar", diz Sujin. Já fui torturada o suficiente. Ela sobe de novo na bicicleta. "Bom ver você!"

Estou prestes a subir na minha bicicleta quando o sr. Moon me interrompe: "Na verdade, tenho algo para você, Ara. Você poderia entrar um minuto?".

"Encontramos você na padaria, Ara!", diz Miho, e vai embora com Sujin, as traidoras. Puxo o freio da bicicleta e, mesmo hesitante, vou atrás do sr. Moon.

Dentro do salão, tudo está silencioso e cheira a laquê, pasta e óleo para cabelo. É aquele cheiro familiar que me desperta de repente; até agora, eu não tinha percebido que estava quase em um estado de sonho. Voltar para casa, ver Jun, andar de bicicleta por ruas desertas... Não parecia real.

No fundo do salão, o sr. Moon abre uma gaveta de uma cômoda de madeira e remexe em uma pilha de cadernos. De perto, vejo que está muito mais velho, parece cansado e ganhou uma certa tristeza no rosto. Sua pele está mais escura e mais castigada do que antes, mas os olhos exibem uma luz assustadoramente emocional quando ele me encara. Pego um spray fixador e finjo analisá-lo, depois o coloco de volta na mesa.

"Eu estava limpando as gavetas outro dia e encontrei isto", diz ele, passando o objeto para mim. "Não é seu?"

É um caderno azul brilhante do colégio, das minhas aulas de ética e moralidade. Devo tê-lo esquecido em alguma noite, quando trabalhava aqui. Eu o folheio e me surpreendo com minha letra elegante. "Ordem Pública e Ética Social", "Regras da Sociedade Moderna", "Filosofia da Moralidade". Eram aulas fáceis, e fiquei surpresa por ter me classificado entre as dez primeiras de toda a turma. Nos três anos do ensino médio, essa foi a única matéria que achei fácil. Talvez tenham sido anos de *noonchi* apurado — eu raramente me enganava ao interpretar as emoções dos outros —, mas as respostas nos testes de múltipla escolha me pareciam sempre muito óbvias.

Sorrio um pouco, faço uma reverência de agradecimento e enrolo o caderno, para guardá-lo na bolsa. Quando me viro para sair, o sr. Moon pigarreia.

"Fico feliz em saber que você está indo bem em Seul", diz ele, com um tom que indica que quer falar mais alguma coisa. Suspiro por dentro e envio um sinal de angústia mental para Sujin. "Você já deve ter tudo de que precisa em termos de produtos para cabelos, não é?", continua, gesticulando, desajeitado, pelo salão. "Caso contrário, eu te daria algo... Um pouco de óleo para finalização, máscaras capilares..."

Balanço a cabeça.

"Bem, então...", diz ele, respirando fundo e me encarando. "Sabe, eu sempre pensei que ainda ia morar em Seul. É engraçado. A gente nem percebe como se acomoda, à medida que envelhece."

Espero para ouvir o que ele está tentando dizer.

"Estou feliz que você esteja vivendo sua vida desse jeito aventureiro que eu nunca vivi. Fico orgulhoso quando ouço falar de você. É estranho. Imagino que será assim com meu filho, mas as pessoas dizem para nunca esperar muito dos filhos, então não sei. Acho que me sinto assim porque tive um pouco de influência na sua vida, e essas aventuras foram possíveis por minha causa."

Ele tosse, constrangido, e me sinto muito confusa. Enxugando as mãos nas calças, ele continua:

"Sabe, esses dias cheguei à conclusão de que sou um homem tolo. Não ter um filho por quem preciso voltar correndo para casa, não ter gritos, acessos de raiva e necessidades de um filho preenchendo todos os momentos da minha vida, faz sobrar muito tempo para pensar e me lembrar de conversas que deveriam ter acontecido, mas não aconteceram. E quero libertar minha vida de qualquer arrependimento. Se eu morresse amanhã, gostaria de ter dito tudo que queria dizer às pessoas que conheço."

Ele prossegue, dizendo que foi ele quem chamou a polícia naquela noite — a noite em que me feri. Ele estava indo a pé para o Casarão, porque a sra. Chang tinha ido ao salão pela primeira vez e esquecido o lenço lá. Ele não aguentou pensar na sra. Chang preocupada com o que poderia ter acontecido com seu lenço caro nas mãos das clientes dele e não tinha o número de telefone para ligar, então o guardou com cuidado em uma sacola de compras e foi até o Casarão depois da última cliente da tarde.

Ao entardecer, enquanto caminhava, ele começou a ouvir os sons inconfundíveis de violência sendo cometida. Sua primeira reação foi de medo. Ele se virou e começou a se afastar depressa, mas, quase que na mesma hora, recuperou os sentidos e percebeu que os gritos eram de moças. Ele imaginou o pior e resolveu tomar uma providência. Usou o celular para chamar a polícia e deu a localização e uma descrição do que estava ouvindo. Então, assim que desligou, avançou com cuidado em direção ao arco.

A primeira pessoa que ele viu fui eu. Ele me reconheceu das minhas idas ao salão com a minha mãe. Na verdade, foi minha mãe quem o apresentou à sra. Chang, que continua uma cliente fiel até hoje.

Ele viu o que estava acontecendo comigo e começou a correr em nossa direção. Disse que parecia que a garota ia me matar. Ela parecia totalmente fora de si e quebrava algo na minha cabeça com brutalidade. Então ele começou a gritar "Polícia! Polícia!" e outras coisas de que não conseguia se lembrar. Em um instante, todos desapareceram tão rápido que ele ficou pasmo. Deu alguns passos relutantes na direção que eu tinha ido, mas ouviu sirenes e decidiu permanecer onde estava, para falar com a polícia, sem querer que os guardas o vissem correndo e o confundissem com um bandido. E, claro, a polícia pareceu desconfiar de seu envolvimento, mas por sorte suas roupas estavam limpas, considerando a quantidade de sangue que havia sido derramado naquela noite. Perguntaram se ele havia reconhecido alguém, e ele disse que sim, que reconhecera uma de suas clientes mais jovens, mas não sabia meu nome, o que era verdade. Na época, ele também não sabia que eu morava no Casarão.

"Recentemente eu soube... Na verdade, eu soube ontem, quando uma das senhoras que trabalham com a sua mãe fez um permanente... que meu interesse em saber sobre você e como você está indo em Seul foi mal interpretado como algo no sentido romântico, principalmente desde... você já deve saber... desde que aconteceu aquilo com a minha esposa", ele diz baixinho, olhando para o chão. "Eu fico muito chateado que as pessoas pensem isso de mim, mas não sabia como consertar as coisas. Por isso fiquei tão surpreso quando vi você e suas amigas aqui na frente do meu salão, porque eu estava justamente pensando em como esclarecer isso tudo."

O celular dele toca, e ele o tira do bolso. "Advogado Ko" aparece na tela acesa do aparelho, e ele o silencia com uma careta antes que seus olhos se voltem para mim. Ele respira fundo.

"Não importa o quanto as coisas fiquem difíceis, lembrar que salvei uma vida, de que a minha vida teve importância, é algo em que me agarro", conta ele, com a voz embargada. "Acho que é a única tábua de salvação que eu tenho. E sou muito grato por poder te dizer isso. Quando você tiver filhos, vai entender o que sua vida significa para os seus pais."

Mais tarde, quando Sujin e Miho saem da padaria carregando sacolas cheias de pães e bolos que Hyehwa lhes deu, estou sentada no meio-fio, olhando para um céu invernal desprovido de nuvens e pensando se sou uma pessoa mais feliz do que era vinte minutos atrás, quando não sabia o que sei agora.

"Oi! Ele te pediu em casamento?", pergunta Sujin, partindo um pedaço de torta de *choux cream** e passando-o para mim. A torta é fria e doce, e imediatamente estendo a mão, pedindo mais.

"Não acredito que alguém da nossa idade vai se casar", diz Miho, olhando para trás, para a padaria, onde vejo Hyehwa arrumada, organizando fatias de bolo através da vitrine de vidro embaçada. "Você quer entrar lá e dar oi?", pergunta ela, ao que balanço a cabeça.

"Me desculpe, mas casar com 20 anos é ridículo", diz Sujin, com uma voz exageradamente baixa. "Que idiota!"

Elas discutem se vamos todas juntas para o Centro Loring, ou se Sujin vai voltar para o Casarão sozinha.

"Você acha que a Ara queria estar aqui? Agora vamos fazer o que *você* não queria, e é melhor aceitar", diz Miho, estendendo a mão e dando um cutucão em Sujin. Com as sacolas cheias de pão no guidão, Sujin suspira, resignada, e diz que é melhor que o pão e os bolos sejam dados para as crianças e nem uma fatia para os professores. E, com isso, nós três subimos nas bicicletas congeladas e rangentes e partimos em direção ao Centro Loring, cada uma se agarrando às suas próprias versões do passado.

---

* Receita típica japonesa, semelhante à nossa carolina, só que recheada com um delicioso creme feito de leite e baunilha e com um toque de amêndoas na massa.

Kyuri

Bruce não vem à casa noturna há quase três semanas. E, nas últimas duas vezes em que esteve aqui, ele me colocou para sentar ao lado de investidores estrangeiros gordos, claramente com a intenção de me punir. Ainda resta um gosto ruim na boca por saber de seu noivado, mas a Senhora tem comentado sobre a ausência dele, e preciso que ela pare de falar. Tentei mandar mensagens de texto, mas ele nem responde. Aquele canalha.

Não sei o que me deu, mas, quando chegar o último domingo do mês, vou falar para Sujin que vou levá-la para jantar no Seul-kuk, no Reign Hotel, para comemorar o feriado. O Dia do Movimento pela Independência se aproxima. Olho para o calendário, à espera de que os dias passem logo.

Levo algumas tentativas para convencê-la a ir, porque ainda dá para ver os pontos em suas pálpebras inchadas, e a metade inferior de seu rosto parece cheia de ar, como um balão velho e triste. Digo que ela está bonita e que ninguém vai notar.

"Ainda não consigo mastigar direito", conta ela, hesitante, balançando a cabeça. "Meus dentes estão desalinhados. E ainda morro de vergonha quando saio na rua, mesmo de máscara."

"Eles têm o melhor *jajangmyeon** da região... O macarrão vai estar bem macio. E também têm sopa. Vários tipos de sopa. Sopa de barbatana de tubarão. Você já tomou sopa de barbatana de tubarão *de verdade*?"

"Não se vende mais isso. E eu nunca comeria a barbatana de um tubarão, coitado", responde Sujin. "E o Seul-kuk não é o restaurante chinês mais caro do país? Uma das minhas clientes do salão de manicure estava falando sobre esse lugar... Uma tigela de *jajangmyeon* custa quase 40 mil wons! Kyuri, você não pode estar falando sério. Logo você, que é tão cuidadosa com dinheiro!" Ela arregala os olhos no rosto inchado.

"Quero ver se é tão bom quanto dizem na TV, sabe? Enfim, você vem?"

Quando chegamos ao Reign Hotel, um pouco antes das 19h, e pegamos o elevador para o segundo andar — Sujin levou uma hora para se vestir, mesmo com minha ajuda e meus acessórios —, o restaurante está cheio, e o anfitrião nos pede para aguardar no salão. Então aguardamos, acomodadas nas cadeiras de seda vermelha perto da entrada, minha cabeça girando sempre que ouço o silvo de um elevador.

"O que você tem?", sibila Sujin, quando vejo um grupo chegando. Devem ser eles. Uma família de quatro pessoas, todos muito bem-vestidos, os rostos tensos. A mãe, toda emperiquitada, usando um terninho verde-limão com um broche cintilante em forma de papagaio na lapela, cacareja feito uma galinha enquanto tira fiapos do terno do pai, que a afasta. O irmão tem uma aparência agradável e é alto, e a garota está com um vestido clássico de mangas compridas rosa-claro e uma bolsa Chanel de tweed de duas temporadas atrás, combinando com

---

* Prato levado para a Coreia por imigrantes chineses, feito com macarrão, molho de feijão preto coreano e, geralmente, com carne de porco, cebola, abobrinha e batata.

a roupa. Ela é bonita, ainda que um pouco pálida, e não tem peito. Parece muito mais jovem do que eu imaginava. Bruce sempre diz o quanto adora meus seios. "Fico fantasiando com eles no escritório", conta ele. "Fico delirando pensando em fazer cócegas nos seus mamilos até eles ficarem duros."

Atrás deles, o outro elevador se abre e Bruce sai, seguido dos pais e de duas irmãs magras vestidas de chiffon. Uma mecha de cabelo cai sobre seus olhos, e quero penteá-la para trás.

A mãe de Bruce é absurdamente magra e está usando o que parece quase uma roupa de luto profundo: seda preta pesada da cabeça aos pés. Diamantes enormes brilham em suas orelhas, pulsos e pescoço.

"Ei, olá", dizem as mães, "que ótimo finalmente conhecer vocês!"

Os homens apertam as mãos com força, e há uma orgia nojenta de reverências e elogios por todo lado. Bruce sorri de orelha a orelha, mantendo as mãos nos bolsos, como se não tivesse passado meses temendo esse momento.

"Parece um *sangyeonrae*" sussurra Sujin, em meu ouvido. "Eles parecem saídos de um drama da TV! Dá para acreditar nas joias? Devem ser de verdade, né?"

"Vamos entrar?", murmuram eles, e vão passando por nós sem nem olhar. Bruce e a namorada estão atrás, sussurrando e sorrindo. Então ele me vê.

Bruce pisa em falso. Eu o encaro, inclinando a cabeça e segurando a primeira bolsa Chanel que ganhei dele — uma *jumbo flap caviar* vermelho-escura com rosetas de couro e ferragens douradas. É uma coisa linda, essa bolsa. Meu bem mais precioso. Ele pisca, perplexo e confuso, mas, quase que imediatamente, seu rosto fica duro feito pedra. A namorada o encara, em dúvida, e ele a enlaça e a conduz enquanto passa por nós, adentrando o ruído constante e baixo do restaurante.

"Com licença, a mesa de vocês já está pronta, me acompanhem", diz uma voz em meu ouvido, e dou um pulinho. Sujin vai saltitando à frente, ao lado do anfitrião arrogante, e sigo os dois, envolta em um sonho. Começamos a comer, e o garçom não para de recomendar o maldito cardápio. Acabo me conformando a gastar o dobro do valor exorbitante que já tinha em mente. Pelo menos Sujin está se divertindo, colocando cada gota de cada molho em nossos pratos com ajuda da colher. "Você tem ideia de quanto custa essa porção de abalone? Como assim você não consegue comer? Você está sendo ridícula, Kyuri!"

No meio da refeição, recebo uma mensagem de texto.

"Sua vida acabou, sua vadia psicopata."

É de Bruce, claro. Na sala ao lado, mas a uma vida inteira e um universo de distância.

Há alguns anos, tive uma amiga que saiu da casa noturna em que trabalhávamos quando ficou noiva. Ela teve um encontro às cegas marcado pela amiga da mãe. Deu certo, então de repente ela estava para casar. Não sei como quitou as dívidas com a casa.

Bebíamos juntas com frequência, e ela estava muito feliz com sua nova vida. Ela me mostrou os móveis que estava comprando para o apartamento em que moraria com o marido. Suspiramos, pensando sobre como a renda do conjunto de quarto era bonita, como a pequena mesa de jantar de marfim ficava linda ao lado da parede de destaque.

Um dia, liguei para ela, e sua linha havia sido desligada. Ela mudou o número porque não queria mais receber ligações minhas nem das outras garotas.

Tudo ficou claro. Tinha sido ingênua de pensar que iria ao casamento, que seguraria seu véu e jogaria punhados de arroz e pétalas de rosa pela nave da igreja. Mas estava feliz por ela ter escapado dessa vida e não a culpei.

Ela me ligou de um número oculto alguns meses depois do casamento. Parecia otimista, mas distante. "Fico impressionada com como ando ocupada!", ela começou a contar imediatamente. "É uma loucura o tanto de tempo que se gasta para fazer compras, limpar e cozinhar, sem falar em administrar uma casa. Também tenho que cuidar dos meus sogros. Eles são aposentados, então precisam de muitos cuidados e contam comigo para isso."

Ela não me fez uma única pergunta. No fim da breve conversa, ela disse que lamentava ter mudado de número e que me desejava boa sorte. Então desligou e não me ligou mais.

Já tive amigas que foram enganadas por homens que queriam que elas se tornassem suas amantes. Essas garotas saíam da casa noturna fazendo um grande alvoroço sobre como nos convidariam para seus novos apartamentos, quando estivessem prontos. Claro que não havia nenhuma menção de amor nem nada, mas o que sempre me deixava com raiva era a esperança reluzindo em seus olhos, coisa que elas não conseguiam esconder. Tinham ouvido, dos homens, coisas que alimentavam isso. Às vezes durava um ano ou dois, mas o fato é que todas voltaram. Todas.

Elas brincavam de casinha em um bom apartamento, muitas vezes um apartamento lindo, praticavam a monogamia, convidavam as outras garotas para visitá-los, assistiam à tv e tinham muitas esperanças. Os motivos para elas voltarem eram um tanto variados: às vezes não suportavam a vigilância dos vizinhos, que alegavam saber que elas eram amantes e temiam que isso baixasse os preços dos apartamentos. Às vezes, elas engravidavam e abortavam. Às vezes, as esposas ficavam sabendo e jogavam café quente na cara delas, bradando ameaças de terem o útero arrancado.

No entanto, quase sempre eram os homens que se cansavam de tudo primeiro. Quando as garotas voltavam, estavam mais velhas e, em geral, mais gordas, e tinham que fazer dietas radicais, tomar comprimidos e tudo o mais, ou as Senhoras as constrangiam sem parar. E o brilho de esperança nos olhos era reduzido a pó.

Mas, voltando a Bruce, não sei o que deu em mim naquele domingo no Reign Hotel. Sempre achei a esperança uma loucura natural da juventude, algo que deveria ser descartado o mais rápido possível.

Não consigo explicar o porquê disso, e até eu me surpreendi. Talvez eu gostasse dele mais do que imaginava. Eu deveria saber que eu não podia me dar esse luxo.

A Senhora me dá um tapa quando descobre. É segunda-feira, um dia depois, e estou arrumando minha maquiagem na sala de espera escura e apertada. Ela vem correndo o mais rápido que pode com seu minivestido de renda justa e seus sapatos de salto. Está ao telefone, mas procura alguém freneticamente. "Você", ela movimenta os lábios sem emitir nenhum som, apontando um dedo ossudo para mim. "Você, venha."

Fecho meu estojo de base, me levanto e a sigo para uma sala vazia. Na escuridão silenciosa, consigo ouvir uma voz metálica e sobrenatural gritando do outro lado do celular da Senhora.

Eu vou acabar com você. Você entende o que posso fazer com você? QUEM EU SOU? QUEM EU CONHEÇO? Você nunca mais vai arranjar trabalho! Para o meu horror, reconheço a voz crepitante e histérica. É Bruce.

A Senhora tenta acalmá-lo, mas ele não escuta e continua gritando. Ela está rígida e fecha os punhos com força, as garras pintadas cravadas na palma da mão.

"Ela está aqui agora, e eu mesma vou matá-la", esbraveja ao celular, louca de raiva. "Pode deixar que vamos cuidar disso. Por favor, não faça nada de cabeça quente, *por favor*. Sinto muitíssimo."

Depois de desligar, ela me dá um tapa com tanta força que desabo no chão. Enquanto choro, aterrorizada, ela pega um copo de uísque de um conjunto sobre a mesa e o atira contra a parede. O vidro se estilhaça ao meu redor como fogos de artifício.

"Sua vagabunda do caralho!", grita ela. "Você está louca?! O que você fez?!"

Com o som do vidro se quebrando, a porta se abre, e as garotas se aglomeram enquanto a Senhora grita para alguém trazer uma garrafa vazia. Se Yedam e Seohyeon não a segurassem, ela teria quebrado uma garrafa na minha cabeça. Ouvi dizer que ela fez isso uma vez com uma garota que estapeou um cliente. A garota já tinha uma grande dívida com ela quando isso aconteceu e teve que levar mais de cinquenta pontos no couro cabeludo. O cliente estava prestes a processar a casa, mas desistiu, apaziguado, quando soube dos ferimentos da garota.

O gerente entra correndo e diz à Senhora que tudo vai ficar bem, que Bruce está com raiva agora, mas que vai passar, e, afinal, Kyuri não é o trunfo da casa? Tantos homens a requisitam todas as noites, e a Senhora não quer perder todos esses negócios, quer?

Respirando com dificuldade, a Senhora fica parada no meio da sala, sem olhar para ninguém. O único som que ouço é um soluço baixo e afetado, e percebo que vem de mim. Até que ela se vira e sai sem dizer nada. As garotas me ajudam a levantar e me abraçam. Perguntam o que aconteceu, perguntam por que a Senhora está tão brava. Querem saber para não repetir o meu erro, seja lá o que eu tenha feito.

Respondo que um dos meus clientes habituais está com raiva de mim e deixo por isso mesmo.

Passo uma semana em suspenso, quase sem respirar, vivendo como se nadasse em um sonho. No trabalho, nas salas, sou radiante, espirituosa e efervescente a ponto de entrar em frenesi. Alguns dos meus clientes perguntam por que estou tão animada. "Aconteceu alguma coisa emocionante? Conte as novidades!", pedem eles, vendo que não consigo parar quieta e fico pulando, bêbada demais. Eles acham que estou ainda mais divertida do que o normal.

"Eu venho aqui por sua causa, Kyuri", dizem eles, batendo nas próprias coxas com apreço e chamando o garçom para pedir mais bebidas. Canto, danço, faço espacate. Meu vestido alugado se rasga, e eles gritam e riem. "Não era isso que eu esperava de um estabelecimento dez por cento", dizem alguns dos novos clientes que vieram com os regulares, mas falam de forma divertida, não desaprovadora.

Rezo o tempo todo para a fúria de Bruce esfriar. O gerente disse que a Senhora acrescentou uma cobrança pelo copo quebrado e a conta da limpeza às minhas dívidas.

"Só para você saber, ela pode cobrar algumas outras coisas também, para amenizar a raiva. Eu deixaria passar, se fosse você", diz ele, nervoso, puxando os punhos das mangas. Ele é novo e muito legal, ao contrário dos outros gerentes. Parece um adolescente com a franja comprida demais, embora deva ter, pelo menos, 30 e tantos anos. A pele dele é horrível, e eu gostaria de recomendar algumas máscaras faciais, porque ele é muito bacana. Mas tenho certeza de que essa gentileza não vai durar muito. O dinheiro logo irá transformá-lo. Quando ele me dá o aviso, não digo nada, só roo as unhas, que precisam ser lixadas. Estão negligenciadas e vergonhosas.

Na sexta-feira, um dos amigos de Bruce — o advogado gordinho — chega com seus clientes e colegas de trabalho. Quando ouço isso de Sejeong, que acabou de entrar na sala em que estou trabalhando, peço licença e corro na direção dele.

"Ah, não, não, não", diz ele, alarmado, o rosto rechonchudo corando quando entro e me sento ao lado dele. "Você, não."

"Por quê?", pergunto alegremente, jogando o cabelo para trás enquanto meu coração começa a bater mais rápido. "Você não está feliz em me ver? Senti tanto a sua falta!"

"Fiquei sabendo do que aconteceu", diz ele, em voz baixa. "Nosso grupo de amigos... Todos nós nos conhecemos." Ele se inclina para a frente e sussurra: "Eu não queria vir aqui, mas meu cliente insistiu, ok? E eu poderia ter contado a história ao meu cliente, e ele com certeza teria ido a outro lugar, mas a casa da minha namorada é aqui perto, e eu quero passar lá antes de ir para casa".

Eu o encaro, tristonha. Só bebi alguns drinques nas minhas primeiras duas salas, mas meu coração já parece apertado.

"Não sei se o que fiz foi tão errado", digo. Sei que não deveria falar sobre isso, ainda mais aqui e agora, mas não consigo evitar.

Ele me encara, incrédulo. "E é justamente por isso que é tão terrível", responde. "Você está falando sério? Está louca? Alguém precisa te explicar isso? Nem sei por onde começar! Você ao menos entende como a família dele seria humilhada por sua causa? E ainda por cima no Reign Hotel! Você só pode estar brincando, não é?"

Seu tom alto de voz chama a atenção, e a sala fica em silêncio. As outras garotas tentam retomar suas conversas às pressas, mas um homem magro de cabelo prateado aborda Bruce de repente. "Qual é o problema?", pergunta, parecendo descontente. "Por que esse clima?" É óbvio que ele é o cliente.

O advogado gordinho entra em pânico. "Sinto muito, senhor", diz ele, engolindo em seco. "Essa garota estava tentando jogar fora a bebida dela escondido, e eu fiquei nervoso."

Sou pega de surpresa, mas inclino a cabeça depressa na direção do cliente. "Eu sinto muito, senhor", digo. "Eu estava bebendo muito rápido, então só queria descansar um pouco, mas agi mal."

Meu estômago está tão apertado que chega a doer, mas sou rápida em pegar meu copo e beber o uísque. "Parece especialmente bom essa noite!", digo, dando um grande sorriso. "Você pediu coisas caras!"

O cliente ri e diz que gosta do meu estilo. Em seguida, aponta para o meu copo e me apresso em enchê-lo de novo. Respirando fundo, bebo outra dose, que queima minha garganta. "Gosto de gente que sabe beber", festeja ele. "E gosto desse lugar. Ninguém aqui desiste da farra. Tenho certeza de que você estava enganado, Shim-byun. Essas garotas aqui... O fígado delas é de ferro."

"Claro, senhor, eu também adoro esse lugar!", concorda o advogado, depressa. "Essa Kyuri é uma das garotas mais bonitas da casa. Estávamos só nos provocando. Ela tem um grande senso de humor."

"Sério?", diz o cliente. "Quer dizer que você também é engraçada? Por que não vem aqui, então?" Ele dá um tapinha no assento ao lado dele e acena secamente para que Miyeon troque de lugar.

"Que honra!", digo, me levantando de um pulo. A sala gira bruscamente ao meu redor, mas ignoro.

"Estou avisando, se tentar jogar bebida fora escondida, haverá um grande problema", diz ele, enquanto me empoleiro ao seu lado. "Estou gastando um bom dinheiro aqui e não suporto esse tipo de coisa."

"Claro que não, senhor. Fora de cogitação! E, para ser sincera, eu estava esperando alguém me servir mais um pouco, mas não queria fazer vocês, homens, parecerem bebedores fracos ao meu lado", digo. Balbucio, na verdade, sem ter ideia do que estou dizendo, mas ele me serve mais um pouco, e nós bebemos, depois bebemos e bebemos um pouco mais e não me lembro de mais nada depois disso.

Na manhã seguinte, vomito tanto na cama que Miho acorda com o barulho e corre até a loja de conveniência para comprar isotônicos e remédios para ressaca e passa o restante da manhã lavando meus lençóis. Vejo rios de estrelas e não consigo me levantar. Enquanto Miho pendura os lençóis para secar, adormeço de novo no chão do quarto, segurando o travesseiro sem fronha contra o peito.

Quando finalmente acordo de novo, é quase hora do jantar. Ouço um barulho vindo da cozinha e, quando saio do quarto, caminhando com dificuldade, vejo Sujin esquentando uma sopa revigorante no fogão.

"A Miho teve que ir para o estúdio, então me chamou", explica ela quando me vê. "Fui até aquele lugar que vende as sopas para ressaca que você gosta, perto do spa para cachorros. Eu amo tanto aquele lugar... Hoje dava para ver todos os cachorrinhos nas banheiras *hinoki** com mini toalhas enroladas na cabeça, como velhinhas!" Ela ri, mexendo a sopa borbulhante com uma colher de plástico.

---

* Espécie de cipreste nativo da região central do Japão. Banheiras *hinoki* são feitas com esse tipo de madeira.

Quando não respondo, Sujin estreita os olhos e aponta para a cadeira da mesa de jantar, onde me afundo. "Quanto você bebeu ontem à noite?", pergunta, hesitante.

Mal consigo dar de ombros e, com cuidado, deito a cabeça nas mãos.

Ela coloca a sopa em uma tigela e traz para mim com uma colher, *hashis* e um pouco de *kimchi*.

Eu fico olhando enquanto ela começa a se servir, cantarolando alegremente.

Sei que Sujin não é idiota. Ela só parece simplória porque recai com muita naturalidade para um estado positivo. Isso seria essencial para sobreviver na minha área, embora eu não ache que alguém possa sair ileso.

Alguém poderia pensar que me ver assim seria um aviso mais do que claro para ficar longe.

Mas sei o que ela pensaria, mesmo se eu contasse o que está acontecendo: pensaria que a culpa é minha por fazer escolhas terríveis. "Eu avisei que Seul-kuk era má ideia", diria. Ela não sabe o que esse trabalho faz com a pessoa, não sabe como é impossível manter a mesma perspectiva de antes. Como não dá para economizar dinheiro porque nunca haverá o suficiente. Como é possível fazer coisas que você nunca se imaginou fazendo. O trabalho afeta de formas que ninguém nunca imagina que pudesse ser afetado.

Eu sei porque foi isso que aconteceu comigo. Nunca pensei que acabaria assim, com pouco dinheiro, um corpo se arruinando e uma data de validade iminente.

Começo a tomar a sopa em silêncio enquanto ela se junta a mim na mesa.

A polícia chega em uma terça-feira. Estamos nos preparando para aquela que é sempre a nossa noite mais movimentada, com reservas para todas as salas. Até então, a Senhora estava feliz, exibindo algo próximo de um sorriso em seu rosto de sapo enquanto entra e sai das salas, verificando as garotas, dizendo-lhes para trocar de vestido quando não gosta do caimento, me ignorando quando cruza comigo.

São dois policiais. Não fomos avisados, porque eles desceram as escadas sem esperar o gerente da portaria chamar. Lá de cima, ouvimos um grito abafado de "Polícia!", mas é tarde demais: eles já estão aqui e, de repente, as garotas correm para os vestiários, apavoradas e sem fôlego. Normalmente, a polícia só aparece depois de informar as casas com dias de antecedência, e as "varreduras" são mera formalidade, uma grande piada. Porém, em uma batida-surpresa — quando algo sério acontece —, as garotas assumem a culpa. Nunca é a Senhora, nem o verdadeiro dono da casa noturna, sempre um idiota obscuro, ocupado em fingir que é da alta sociedade, nem sua esposa, que suga pessoas mais ricas, tentando fingir que o dinheiro deles não é sujo. Sempre foi assim e sempre será. Nós, as garotas, treinamos há anos: "Diga que você é que queria dormir com o cliente. Você só queria dinheiro, entendeu?". Assim, a garota é presa e multada por prostituição e difamada na sociedade como alguém que faz isso por dinheiro fácil. As garotas que morrem no processo — as que são espancadas até a morte ou que se matam — nem chegam a virar notícia.

Sou a única que fica para trás no corredor. Quero saber o que os policiais estão dizendo. Tem um de meia-idade, entediado e irritado, e um novato, boquiaberto. O jovem policial parece um aluno do ensino médio.

"Escute, eu também não gosto de ter que vir aqui, mas alguém denunciou prostituição neste estabelecimento, então o que podemos fazer?", o policial mais velho ladra para a

Senhora, batendo folhas de papel no balcão da recepção. "Aqui está a acusação: fraude e tentativa de prostituição. Esse cavalheiro afirma que você cobrou milhões de wons dele. Fui enviado aqui pelo meu chefe, que diz que isso veio de um dos chefes do chefe dele. Nem sei quem é essa gente toda. Essa é a dimensão da coisa. Está entendendo?"

A Senhora fica perturbada. "É um grande mal-entendido", responde ela, com uma voz trêmula que espera que os policiais interpretem como medo, mas eu sei que é raiva. Com isso, a Senhora tenta apelar para o senso de cavalheirismo deles. É uma pena que seja tão feia que chega a doer.

Isso deve ter sido planejado, porque o momento não podia ser pior. São 18h30, e os primeiros clientes chegarão em breve. Se virem a polícia aqui, os negócios da noite inteira irão por água abaixo, e pode ser que os clientes se afastem para sempre. E não tenho dúvidas de que a Senhora vai pôr tudo isso na minha conta. Minha dívida vai chegar a várias dezenas de milhões de wons antes mesmo de a noite acabar. Sinto que vou desmaiar.

Posso ver a Senhora calculando tudo isso enquanto sua cabeça se desvia freneticamente na direção do relógio de parede e depois volta para os policiais.

Eu me recomponho, respiro e dou um passo à frente.

"Esse é um relatório feito por Choi Jang-chan?", pergunto. É o nome verdadeiro de Bruce.

"Sim", diz o policial mais velho, zangado. "Quem é você?"

"Sou a namorada dele", digo, limpando a garganta com nervosismo. "Nós brigamos, e é assim que ele quer se vingar de mim".

Os policiais se entreolham, então me analisam da cabeça aos pés. Há um silêncio cauteloso. "Isso é verdade? É só uma briga de namorados?", pergunta, por fim, o mais velho, com uma expressão que diz: *Esses ricos babacas são todos iguais.* Ele está furioso.

"Eu sei o nome dele, não é?", pergunto. "Tenho mensagens de texto que mostram que somos muito próximos. Não sei o que ele está dizendo sobre mim para a polícia, mas sei que ele está muito bravo, porque fui a um lugar que ele não queria. É uma longa história, e muito constrangedora. Escute, vou à delegacia prestar depoimento, mas, por favor, não deixe minha briga pessoal interferir nos negócios aqui. A casa não tem culpa. A culpa é só minha." Eu me curvo bastante para a Senhora, dizendo: "Sinto muito por isso. Não sei nem o que dizer". Eu me curvo de novo e me encolho, mas por dentro me sinto mais forte, quase eufórica.

A Senhora abre e fecha a boca várias vezes, decidindo que atitude tomar, assim como o policial mais velho, que me analisa, enojado. O policial mais jovem está sem palavras.

"Briga de namorados!", diz, por fim, a Senhora. "Os ricos hoje em dia são demais! Só porque ficam com raiva não significa que podem fazer acusações sobre uma empresa, não quando o sustento das pessoas depende disso! E quanto ao trabalho de vocês, policiais? Tenho certeza de que vocês têm coisas melhores para fazer do que correr atrás da namorada de um sujeito rico só porque ele conhece seus superiores. Isso não está certo."

Confie nela para ferir o orgulho e o valor próprio de um homem, dando um empurrão na direção que ela deseja.

"Ridículo", murmura o policial mais velho, amargurado. Todos olhamos para ele, para ver o que vai dizer. A Senhora olha para o relógio de novo, e sei que ela está à beira de um ataque de nervos. O gerente vai ter que ligar para os clientes com reservas e avisá-los para não virem.

"Certo. Você", diz ele, apontando para mim. "Pode vir com a gente. Não pense que vai trocar de roupa nem nada assim. Já perdi muito tempo vindo até aqui."

Há um suspiro coletivo de alívio no corredor, onde as garotas e os garçons se escondem atrás de portas parcialmente fechadas, à espreita.

Enquanto me apresso em direção à escada, atrás dos policiais, nosso gerente corre até mim e coloca seu paletó nos meus braços, e dou um sorriso agradecido. Na viatura, coloco o casaco e apalpo os bolsos, onde encontro uns trocados e um saquinho de nozes, graças a Deus. Vai ser uma longa noite.

Quando eu trabalhava em Miari, vi e experimentei coisas que sempre achei que seriam o fundo do poço da minha vida. Vivi e trabalhei entre pessoas que eram tão más ou tão perdidas que não tinham um único pensamento saudável. Quando cheguei lá, jurei que sairia o mais rápido possível e, quando consegui, me disseram que eu era uma vadia tóxica e sem escrúpulos, que não podiam acreditar em como eu era ingrata por deixá-los, sendo que tinham feito tanto por mim. Eles contabilizaram as coisas que viam como favores: "Eu te dei um tempo de folga toda semana para ir à casa de banhos", "Eu comprei aqueles sapatos caros", "Eu te ajudei a decorar seu 'quarto'", "Eu te levei ao médico quando você estava doente".

E quanto aos médicos e farmacêuticos pomposos que administram suas clínicas em distritos como Miari e lucram com as garotas trabalhadoras e suas doenças, eles são tão escrotos quanto os pobres coitados que passam por aí vendendo lubrificantes e vestidos "feitos à mão" para as garotas usarem em nossas vitrines que, à noite, se iluminam de vermelho.

Eles não são melhores do que os gerentes e os cafetões e os políticos e os policiais e o público que difama apenas as garotas. "A escolha foi sua", dizem eles. São um lixo, todos eles.

Na delegacia, me fazem esperar horas antes de tomar meu depoimento, como forma de punição. Eles não sabem o quanto sou grata por estar aqui, em vez de estar bebendo na casa. Quando me liberam, é tarde, e há vários bêbados nas ruas, recostados em postes nas faixas de pedestres, esperando a luz do semáforo mudar de cor.

Sei que deveria estar com fome, mas tudo que sinto é a dor de cabeça voltando. Tenho que fazer alguma coisa antes que chegue com força total, o que vai acontecer em questão de horas, quando não conseguirei mais andar em linha reta. Encontro uma cadeira do lado de fora de uma loja de conveniência e pego meu celular no paletó de seda do gerente.

Recebi várias mensagens. Uma é do gerente, que diz que não preciso me preocupar, porque os negócios não foram afetados. A Senhora não vai poder dizer o contrário porque houve muitas testemunhas que podem confirmar que foi uma noite movimentada.

Ele também escreve que não preciso voltar para lá depois que sair da delegacia. "Vá para casa e descanse", ele diz por mensagem, com um emoji piscando o olho e outro emoji suando.

Tem algumas mensagens das garotas — as mais novas, que me admiram —, perguntando se estou bem.

Respondo a todas com uma carinha sorridente. Não tenho como responder muito mais que isso. Não tenho muito tempo antes que a dor de cabeça comece. Preciso encontrar uma farmácia.

Começo a escrever uma nova mensagem.

"Oi, sou eu", digito. É para Bruce.

Sei que provavelmente não vou poder dizer isso cara a cara, porque você não quer falar comigo.

Sei que errei e que não devia ter ido ao restaurante. Agora entendo isso.

Senti sua falta. E queria ver com que tipo de garota você passaria o resto da sua vida. Queria ver sua família também. Foi só curiosidade. Não tive más intenções em relação a você, juro.

Sei que vai ser difícil para você acreditar, mas isso é tudo que eu queria fazer. Só queria ver você jantando com a garota com quem vai se casar.

Eu não ia falar com você. Aquilo foi o mais próximo que já pude chegar de uma coisa dessas, de estar em um lugar assim com você. E eu não fiz cena, fiz? Se eu quisesse, poderia ter feito.

Você foi tão bom comigo que me doeu saber que ia se casar. E você nem me comunicou pessoalmente porque não achou necessário. Talvez eu devesse ter continuado a agir como se nada tivesse mudado. Mas eu tenho sentimentos. Você deveria saber disso.

Todo mundo está com tanta raiva de mim, e vou assumir uma dívida suicida na casa por conta do que aconteceu. Eu meio que sabia quais seriam as consequências, mas ainda assim fui ver você e ela. Eu estava apaixonada nesse nível. Você sabe disso, não sabe?

Sinto muito. Sei que nunca vou ver você de novo. Espero que você possa me perdoar.

Minha dor de cabeça chega com força total, inundando todo o meu corpo. Estou tremendo quando termino de redigir o texto e aperto o botão de enviar. Massageio as têmporas, mas a dor não diminui. As pessoas que passam me olham, alarmadas, porque cambaleio na cadeira. Eu me levanto e procuro uma farmácia, mesmo sabendo que cinco ou seis comprimidos de analgésico não vão resolver, ainda que o médico tenha me alertado sobre tomar mais que três comprimidos de uma vez. "Esse tipo de dosagem é para pessoas que acabaram de dar à luz", alertou ele. *E as pessoas que nunca poderão dar à luz?*, tive vontade de perguntar.

Procuro uma farmácia, entro, tropeçando, e peço a dose mais forte de analgésicos que podem me dar. Quando pego o dinheiro no bolso do paletó, sinto meu celular vibrar e o tiro do bolso.

É uma mensagem de texto do Bruce.

Tudo bem, diz ele. *Agora suma.*

Quase chorando de alívio, entrego o dinheiro e saio da farmácia sem esperar o troco.

Quando a porta se fecha atrás de mim, ouço o farmacêutico chamar: "Tem certeza de que está bem, senhorita?". Sua voz suave cai como um tamborilar de chuva. Levanto a mão e aceno enquanto retiro os comprimidos da embalagem dura.

Estou bem. Sobrevivi ao dia, mais uma vez. Agora só preciso que essas porcarias de comprimidos façam efeito.

Miho

Quando se trata de amor, não sou a idiota que minha colega de quarto, Kyuri, acredita que eu seja. Nos últimos tempos, ela tem me olhado com pena e desprezo, e sei que está pensando em meu sofrimento iminente. Para começar, ela acha que eu é que sou culpada por descuidar do meu coração em relação aos primeiros anos da minha vida na conquista de homens.

É trabalho dela conhecer os homens, claro, e ela acha que pode fazer um resumo de Hanbin, meu namorado, e de como ele vai me deixar. Ela acredita que as garotas devem funcionar como plantas carnívoras, abrindo-se apenas para presas que podem realmente ser capturadas.

É óbvio que Kyuri pensa assim, já que sua vida continua deliberadamente privada de amor. Quando pergunto se ela quer se casar, ela bufa. "Não era para ser", responde ela, piscando os cílios de vison e pensando alto sobre minha grosseria, por tocar nesse assunto com ela. Mas Kyuri ainda é a única de nós, incluindo a impressionável Sujin, que vive na frente da tv, que chora quando um dos personagens precisa deixar o outro para fazer papel de mártir.

Estou convencida de que Kyuri também sofre de mania de perseguição. Ela se vê como vítima — dos homens, da indústria de salões de beleza, da sociedade coreana, do governo. Ela nunca questiona seu próprio julgamento, ou como ela mesma cria e se afunda nessas situações. Mas isso é outra história.

Um dia, daqui a alguns anos, quando não morarmos mais juntas, vou embarcar em uma fase Kyuri. Tenho certeza absoluta. Não posso começar agora, no meio da minha série Ruby, nem enquanto ainda estiver morando com Kyuri. Preciso de tempo e de distância entre nós duas. Mas é por isso que gosto de morar com ela *neste momento*. Estou alimentando a musa que vive no fundo do meu cérebro, ouvindo as histórias de Kyuri, vendo-a beber quase até apagar todo fim de semana, obcecada com seu rosto e corpo, roupas e bolsas. Tiro fotos dela e de suas coisas sempre que posso. Vou precisar dessas imagens para me lembrar dela. As outras garotas também. Tenho vislumbres delas espreitando minha mente mais superficial; a aterrorizante transformação de Sujin, e a querida e silenciosa Ara, com sua educação arcaica. No entanto, levará alguns anos para eu colocá-las no papel ou em algum outro formato.

Quanto a Hanbin, não preciso que Kyuri ou a mãe de Hanbin saibam que ele não será minha salvação.

Às vezes, quando ele me abraça e eu amoleço em seus braços, penso se alguma coisa na minha vida vai parecer real depois disso. É como se eu viajasse para outro planeta, como se estendesse a mão e tocasse uma estrela ardente, ao mesmo tempo insuportável e assustadora.

Fico feliz por saber que nunca mais vou amar alguém desse jeito. Eu não sobreviveria a uma segunda vez. Nos Estados Unidos, um dos meus professores disse que a melhor expressão artística nasce de uma vida insuportável. Se você sobreviver.

Quando fui para a casa de Hanbin, cerca de um mês depois que Ruby se matou, ele me disse que estava com medo. Com medo de dormir, porque ela vivia em seus sonhos. Com medo de falar com alguém, por talvez o julgarem. Quando ele finalmente se aventurou para fora de casa, as pessoas o olharam com um misto de horror, culpa, pena e ânsia, e ele nunca imaginou que essas combinações de expressões fossem possíveis em um rosto humano.

Hanbin perguntou se tinha algum bilhete para ele, ou qualquer outro bilhete. A família do pai dela disse a Hanbin que, se ela tivesse ficado longe de gente como ele, isso não teria acontecido.

Ele parecia tão pequeno. Era como se sua coluna tivesse se curvado para dentro, como uma cobra prestes a dormir.

Seu rosto torturado partiu meu coração e, pela primeira vez, fiquei cega de raiva em relação à Ruby, por ela fazer isso com ele — conosco —, por seu egoísmo imprudente e destrutivo. Repeti para mim mesma o que outros tinham dito sobre ela: que qualquer um com seus privilégios não tinha o direito de ser infeliz.

Então fui até Hanbin e deitei ao lado dele em sua cama, que cheirava a suor, lágrimas, almíscar e tristeza, e o consolei com meu corpo. Quando estávamos entrelaçados, parecia a coisa mais natural no mundo.

Depois foi como se eu estivesse sufocada durante toda a minha vida e só então conseguisse respirar.

Estou no estúdio, trabalhando em mais uma escultura de Ruby, quando o diretor do departamento me interrompe. Odeio quando ele faz isso e até pendurei uma placa de NÃO PERTURBE na porta, mas está em inglês, e talvez não esteja com o nome dele.

"Como anda o trabalho?", pergunta ele, radiante. Pela expressão de satisfação em seu rosto, fica claro que tem novidades, e parecem boas. Ele dá voltas, examinando eu e a escultura várias vezes, e pigarreia alto. Talvez esteja incomodado, embora a obra seja bem recatada para os padrões do nosso departamento. O trabalho dos alunos de graduação, em especial, me deixa de olhos arregalados. Fico querendo perguntar sobre os pais deles. Eu tive uma infância difícil, mas esses alunos de graduação com pais ricos — que podem mandá-los para essas escolas sem bolsa de estudos e fazer os filhos seguirem carreiras artísticas nesse país — são os que mais parecem conhecer as profundezas do ódio e do desespero.

O diretor gostou da minha última peça, a instalação com o barco. Ele me fez tirar tantas fotos na frente da escultura que brinquei que deveria ter aberto um espaço para mim no barco, e, para o meu horror, ele disse que seria uma nova série brilhante e que eu deveria me incluir em qualquer coisa que fizesse a partir de agora. "Eu ficaria feliz em tirar a foto. Seria uma colaboração!", disse, extasiado.

Essa última escultura é um ponto de partida para mim, pois estou utilizando acrílico sobre madeira e incorporando tecido. Nela, Ruby é uma *kumiho** em forma humana, uma garota aterrorizante que carrega uma cesta de joias com seu colar mágico de contas escondido, os ombros cobertos por um manto com capuz feito de pele de raposa, que se funde ao corpo e se transforma nas patas traseiras de uma raposa. As nove caudas

---

* Criatura simbolizada por uma raposa de nove caudas que aparece em contos coreanos de tradição oral.

fofas se espalham densamente no chão logo atrás. Ela andou comendo carne — carne humana —, e o sangue escorre por seu queixo. Estou trabalhando em sua boca, em como mostrar os dentes brancos e pontiagudos, mas com o restante da boca manchado de sangue. Quando começo a sonhar acordada, fico imaginando, um tanto melancólica, que tenho dinheiro suficiente para encher sua cesta de vime com joias de verdade. Em termos práticos, eu provavelmente conseguiria vender a escultura mais rápido assim, se as joias fossem precificadas. Para o Oriente Médio, talvez. Ruby teria contatos por lá. Para a China, com certeza, mas Ruby detestava os *fuerdai*.*

O diretor pigarreia. Hesitante, eu me afasto da escultura e caminho até a pia respingada de tinta para lavar as mãos, que enxugo no avental enquanto pergunto como estão os preparativos para a próxima exposição de aniversário. Este ano é o quinquagésimo aniversário da universidade, e já começaram o paisagismo do campus para as festividades. O barulho de construção está me deixando à beira da loucura.

"Adivinha! Tenho algumas notícias incríveis!", exclama ele. "O congressista Yang virá." Ele não consegue conter a alegria, e seu corpo se contrai em um pequeno espasmo de deleite. O diretor do departamento parece um personagem de história em quadrinhos. O que tem algumas possibilidades. Começo a pensar em um quadro com um homenzinho com cara de relógio. Para torturá-lo, poderia fazê-lo se afogar em um tanque d'água. "Você entende o que isso significa?" Ele me encara com um olhar magoado quando não respondo com alegria e incredulidade.

"Ele vai falar na formatura?", pergunto baixinho, olhando para o meu trabalho.

Ele me encara. Então diz, depois de uma longa pausa:

---

*   Filhos dos "novos ricos" na China.

"Escute, srta. Miho. Sei que você acha que essa conversa é irrelevante, mas garanto que isso não poderia estar mais longe da verdade."

Eu o irritei. Estou arrependida — foi ele quem possibilitou que eu tivesse um espaço, um cargo e algum dinheiro —, mesmo que só um pouco. Caminho até meu frigobar elegante estilo anos 1950, que Hanbin comprou como presente de "parabéns por conseguir um estúdio", pego duas bebidas de fibras de laranja e entrego uma ao diretor. Adoro essas bebidas por causa da cor. Laranja é um tom muitas vezes ridicularizado. Adoro essas garrafas de vidro cheias de líquidos da cor do alvorecer em meu lindo frigobar italiano com letras vintage, que, sem dúvida, é a coisa mais cara que tenho.

"Desculpe", respondo. "Sempre demoro um pouco para me desligar do que estou fazendo. Sou toda ouvidos. Me explique, por favor."

Eu me sento em um banquinho e o encaro, tentando imitar a expressão que Kyuri me ensinou para fazer um homem pensar que tem toda a atenção. É só uma questão de abrir bem os olhos e puxar as orelhas para trás, sugerindo um sorriso à espreita nos cantos da boca.

Ele limpa a garganta.

"Esses políticos são importantes porque podem canalizar fundos ou influenciar os *chaebol* a destinar recursos, e aí você poderá continuar criando peças que podem tornar nossa escola famosa, entendeu?"

Concordo. Realmente, isso é importante.

"Estou me esforçando para organizar um almoço para clientes e políticos em potencial, e vim aqui para avisar que quero você lá. Fiz uma reserva no Hotel dos Artistas para a próxima segunda-feira, ao meio-dia. Portanto, certifique-se de..." Ele para, e eu aguardo, em expectativa. "Bem, você sabe. Basta ser uma boa representante de toda essa escola", finaliza, sem muita convicção. Ele quer deixar bem claro a responsabilidade esmagadora que repousa sobre os meus ombros.

"A srta. Mari vai?", pergunto. É a outra bolsista. Seu trabalho versa sobre instalações digitais que descrevem ondas cerebrais ou algo assim.

"Não", responde o diretor. "A srta. Mari não é... Basta dizer que o trabalho a representa melhor do que ela mesma."

Dou um sorriso doce e digo que estou honrada. Mari, que é uns bons dez anos mais velha que eu, é um pouco imprevisível. Ela tem quase 40 anos, é divorciada e está acima do peso, o que a torna invisível aos olhos dos homens coreanos de todas as gerações. Embora eu tenha me entretido muito com sua companhia nas poucas vezes em que conversamos nesses eventos obrigatórios, ela escolhe as palavras de acordo com o impacto que causam, e é óbvio que o diretor tem receio de colocá-la perto de um doador em potencial.

"Você é a mascote do departamento, não se esqueça", diz o diretor, mais uma vez radiante, agora que eu disse as coisas certas do jeito certo. "Vamos apresentá-la no cartaz da exposição! A fotógrafa virá na semana que vem, acho. Ela vai organizar roupas, cabelo e maquiagem com antecedência." Eu me curvo profundamente, e ele sai, apaziguado.

É fácil manter os mais velhos felizes. Basta dar um sorriso largo e dizer "olá", "obrigada" e "adeus", mas com uma postura profundamente séria.

Isso é algo que muitos da minha geração — e do trabalho que eu escolhi — não entendem.

À noite, encontro Hanbin para jantar e conto sobre minha próxima exposição, diante de uma fila de doadores.

"Isso é incrível!", responde ele, satisfeito, o rosto bonito e bronzeado se abrindo em um sorriso. Como um cobertor reconfortante, uma onda de felicidade me envolve. Comemos enguia grelhada na rua de delícias gastronômicas em frente à escola, porque ele diz que ambos precisamos recarregar as energias.

Ele está duplamente feliz por mim porque, no ano passado, ele se ofereceu várias vezes para me apresentar a galeristas que conhece através de sua mãe, e eu sempre recusei. Essas ofertas não surgem de um jeito fácil para ele, eu sei, porque, se eu aceitasse um favor desse tipo, significaria que sua família deveria um favor a essas pessoas, e a mãe dele saberia e ficaria, no mínimo, louca de raiva. Estou tentando fazer isso sozinha e sei que é assim que vou conseguir continuar com Hanbin. Ele poderia comprar todas as obras de arte de todos os alunos de graduação do meu departamento pela metade do que pagou por seu carro no ano passado. Nem preciso dizer que ele poderia comprar toda as minhas peças na minha próxima exposição individual em maio, na galeria da universidade.

Ele grelha os pedaços de enguia com habilidade e os deposita no meu prato. Até agora, não consegui contar que não gosto de enguia, porque ele já me acha muito enjoada.

Hoe,* por exemplo. Quando eu era criança, nunca comíamos *hoe*, e toda vez que ele me leva a um restaurante caro com esses tipos de iguaria, seus olhos se iluminam quando o garçom nos traz um prato lindamente preparado com fatias muito finas de peixe cru, cobertas com pepinos-do-mar ou ouriços-do-mar. É preciso um esforço singular para evitar que o enjoo se evidencie em meu rosto. "O chef guardou a melhor cavala para nós. Liguei para o restaurante na semana passada para avisar que

---

* Pratos coreanos à base de peixe ou carne crua.

viríamos hoje", diz ele, empilhando várias fatias translúcidas no meu prato. "E adivinhe: o chef também reservou *sashimi* de baiacu de alta qualidade, que ele mesmo vai trazer!"

Acho que Ruby suspeitava desse meu gosto. Uma das coisas maravilhosas que ela fez — sem nunca perceber — foi parar de tentar me persuadir a comer frutos do mar crus. Ou *foie gras*. Ou cordeiro. Ou coelho. Ou qualquer tipo de comida que nunca experimentei quando era criança.

Mas, estranhamente, mesmo depois de anos jantando esses pratos para paladares refinados, minhas aversões só pioram. Tragam *lamen, tteokbokki** e *soondae*** sempre que quiserem. Ou não tragam comida nenhuma. Fico feliz sem comida.

Em geral, Hanbin teria ficado bravo se eu começasse a dizer que estava satisfeita tão cedo, mas, hoje, ele parece não se importar. Está animado ou inquieto, e pergunto o que está acontecendo.

"Nada", responde ele, balançando a cabeça. "O trabalho está uma loucura. Não quero falar sobre isso. É muito deprimente."

Hanbin está trabalhando como mensageiro no hotel de sua família. É uma tendência recente das famílias de hotéis colocarem os herdeiros para trabalhar nas trincheiras de seus impérios. Ele começou como atendente de estacionamento no verão seguinte à formatura na Columbia e, depois de alguns meses, foi designado para lavar louça na cozinha.

A mãe dele finge que está horrorizada com o fato de o marido relegar seu filho a um trabalho tão servil, mas, de acordo com Hanbin, ela está encantada. Com isso, tem uma nova maneira de se gabar do hotel, do filho e de como o marido é perspicaz por ter inventado um programa de treinamento de CEOS tão rígido.

---

*   Bolinhos de arroz, em formato cilíndrico, geralmente comidos com molho picante.
**   Tipo de linguiça coreana feita de sangue.

As pessoas poderiam pensar que a administração não o faria realizar qualquer trabalho, mas escândalos *chaebol* recentes mudaram a forma de pensar de muita gente. Ainda existem os bajuladores que ficam rastejam atrás deles, mas muitos também estão desdenhosamente vigilantes, só esperando que os familiares dos proprietários cometam um erro para poder atacar e denunciar à polícia ou à imprensa. "Sindicatos!", Hanbin tende a exclamar às vezes, explodindo do nada.

"Pelo menos você não tem que recolher preservativos usados do chão e limpar vasos sanitários imundos até os joelhos", respondi na semana anterior, quando ele reclamava sobre como seu dia tinha sido terrível. Eu estava pensando nas histórias que Sujin me contou sobre seu trabalho como faxineira de um motel, nos primeiros meses em que veio morar em Seul, enquanto frequentava uma escola de cabeleireiro e beleza. O motel em que ela trabalhava cobrava por hora, e a rotatividade era tão alta que ela perdeu seis quilos em duas semanas porque não tinha tempo de comer — e também porque ficou sem apetite depois de limpar todas as camisinhas e manchas de hora em hora. Ela recomendava muito para perder peso.

Quando falei isso, Hanbin só me encarou e não disse nada, e eu sabia que ele estava chocado. Comentei que tinha acabado de ler um artigo escrito por um jornalista que se infiltrara em um motel como faxineiro, e sua expressão suavizou um pouco. Ele riu e disse que seu hotel não era assim. Ele acreditava mesmo nisso.

Ruby era outra que adorava hotéis. Ela pedia para um de seus funcionários enviar todas as notícias de hotéis, dizendo quais tinham mudado o serviço de chá da tarde, qual tinha um novo chef executivo, qual tinha um novo pacote de spa, então me chamava, e íamos juntas.

Uma vez, ela me chamou para ir à suíte presidencial de um hotel, onde deixara seus jornais espalhados por toda a mesa de conferência. Ela havia pedido três fileiras de minibolos e bombons com chá da tarde, que comeu enquanto digitava em seu notebook.

"O que é *isso*?", perguntei quando entrei. A suíte era de tirar o fôlego só pelo tamanho. Cada superfície parecia envolta em mármore, e tive que passar por dois vestíbulos para encontrá-la.

"Ah, é superantigo", explicou ela, revirando os olhos e apontando para o lustre de cristal. "Isso é dos anos 1940 ou algo do tipo. Falei que eles precisavam fechar o hotel por alguns anos para fazer uma reforma."

Vaguei por cômodo após cômodo, tocando as bordas de belos sofás, molduras douradas, cortinas de cetim e uma lareira de verdade. Havia um piano de cauda Steinway vermelho brilhante na sala de estar que, do chão ao teto, dava para uma vista surpreendente da cidade. Nos banheiros, pequenos frascos de cristal de perfume alinhavam-se nas prateleiras, e ramalhetes de peônias flutuavam em esferas de cristal.

"Você viu a *cabeça do cisne*?", gritou Ruby. "Onde estamos, na Rússia czarista?"

Ela se referia à torneira da banheira de imersão profunda, da qual emergiam o pescoço e a cabeça de um delgado cisne dourado. A água deveria jorrar do bico. Secretamente, achei adorável e passei os dedos ao longo do pescoço curvilíneo.

Quando voltei para onde Ruby estava, ela falava ao telefone, pedindo mais serviço de-quarto. "O que você quer?", ela me perguntou, cobrindo o bocal.

Quando dei de ombros, ela revirou os olhos de novo. "Você pode enviar umas vieiras grelhadas em uma cama de mix de folhas verdes. Frescas, não congeladas. Molho balsâmico à parte? E pode mandar alguém comprar um sanduíche italiano naquela sanduicheria da esquina, aquela famosa? Esqueci o nome..."

Ela desligou sorriu. "Frutos do mar para mim. Sanduíche para você. Vou anotar a hora e a temperatura da comida quando chegar. Isso que é trabalho de verdade. Os presidentes não esperam qualquer merda quando estão aqui."

"O que está acontecendo?", perguntei. Aquele era um gasto incomum, mesmo para ela. Uma suíte presidencial em um dia de semana à tarde, sem nenhum motivo aparente?

"Ah, nossa empresa comprou este hotel", disse Ruby, gesticulando para o quarto. "Li no jornal, porque ninguém nunca me diz *nada*, então liguei para a Coreia e pedi que arranjassem uma estadia imediata. Quando cheguei aqui, pedi esta suíte!" Ela riu. "Vão me matar quando descobrirem, mas não vão ousar contar para o meu pai. Só vão ter que arranjar uma solução."

Eu a encarei, de olhos arregalados. "Mas e se *contarem* para o seu pai e ele ficar furioso? Isso não vai custar umas... dezenas de milhares de dólares ou algo assim? Ou talvez centenas de milhares?" Eu não tinha a menor ideia.

"Meio que *espero* que contem para ele", respondeu Ruby. "Pelo menos ele vai saber que estou acompanhando as notícias da empresa." E continuou comendo o bolo de morango.

Depois disso, como é que você acha que eu posso pintar qualquer outra coisa *senão* Ruby? Consigo visualizar essa cena da suíte como se estivesse diante de mim agora. Eu a pintei há dois meses, uma festa de chá sobre uma vitória-régia em um lago. Um cisne jorrava chá na xícara dela, que tinha peônias e rubis enfeitando o cabelo. Centenas de cabeças de peixes se balançavam na superfície, virados na direção dela.

Quando Ruby disse que Hanbin chegaria depois da aula, pedi licença para trabalhar no meu projeto final. Não queria vê-lo impressionado com Ruby, com aquela exibição de poder e controle dela. Não queria pensar que eles dormiriam juntos naquela cama que parecia uma nuvem.

Mas agora acho que talvez seja exatamente por isso que ele gosta de mim: sou uma mudança bem-vinda, porque, comigo, ele pode desempenhar o papel de provedor. Há um limite para o quanto os homens coreanos estão dispostos a suportar o dinheiro feminino, principalmente se eles também forem ricos.

Depois da enguia, penso que Hanbin vai sugerir um filme ou irmos para um quarto de hotel, mas ele diz que está cansado e que vai me levar para casa. Deve ter sido um dia ruim no trabalho. Talvez outro hóspede tenha gritado com ele por ser lento com a bagagem.

Ele me deixa na frente do meu officetel, e aceno para seu Porsche, que acelera, então caminho desamparada até o apartamento. Em geral, sou eu quem recusa os avanços, dizendo que estou cansada demais para transar, dizendo que não, você não pode ver meu trabalho nem meu quarto.

Lá dentro, vagueio um pouco mais, tocando a lombada dos livros que planejo ler há séculos, vasculhando os armários da cozinha para ver se sobrou algum *lamen*, olhando meu rosto sem cor no espelho do banheiro.

Por fim, volto a trabalhar no meu quarto. Começo um esboço em uma folha de papel pequena, do tamanho de uma carta. Um mar de enguias se agita e, flutuando um pouco acima, uma cama de dossel, de onde olho para baixo. Dessa vez não é Ruby, sou eu, e estou nua. Apago de leve e induzo uma das enguias a se tornar uma árvore alta e esbelta. Começo a adicionar pequenas flores parecidas com estrelas nos galhos.

Eu não deveria entrar em tantos detalhes com lápis, é só um esboço idiota, mas não consigo evitar. Eu costumava fazer muito isso de esboçar a ideia inteira primeiro, antes de recriá-la como uma pintura maior ou uma escultura, mas não faço mais. Isso me irrita, mas também me alivia: trabalhar nas minúcias a lápis, pensar nos quadros a óleo. As flores devem ter um tom rosa apagado, ou coral funcionaria melhor? Deve haver uma borboleta ou duas? Elas deveriam se transformar em enguias e ir para a cama?

Não percebo quanto tempo se passou até que ergo os olhos e vejo que Kyuri entrou e está parada à minha porta, olhando para mim. Está com a cabeça caída para o lado, como acontece quando está bêbada o suficiente para dizer coisas ultrajantes, mas não a ponto de ir para a cama tão cedo. Suspiro. Isso provavelmente significa que não vou trabalhar mais, mas tudo bem.

"Você sabe o que penso quando olho para você?", pergunta ela, inclinando a cabeça de repente. Praticamente consigo ver o álcool evaporando dela.

"O quê?", pergunto. "E oi para você também."

"Que eu queria ter um talento que decidisse minha vocação *para* mim", diz ela, parecendo ofendida. "Para que eu nunca tivesse que escolher. Entre fazer uma coisa ou outra." O que ela está querendo dizer é que eu tenho sorte, e ela, não.

"A arte não alimenta", falo, indignada. "Tantas pessoas que são um milhão de vezes mais talentosas que eu não conseguem emprego, muito menos vender os próprios quadros. Depois que essa bolsa acabar, o que eu vou fazer?"

A carreira de um artista é como uma ilusão. Em algumas ocasiões, é brilhante, em outras, é obscura. Disseram várias vezes, em Nova York, que eu precisava fazer parte de uma comunidade, não apenas para obter incentivo e inspiração e todas essas coisas boas, mas também para conseguir dicas práticas de trabalho. Como os melhores restaurantes para trabalhar de garçonete. Ruby fez com que eu me candidatasse à minha bolsa atual alguns meses antes de se matar.

Já sei que Kyuri quase inveja minha carreira, por mais recente que seja, e que, cedo ou tarde, as nossas conversas sempre acabam tomando esse rumo. Faz parte do que eu disse antes, da persistência dela de pensar que é uma vítima e que os outros são sortudos.

"Você é muito inteligente por ter chegado tão longe", diz ela. "Você é tão esperta, sabe? Você sempre dá um jeitinho de fazer com que as melhores coisas sempre aconteçam na sua vida."

Isso me irrita tanto que sinto minhas bochechas esquentarem. Eu costumo ignorar coisas muito piores. Talvez por estar com fome, ou por Hanbin ter ido embora tão cedo, não consigo fazer isso.

"Por que você tem que falar desse jeito?", pergunto. "Você está querendo brigar comigo? Não acha que eu trabalho duro? Que não tenho medo de perder tudo de uma hora para a outra?"

"Por que você está tão chateada?", pergunta ela, genuinamente surpresa. "Só estou dizendo que tenho inveja de você! Isso é um elogio! Sinta-se sortuda!"

Kyuri está tão surpresa que me acalmo.

"Desculpe", digo. "Acho que estou de mau humor hoje. Não tem nada a ver com você."

"Por quê? Por causa do trabalho?", pergunta ela. "Não, é o Hanbin, né?", ela praticamente afirma.

Balanço a cabeça, esperando que ela vá embora. Olho para o esboço. Mas, quando olho de novo para Kyuri, vejo um rosto tão preocupado que, apesar de tudo, fico tocada. Suas suposições erradas não têm importância; pelo menos, ela é uma amiga que se preocupa, e sei como isso é raro. E, por isso, não posso pintar uma série Kyuri agora.

Mas, quando começar, vou fazer como uma série *gisaeng*.* Talvez eu a pinte como um fantasma, com olhos vermelhos.

---

* Cortesã que entretinha homens com música, conversação e poesia.

E com costas arqueadas. Seringas mergulhando no rosto e nos pulsos. Usando um *gisaeng hanbok*.* Preciso fazer uma pesquisa sobre *gisaeng hanbok*. Que cores usavam para seduzir os homens há séculos. Uma série de fantasmas *gisaeng*. Eu a encaro, pensativa, e ela recua.

"O quê?", pergunta ela. "Por que está olhando para mim desse jeito? Tem mesmo a ver com o Hanbin? O que ele fez?"

Balanço a cabeça para clarear os pensamentos, embora minha vontade seja começar a fazer o esboço ali mesmo para não perder a ideia. Até que um tom em sua voz me faz começar a falar:

"Eu gostaria que você não ficasse falando tanto dele. Sinto que você acha que ele é a pior pessoa do mundo por me namorar, porque não o mereço ou algo do tipo. E isso me deixa desconfortável."

Pronto, falei. Na verdade, não me incomodo tanto assim com ela falar sobre Hanbin, mas hoje estou irritada.

"É inacreditável como você entendeu tudo errado", diz ela, com a voz trêmula e fria. "Você sabe quantos problemas eu enfrento todos os dias? Sempre que eu te vejo, tento descobrir o que eu acho que precisa de mais cuidado: seu futuro, seu idealismo ou sua fé nas coisas erradas."

"Do que você está *falando*?", pergunto.

"Estou falando do Hanbin", diz Kyuri, cuspindo cada palavra. "E eu estava em dúvida se deveria contar."

Eu me pergunto se perdi parte da conversa. Costumo fazer muito isso quando estou desenhando na minha cabeça. "O quê?"

Ela me encara, respira fundo e, de modo explosivo, diz: "Deixa para lá!". Então vai para o quarto dela. Mas não vou deixar isso passar.

---

* Vestido típico coreano, usado por cortesãs.

"Kyuri, agora me fala. O que você estava querendo dizer?" Eu a sigo pela casa e agarro seu braço. Se for só um capricho mesquinho, não preciso disso na minha vida.

Kyuri me empurra e começa a trocar de roupa sem olhar para mim. De pijama, ela se senta em frente à sua penteadeira pintada e começa a tirar a maquiagem com duas doses do caro óleo de limpeza fermentado. Tem algo de fascinante nessa cena — ela usando um pijama de renda em frente ao espelho oval, limpando, devagar e com raiva, as cores de seu rosto. Sinto uma vontade terrível de correr para o quarto e pegar minha câmera, para capturar o momento e poder trabalhar com isso mais tarde.

"Você tem certeza de que quer saber?", pergunta ela, virando-se para mim e quebrando meu transe. Cada traço de delineador, blush e batom foi removido, e sua pele brilha por causa do óleo.

Olhamos uma para a outra por um bom tempo.

Essa verdade que ela balança na minha frente só pode ser uma coisa. E isso eu já sei.

"Só me fala", sussurro.

Ela inclina a cabeça de um lado para o outro. Então abre a boca. "Ele está dormindo com pelo menos mais uma garota", diz. "Sinto muito, de verdade." Ela não consegue me olhar nos olhos. "Mas não é meio que um alívio? Aí você não tem que esperar ele terminar e pode só rotulá-lo como um típico idiota desgraçado e acabar com ele, em vez de nutrir qualquer tipo de ilusão de que vai se casar e não perder anos da sua vida que você não pode simplesmente jogar pelo ralo."

Ela fala rápido, tropeçando nas palavras, parecendo um daqueles pregadores que conversam com alguém à beira da conversão.

"Ah", digo baixinho. Tantas coisas estão na ponta da língua. "Como você sabe?", "Quem é ela?" ou o inútil "Isso não pode ser verdade". Mas é fácil de ver em seu rosto que ela está dizendo a verdade. Tenho que me agarrar a algo porque sinto que estou prestes a desmaiar. Eu me viro e vou cambaleando de volta para o meu quarto como uma velha. Eu me sinto flutuar de volta para as minhas pinturas. Em meu tormento, não consigo processar a informação.

Eu não quero saber. Não quero saber.

"Miho", diz Kyuri. Ela vem atrás de mim, e sua voz sai suave e compassiva. Está arrependida de ter me contado.

Sem olhar para trás, faço um gesto pedindo para ela ir embora.

No meu quarto, pego o pequeno desenho. Com uma pontada, percebo que será doloroso olhá-lo de agora em diante. É uma pena, porque já o adorei. Isso não significa que não serei mais capaz de trabalhar nele. Posso atacá-lo com mais fervor, mais raiva, e talvez isso seja melhor.

Como uma sonâmbula, entro no banheiro e ligo o chuveiro. Penso que terei muito mais tempo a partir de agora. Graças a Deus, poderei trabalhar.

Tiro minhas roupas e joias — o colar de ouro com um pingente em forma de paleta eu ganhei de Hanbin, claro, assim como o anel que marca nosso primeiro ano de relacionamento, cravejado de minúsculos diamantes pretos.

O vidro e o espelho logo são engolidos por vapor e névoa. Fecho os olhos, sentindo a água quente se derramando em mim.

O que eu faço agora? Essa pergunta me atormenta, desoladora. Por mais que eu tenha pensado que protegi meu coração, sabendo que um dia isso aconteceria, não estou preparada.

Queria de estar morta para não ter que sentir essa dor.

Eu me lembro de ouvir minha tia dizer, quando eu e minha prima Kyunghee éramos pequenas, que minha avó tinha morrido de raiva. Ela sufocou até a morte em *han*, a raiva reprimida de todas as gerações saqueadas antes dela, por ter visto os pais morrerem diante de seus olhos, a sogra servindo seu corpo como escravizada até envelhecer muito antes da hora. Ter um filho — meu pai —, que acabou sendo um idiota fraco, desviado por uma nora astuta — minha mãe.

Minha tia disse que herdamos a ira da minha avó, que esse tipo de *han* potente não acabava com a morte de uma velha. Que devemos tomar cuidado e nos conter para evitar situações que possam levar a brigas.

Vocês não sabe*m do que são capazes*, disse ela, suspirando. Assentimos, com medo. Minha tia explicou que nossa avó lamentou alguns incidentes da própria vida e que ela não queria que sentíssemos a mesma coisa.

A ideia de extrair o cartão SD da *dashcam*, a câmera do carro, de Hanbin vem do último drama que Kyuri está assistindo. Como ela se recusa a me contar como descobriu sobre Hanbin, e como não tenho mais nada a dizer a ela, a televisão tem estado sempre em um volume muito alto nos últimos dias, e nós nos acomodamos em uma coexistência fria.

A cena que me dá essa ideia brilhante se desenrola na tela quando me sento à pequena mesa com o *lamen* que fiz. No drama, o filho *chaebol* está apaixonado pela garota que todos pensam que é sua irmã. O pai, que suspeita dessa relação desagradável, entra escondido no carro de seu filho, à noite, e extrai o cartão SD da *dashcam*. Analisando os vídeos, ele confirma seu palpite.

A cena com o cartão SD me prende, e olho para Kyuri para ver se ela está sentindo a mesma coisa que *eu*. Ela não me dá atenção. O jeito como está sentada no chão, com as costas e o pescoço rígidos, me faz suspeitar que deve ter feito outro tratamento. Provavelmente uma sessão daquela osteopatia em que é viciada, quando massageiam você até a morte durante duas horas. A única vez em que fui, por recomendação dela, pedi uma terapia facial e começaram a pressionar meu queixo com tanta força que chorei para que parassem. Quando pedi meu dinheiro de volta, se recusaram a devolver, então dei o restante das sessões para Kyuri. Isso, eles permitiram.

Mas a *dashcam* poderia funcionar. Hanbin instalou uma câmera que grava o interior do carro depois que seu notebook foi roubado por um manobrista.

O truque é afastar Hanbin do carro por tempo suficiente para eu conseguir tirar o cartão SD. Depois de estudar alguns vídeos on-line, tenho certeza de que posso fazer isso rápido, mas vou me atrapalhar se ficar confusa por ser pega.

Por fim, pego o cartão no dia em que vamos encontrar os amigos dele para tomar uns drinques em Itaewon. Depois que ele me pega no estúdio, encontra uma vaga de estacionamento milagrosa na rua a apenas um quarteirão do restaurante. Estamos caminhando para lá quando respiro fundo e digo que acabei de perceber que deixei meu celular no carro dele.

"Vou pegar", digo.

"Não, não, pode deixar. Faço isso em dois segundos." Ele já está voltando quando acrescento que acho que vários dos meus "itens femininos" também devem ter caído da bolsa. Não há nada como a menção de produtos menstruais para mandar um cara correndo em outra direção.

É a coisa mais fácil do mundo obter as evidências.

Em casa, depois dos drinques, vejo os vídeos no meu computador. Depois de passar e passar, encontro o vídeo em que ele está transando com uma garota em seu carro. Está escuro, e é difícil enxergar porque as imagens estão borradas, mas o ritmo e os sons são inconfundíveis. Paro o vídeo e fecho os olhos. Depois rastejo para baixo da minha mesa e me encolho, tentando ver se as pontadas afiadas que estou sentindo vão embora.

Não vão, é claro, e minhas pernas estão tremendo como as de um cachorro.

Eu me pergunto se vou sobreviver a esse momento. Mas quero ver o rosto da garota, quero ver o que nela o atraiu. Retorno para a minha cadeira e volto o vídeo — deve haver uma imagem dela de perto, no banco da frente, antes de os dois irem para trás. E aqui está: a porta se abre, e uma garota entra. É Nami. A amiga de Kyuri. A idiota pré-adolescente com seios gigantes. Aquela que, tenho certeza, também é algum tipo de acompanhante.

Vejo como os dois andam um pouco com o carro, em silêncio, então Hanbin estaciona, e ambos saem dos assentos da frente e vão para o banco de trás, e a cena a que eu estava assistindo passa de novo. Eles não trocaram nenhuma palavra, então está claro que isso já aconteceu antes, provavelmente muitas vezes. Deve ter começado naquela época em que o chamei para beber conosco. Eu fui para casa com Kyuri e não percebi que os dois haviam ficado fora por mais tempo.

Permaneço deitada na cama, sem conseguir enxergar no escuro, então volto para o computador e assisto à gravação por mais alguns minutos. Depois preciso voltar para a cama de novo.

Nos dias seguintes, analiso todas as gravações do cartão. Meu coração se parte toda vez que ouço a voz dele. Fiquei sabendo, pelas conversas telefônicas, que um *seon*, um encontro de casamento, está sendo arranjado para ele em setembro, com a filha do Grupo Ilsun, e parece que a data do casamento está praticamente definida.

O *seon* será no mês que vem, quando ela voltar para casa de um programa de culinária em Paris.

De certa forma, acho que é a primeira vez na vida que sinto a verdadeira liberdade. É como penso nisso — que se trata ao mesmo tempo de carma e absolvição.

Eu estava me afogando em culpa por cobiçá-lo quando ele era de Ruby, por ir até ele e ousar lhe abrir meu coração. Eu estava habitando um mundo que não foi feito para mim.

Ele sempre me oferecia coisas. Evitei aceitar porque pensei que era assim que eu deveria agir para mostrar meu amor, para mostrar que o amava além das coisas materiais e do mundo que ele representava, dos contatos que poderiam fazer uma carreira decolar tão rápido quanto um avião.

Eu não queria sobrecarregá-lo e fiquei angustiada, pensando em como minhas decisões seriam vistas por sua família, se uma bolsa de estudos pareceria mais respeitável que outra.

Nunca permiti que ele visse meu trabalho porque o único trabalho que consegui criar foi o de Ruby.

Começo a gostar da ideia de ele ir à minha exposição só para encontrar Ruby a cada passo: seu rosto, seu corpo, seus ódios e desejos, sua apatia e seu desdém, seus adorados tesouros.

Mas, antes que ele a veja nas minhas obras, vou sugar tudo que puder. Serei livre e selvagem. Vou tirar dele o que for possível. Não ouvi o que Kyuri pensa sobre os homens durante todo esse tempo para nada.

Vou pedir para ele me comprar joias.

Vou pedir que compre minha exposição toda, para que eu consiga outra mostra só com a propaganda que isso vai gerar.

Vou deixar vazar para as revistas femininas, as grossas bíblias de fotos dos ricos e famosos, que ele é meu namorado.

Vou ascender tão alto e em tão pouco tempo que, quando ele me deixar, terei me tornado uma tempestade com raios, um apocalipse nuclear.

Não vou sair dessa sem nada.

Wonna

A bebê está dando batidinhas de novo. Quando ela faz isso, meu coração dá um salto, paro tudo que estou fazendo e ponho as mãos na barriga para senti-la.

Não sei o que é isso, começou no início desta semana. Não sei dizer se é isso que chamam de "chute", ou se ela está com soluço.

Seja o que for, estou muito grata pela onda de esperança que brota dentro de mim, e isso é tudo que posso fazer para não desmoronar por completo em público. Quero compartilhar isso com alguém, com qualquer pessoa. Quero agarrar a senhora sentada ao meu lado no metrô e contar para ela. Quero que ela saiba que um pequeno mundo está explodindo dentro de mim. Minha bebê está tentando falar comigo. Ela está tentando viver.

Nos últimos três meses, tenho feito um joguinho comigo mesma. Chamo de jogo, mas é mais uma rodada de negociações. Com quem, não sei, porque não acredito em Deus.

O jogo é assim: se minha bebê viver por mais uma semana, farei isso. Ou desistirei de outra coisa. Na semana passada, prometi nunca mais fumar, mesmo depois de dar à luz, embora não goste de pensar assim sobre o futuro, por medo de ser punida. Nem fumo muito, mas estava ficando sem coisas para deixar de fazer. Na semana passada, prometi nunca mais tomar remédio para emagrecer, mesmo que me sentisse mal ao olhar meu reflexo no espelho. E, na semana anterior, jurei nunca mais beber a ponto de desmaiar.

Quase contei ao meu marido sobre o jogo, mas me contive a tempo. Ele não acharia exemplar, qualificado ou maternal, que é como o jogo me faz sentir.

Durante minha última consulta, a médica disse que passei para o segundo trimestre e que a chance de um aborto espontâneo é de apenas dois ou três por cento, então eu não deveria mais me preocupar tanto. Eu disse que, para os dois por cento, a experiência é de cem por cento e que ainda sei que algo vai dar errado com a gravidez, só não sei quando. Ela me olhou de um jeito estranho, e eu me arrependi de ter falado. Ela tem um rosto de Górgona.

Esta semana, meu marido está na China a trabalho de novo. Isso significa que, à noite, posso me esticar inteira na cama, e os lençóis parecem duas vezes mais deliciosos. Posso rolar para qualquer lado e, para a minha alegria, ficar me mexendo.

Se houvesse um manual de casamento sobre o que fazer e o que não fazer, o primeiro capítulo deveria se chamar "Compre uma cama *king-size*".

Com uma cama *queen-size*, meu marido sempre dorme primeiro, e acabo olhando feio quando ele ultrapassa sua metade. Seus braços ou pernas sempre caem em cima de mim, e eu não consigo dormir, então fico olhando para o teto com ódio, depois bato nas costas dele, que se vira para o lado, mas é só uma questão de tempo antes de rolar de volta para perto. Agora que estou grávida, não posso mais tomar comprimidos para dormir. Além disso, na primeira série de negociações com as divindades anônimas sobre minha bebê, também desisti da melatonina. Eu deveria ter aumentado a barganha, sugerido diminuir as dosagens em um miligrama por semana, talvez. Como eu tinha começado com dez miligramas por noite, teria me dado dez semanas a mais de sonífero. Mas desisti durante a segunda semana ou mais ou menos isso e, agora, se eu dormir por volta das 3h ou 4h da manhã, considero a noite ganha.

No início da gravidez, eu costumava ficar furiosa quando não conseguia dormir por causa dele. Sacudia seus ombros com força e dizia: "Você não me deixa dormir". Ele se desculpava e se deitava de lado, quase caindo da beirada de tanto que se afastava, mas inevitavelmente adormecia de novo e rolava para o meu lado, dando início a outro ciclo de irritação.

O que mudou foi que comecei a ler blogs que diziam que a insônia é inevitável e permanente. Depois que você engravida, nunca mais vai dormir de novo. Mesmo quando o bebê estiver dormindo, você não vai conseguir dormir, e isso vai deixá-la maluca.

Foi quando me convenci de que a culpa não era do meu marido. Aliás, a culpa é minha por trazer essa cama *queen-size* para o casamento. Meu pai ficou tão surpreso que eu ia me casar, ainda mais com um trabalhador comum, que deve ter vendido alguma coisa para poder comprá-la para nós. Se ele gastou um dinheiro que não tinha, eu deveria tê-lo feito comprar logo uma *king-size*. Mas o vendedor nem tentou negociar o colchão mais caro, dizendo que aquela cama seria o investimento mais inteligente que recém-casados poderiam fazer. Deveriam enforcar vendedores que contam essas mentiras.

Antes de meu marido viajar, tivemos uma briga. "Vai ter uma feira de bebês na SETEC nesse fim de semana", disse ele. Depois do trabalho, eu estava cozinhando *kalguksu** para o jantar enquanto ele limpava e arrumava a mesa. "Você não quer ir ver algumas roupas, mamadeiras e carrinhos de bebê? Vamos precisar testar tudo com calma para saber o que comprar. Meu pai disse que vai nos dar algum dinheiro. Ele vai receber o acordo da aposentadoria no mês que vem."

Eu me virei e o encarei com um olhar de descrença. "Você está agourando", falei. "Não fale sobre ela! Nem *pense* nela!"

Ele franziu um pouco o cenho, dizendo:

"Wonna, isso é ridículo. Já estamos na metade da gravidez. Você precisa contar para a sua chefe logo. E, a propósito, é você que está fazendo suposições. Você não deve presumir que é uma menina. Estou começando a ficar preocupado com sua decepção se for um menino. Espero que você ame o bebê da mesma forma."

"Ah, cale a boca", rebati. "Aposto que você *quer* um menino!"

Foi a primeira vez que falei com ele desse jeito. Com um tom carregado de veneno, como minha avó costumava fazer. Eu sabia que o tinha magoado porque, depois, ele fez uma coisa que dificilmente faz: não falou comigo pelo resto da noite nem na manhã seguinte. Acho que ele esperava que eu pedisse desculpas, pois às vezes o flagrava olhando para

---

*   Prato feito à base de macarrão, caldo, mariscos, abobrinha, cenoura, cogumelos, entre outros ingredientes.

mim com tristeza ao longo da noite, mas ele me subestimou. Não percebi, e ele levou a tigela de *kalguksu* para o quarto e comeu sentado à minha penteadeira enquanto olhava fixamente para o celular. Tive que limpar os respingos de caldo naquela noite, depois que ele foi dormir.

Hoje em dia, só sinto algum vestígio de carinho por ele no trabalho, quando e onde começa a inevitável crítica aos maridos. Costumava acontecer em ocasiões em que havia apenas colegas de trabalho do sexo feminino — no almoço ou no café, ou enquanto esperava o início das reuniões —, mas agora o assunto começa a se infiltrar em conversas corriqueiras, mesmo quando os homens estão presentes.

"Essa foi a gota d'água", dizia Bora *sunbae*. "Ele voltou para casa às 3h da manhã ontem, acordou Seung-yeon e hoje de manhã me pediu para fazer uma sopa para curar ressaca. Quando eu disse que tinha que *trabalhar*, ele falou que ia pedir para a mãe dele fazer da próxima vez, para ele poder congelar e tê-la à mão. Você acredita nisso? Isso porque minha sogra já pensa que sou uma esposa e uma mãe negligente."

E então Joo-eun *sunbae* interrompeu. "Isso não é nada. Você sabe quantas vezes a minha sogra esteve na minha casa esse ano enquanto estávamos fora? Só porque eles compraram o apartamento para nós, minha sogra pensa que a casa é *dela*. Sempre que ela sabe que não estamos lá, 'dá uma passada' para guardar a comida favorita do filho na geladeira e, claro, fica bisbilhotando tudo! Outro dia ela me perguntou, toda cheia de acusações, se eu estava usando algum contraceptivo, porque deve ter visto no banheiro do *meu quarto*. Não consigo nem trocar as fechaduras, porque isso causaria todo um transtorno de merda do tamanho do mundo que provavelmente me deixaria na rua!"

E eu só ficava sentada, balançando a cabeça, pesarosa e solidária, e tinha pensamentos mais calorosos sobre meu marido, cuja mãe estava convenientemente morta.

Mas, se eu soubesse quais seriam nossas perspectivas de moradia a longo prazo, poderia ter trocado uma mãe morta por uma mãe viva e endinheirada. Antes de meu marido e eu nos casarmos, tive uma vaga sensação de segurança de que, *ah, esse homem tem um emprego estável em um dos dez principais conglomerados, então nossa renda será fixa.* Economizaríamos e compraríamos um apartamento dentro de alguns anos. Não era isso que todo mundo fazia?

Não sabia que seu salário mensal era de apenas 3 milhões de wons. Ou, para ser mais precisa, não sabia que 3 milhões de wons eram tão inúteis. Quanto mais tempo passamos casados, mais nossa caderneta bancária parece secar toda vez que a tiro da gaveta.

Sei que comprar um apartamento é sonhar alto, mas tenho economizado cada centavo, sempre na expectativa de que alguém vá nos convidar para almoçar ou jantar de graça. Além do papel higiênico, comecei a trazer para casa as esponjas e o detergente líquido da cozinha do escritório. Gostaria que houvesse alguma forma de revender suprimentos de escritório. Nosso armário tem um estoque de canetas de excelente qualidade.

Ele está certo sobre uma coisa, por mais que eu odeie admitir: preciso avisar logo o trabalho, se vou mesmo solicitar a licença-maternidade. Espero conseguir uma licença de mais de um ano, embora tenha ouvido dizer que, se durar mais do que isso, não será paga. Mas são só boatos que preciso verificar. No entanto, nosso departamento de RH é famoso por vazamentos de informações e, se minha chefe descobrir que contei ao RH antes de contar a ela... Meus joelhos fraquejam só de pensar.

Desde que comecei a pensar que há uma chance da bebê sobreviver, estou preocupada com como vou contar a ela. Como falar com uma chefe amarga, solteira e workaholic sobre uma coisa dessas? Tenho medo de que ela diga que é ridículo ter licença-maternidade paga, principalmente porque, como todos podemos presumir, ela nunca terá uma. "Não. Não. Não. Por que você deveria receber por não trabalhar sendo que todo mundo trabalha duas vezes mais? Para brincar com um bebê em casa? Mulheres como você são o motivo pelo qual as empresas não querem contratar mulheres. E isso afasta as mulheres em todos os lugares. Se você fosse homem, quantos dias de folga tiraria depois de ter um bebê? Isso mesmo, nenhum." Então ela vai fazer o que puder para me rebaixar quando eu voltar ao trabalho, de alguma forma em nome do feminismo. Se eu tentar sair em uma hora decente — digamos, antes da hora do jantar —, ela vai concentrar sua fúria e usá-la contra mim até me reduzir a pó. Conheço suas táticas. Conheço sua mente cáustica e amarga. Se ela não fosse uma escrota, eu sentiria pena. Em vez disso, meu ódio é uma pedra no meio do peito, que a cada dia afunda mais e mais.

Minha única saída é pedir informações para Bora *sunbae*. Ela entrou no nosso departamento há pouco tempo, então não sei muito sobre ela, mas ela tem um filho com cerca de 3 ou 4 anos. Eu me pergunto se sua chefe do antigo departamento era mais legal do que a srta. Chun e se ela sentia medo de abordar o assunto da licença-maternidade. Resolvo perguntar na hora do almoço, quando é mais fácil obter informações tentadoras sobre a vida privada das pessoas.

Às 11h55, todos no andar se levantam ao mesmo tempo e se dirigem ao elevador, onde pressionamos o botão para descer e deixamos quatro elevadores cheios, movimentados com o entra e sai, antes de finalmente chegarmos ao saguão, vinte minutos depois. É a mesma coisa todos os dias, e todos os dias me pergunto por que não vou vinte minutos antes de todo mundo e digo que vou voltar vinte minutos mais cedo também. Tenho certeza de que todos pensam o mesmo que eu. Mas ninguém faz isso, exceto Lee, o chefe do departamento.

Quando chegamos ao saguão, percebo meu erro. Nossa equipe vai almoçar no Sun Tuna. Além de ser *sashimi*, é de atum, o pior tipo para gravidez. Eu devia ter ficado no escritório e comido o pote de *lamen* na minha mesa. Eu me amaldiçoo mentalmente, então lembro que, há seis semanas, jurei que iria desistir da comida de loja de conveniência. Eu fingiria um telefonema de emergência e cairia fora, mas o chefe Cho vai pagar o almoço como forma de agradecimento por termos ido ao casamento dele e demorou três meses de agendamento e remarcação para levar toda a nossa equipe lá. Seria terrível se eu fosse embora agora. Seria uma pessoa a menos na conta, então talvez ele secretamente ficasse feliz, mas ainda fingiria reclamar durante semanas. Não vale a pena.

Com algumas manobras estratégicas, eu me sento na ponta da mesa, em frente à Bora *sunbae*, na expectativa de que ninguém perceba que não estou comendo o atum. Finjo comer o *banchan** com vontade e pedir mais ao garçom.

"Então, é maravilhosa? A vida de casado?" Alguém lança a pergunta, como um favor.

---

*   Pequenos pratos de acompanhamento.

O chefe Cho se orgulha. "Claro, é bom voltar para casa e ter a mesa posta para o jantar todas as noites. Até agora, eu recomendo muito."

"É melhor você começar, se quiser ter filhos", diz o sr. Geum. "É tão difícil andar por aí com as crianças quando se fica mais velho... As costas que o digam."

Alguém do outro lado da mesa começa a falar sobre com qual idade ele se sente e todas as dores e dificuldades pelas quais está passando hoje em dia, e a conversa ameaça se afastar das crianças. Então acrescento, às pressas: "*Você* está planejando ter mais filhos, Bora *sunbae*?".

Ela está com a boca cheia de atum, então quase engasga ao balançar a cabeça com veemência.

"Você está brincando?", ela pergunta em voz alta, para que a atenção de todos se volte para ela. "Estou *satisfeita* com um filho só."

O chefe Cho, que é pelo menos três anos mais velho do que Bora, tagarela: "Bem, você sabe o que dizem. É difícil quando eles são jovens, mas são seu maior patrimônio quando você envelhece. Eu quero três". Sorri. "E vocês, jovens, é melhor se mexerem. Não esperem como eu. Já me arrependo disso."

Vejo a srta. Chun, na outra extremidade, apunhalando o atum com seus *hashis*.

"Uma criança é como um poço de dinheiro", diz Bora. "Quanto mais dinheiro você joga lá, maior o buraco fica."

Todo mundo ri. Pelo tom estranho de Bora, não é nenhuma tolice presumir que ela está brincando. Ela só pode falar sobre dinheiro porque é muito rica. Seu marido é advogado, e seu sogro é um famoso médico coreano em Shinchon.

"Por quê?", pergunto, tentando soar levemente curiosa. "Por que uma criança requer tanto dinheiro?" Sei que carrinhos de bebê custam mais do que se imagina e que, depois que os filhos entram na escola primária, você precisa começar a pagar pelas aulas extras e particulares, o que aumenta a conta exponencialmente. Depois, é claro, há as mensalidades da faculdade... Mas por que uma criança de 3 anos exigiria tanto dinheiro é um mistério para mim. Será que ela está projetando esses custos futuros? Ou comprando extratos de ginseng para bebês e conjuntos de colheres de prata? O governo paga pela creche, e ouvi dizer que dão uma mesada para pessoas terem um bebê, porque precisam que a população aumente.

Bora *sunbae* olha para mim e ri. "Não é de se admirar que ninguém esteja tendo bebês hoje em dia. Eu não culpo as pessoas. Só para vocês terem uma ideia, no mês passado, inscrevi meu filho para cursar a creche pública gratuita, mas é claro que ele não entrou, então decidimos colocá-lo em uma creche inglesa, que custa 1,2 milhão de wons por mês." Ela não ouve minha respiração aguda e continua. "A escola é das 9h às 15h, o que significa que a minha *ajumma** tem que vir de manhã, lá pelas 8h, e ficar até eu chegar em casa, à noite. Portanto, preciso pagar à *ajumma* 2 milhões de wons por mês. E tem toda a questão das roupas. Não sei por quê, mas as crianças precisam de muitas roupas. Toda semana tenho que comprar algumas peças. E toda vez que o levo para fazer compras de supermercado, temos que comprar um brinquedo, ou ele começa uma gritaria onde estiver, e fico para morrer de vergonha. E livros! Você sabe quanto custam os livros? Vendem livros infantis em coleções de trinta ou cinquenta. E eu tive que comprar aquele robô-raposa que lê livros em voz alta, porque todos na sala dele têm um." Ela tagarela, e eu sinto como se estivesse em um sonho obscuro.

---

* Mulher casada ou de meia-idade.

Sei que a maioria das coisas na lista são frivolidades. Não haverá brinquedos extras, robôs de leitura nem coleções de cinquenta livros para a minha filha. Mas também não sou ingênua de pensar que não vou querer tudo isso quando chegar a hora. Meu coração vai ficar apertado por não poder lhe comprar presentes.

A conversa muda para férias porque Bora *sunbae* fala sobre como ela "teve que" reservar a suíte infantil e o pacote de atividades infantis em um hotel em Jeju. Desisto de perguntar sobre a licença-maternidade, porque é claro que ela existe em um planeta diferente, onde isso não importa. Talvez ela nem tenha pedido licença remunerada.

Voltamos ao escritório por volta das 15h. A srta. Chun me chama para a sala de reuniões. Ela não especifica qual relatório levar nem qual atualização devo lhe entregar, então reúno tudo em que estou trabalhando, para ter em mãos o que ela pedir.

Ela está sentada na ponta da mesa, olhando severamente para um maço de papéis. Ela adora chamar as pessoas aqui porque pode fingir que esse escritório é dela e que sua mesa não é do mesmo tamanho que a nossa lá fora, no mesmo andar. Eu me curvo e sento a duas cadeiras dela, atrapalhada com meus relatórios.

"Espere aí", ela diz sem olhar para mim. Em seguida folheia o restante dos papéis por uns bons cinco minutos, e tudo que posso fazer é olhar as primeiras páginas dos meus relatórios e me perguntar quando os escrevi, porque não me lembro de ter escrito essas palavras.

"Então", ela diz. "Srta. Wonna."

"Sim?"

"Eu vou ser direta. Você está grávida?"

Fico tão chocada que até engasgo. Minhas mãos voam para a barriga.

"Como você sabia?", pergunto.

"Eu tenho olhos", responde ela. "E um cérebro. E seus relatórios foram os piores que já vi, e eles nunca foram muito bons."

Olho para eles e assinto. "Sinto muito", sussurro, sem saber direito se as desculpas são pela gravidez ou pelos relatórios.

"Para quando é?", indaga ela, com uma voz seca. Posso sentir seus olhos cravados feito balas em meu crânio.

"Nove de setembro."

"E você conversou com o RH?"

"Não..."

"Que bom."

Olho para ela, receosa. Ela se acomoda na cadeira e suspira.

"Vou te dizer uma coisa e vou ser bem direta", diz ela, com uma voz cansada. "Não posso ficar sem você, porque as contratações estão suspensas em toda a empresa, além de várias demissões estarem previstas. Sinceramente, se não estivéssemos com esse congelamento nas contratações, eu já teria te despedido há muito tempo, mas agora tenho que me contentar com você, porque não vou poder substituí-la, e isso iria sobrecarregar todo mundo, entendeu?"

Concordo com a cabeça, em silêncio.

"Temos quatro novos projetos que vão chegar no segundo trimestre do ano que vem. Se não entregarmos, o departamento inteiro será dispensado. Meu chefe me disse que esse projeto é um teste para determinar se vão nos manter ou não. Agora, se o departamento sair, eu vou ficar por causa do meu cargo, só vou ser transferida para outro departamento. Mas todos abaixo de mim serão demitidos. Então não acho justo você tirar uma longa licença-maternidade sendo que todas as suas colegas vão trabalhar para garantir o próprio sustento, não é? Ainda mais quando não poderemos contratar mais ninguém."

Ela olha para mim e através de mim ao mesmo tempo. Eu me pergunto por que ela não me pediu para fechar a porta. Meu primeiro instinto é sempre ser reservada. O fato de ela mencionar eventos tão definitivos de uma forma tão prática me deixa outra vez com falta de ar. Mas ela aguarda uma resposta.

"Sim", digo.

"Sim o quê?"

Imploro com os olhos. Apenas me diga o que você quer que eu responda.

Ela pisca e suspira de novo.

"Acho que o máximo que podemos ceder para você são três meses. Ou melhor, vou explicar: não podemos ficar sem você de jeito nenhum, mas, se for necessário tirar a licença--maternidade, deixo a cargo da sua consciência. Agora que você está a par de tudo, espero que não solicite mais tempo. Lembre-se de que, se não tivermos um bom desempenho e todo o departamento for dispensado, você terá a licença-maternidade que quiser." Seu sarcasmo é cortante. "Sabe, nos Estados Unidos, o pessoal tem três semanas de licença-maternidade ou algo assim. De qualquer maneira, lamento que a situação seja essa." Ela franze a testa, séria, e, quando não digo nada, só acena para eu sair. Eu me levanto e me inclino profundamente.

Sentada à minha mesa, passo o resto da tarde olhando para a tela e fazendo cálculos mentais. Se eu tiver que voltar ao trabalho depois de três meses, teremos que contratar uma *ajumma* até que minha filha possa entrar na creche pública, quando completar 1 ano. Talvez eu possa encontrar uma creche barata por cerca de 1,5 milhão de wons. *Seria só por nove meses*, digo a mim mesma. Bora provavelmente paga mais que isso por uma boa creche. Talvez sua *ajumma* até fale inglês.

Se eu perder esse emprego, não vou conseguir encontrar outro. Tenho consciência disso. Ninguém vai me contratar, porque até esse trabalho eu consegui através dos contatos do meu sogro, quando ele ainda estava na ativa. Não adianta procurar outro emprego. E, se eu não tiver emprego, não poderemos arcar com os custos do aluguel e da alimentação, muito menos sustentar um bebê e um apartamento, com o salário de 3 milhões de wons do meu marido. Estou tão preocupada que começo a ter uma crise de ansiedade.

"Você está bem?" A srta. Jung está no banheiro, retocando o batom, quando entro e desabo sobre a pia.

"Acho que preciso tirar o resto do dia de folga", digo. "Não estou me sentindo muito bem."

Vou desistir dos nove meses de licença-maternidade. A srta. Chun com certeza não dirá nada sobre sair algumas horas mais cedo hoje. Arrumo minhas coisas e vou para casa sem nem ligar para o RH para avisar que vou tirar metade do dia de folga.

A bebê deve ter sentido o choque, porque está dando pancadinhas de novo. Sorrio e dou batidinhas de volta nela enquanto caminho devagar até meu apartamento. Quando abro a porta, meu marido está de pé no corredor, usando seu terno azul-marinho e com uma expressão tão assustada que meu grito de surpresa morre nos lábios.

"Achei que você só voltaria no sábado", digo, respirando com dificuldade. "Você me assustou!"

Ele não responde, só fica ali parado, parecendo muito nervoso, o que me deixa confusa.

"O que você está fazendo?", pergunto.

"Não estou me sentindo bem, então vim para casa mais cedo", explica ele, colocando as mãos nos bolsos.

"Ah. Você está doente?" Peço para ele se afastar e me deixar entrar.

"Meu estômago", responde ele. "Não estou me sentindo bem."

Vou colocar minha bolsa no quarto, então percebo que a mala dele não está lá. Geralmente, quando ele volta de uma viagem, parece que um furacão passou pela casa, com meias e cuecas sujas espalhadas em tudo quanto é lugar. Volto e vejo que a mala também não está na sala de estar e que meu marido ainda está de pé, onde estava alguns segundos antes.

"Onde está sua mala?", pergunto.

Ele está à mesa da cozinha, limpando uma tigela de *jjambong*[*] meio comido. Joga o restante do caldo laranja na pia.

"Você está com dor de estômago e mesmo assim ainda está tomando sopa apimentada?", questiono. Ele permanece de costas para mim, na pia. "Por que não me disse que voltaria mais cedo?" Não que eu me importe. Só estou confusa, porque ele não costuma esconder esse tipo de coisa.

---

[*] Sopa à base de macarrão, frutos do mar, cenoura, abobrinha, entre outros ingredientes.

Ele se vira devagar, secando as mãos na toalha, enquanto começo a limpar a mesa em busca de manchas de sopa.

"E você percebeu que esqueceu seu sapato social aqui? Você teve que comprar outro para ir às reuniões? Você não falou que se vestem de um jeito superformal por lá?", pergunto, enxaguando a toalhinha na pia ao lado dele.

"Sim, preciso desse sapato social", diz ele, limpando a garganta ruidosamente.

"É por isso que estou aqui, na verdade. Preciso dele para uma entrevista hoje à tarde. Você chegou cedo em casa." Ele para.

"Uma entrevista?", pergunto. "Que tipo de entrevista?" *Para uma promoção?*, quero perguntar, esperançosa, mas me forço a parar.

"É para um trabalho no Grupo BPN", diz ele.

"Por que diabos você faria uma entrevista lá?", pergunto. BPN é um conglomerado de terceiro nível.

Ele me encara de novo e respira fundo. "Não consigo mais levar isso adiante", diz ele.

"Isso o quê?", pergunto.

"Escute, Wonna, por que você não se senta um pouco?", sugere ele, me conduzindo até a mesa da cozinha e servindo um copo de água gelada para mim. Depois de se servir também, ele começa a explicar.

Ele conta que não fez nenhuma viagem de negócios nas últimas duas vezes que disse que fez. Que perdeu o emprego há dois meses. Que, quando finge que viaja, fica com o pai, para poder se candidatar a empregos e entrevistas. Que não queria me preocupar por conta da gravidez, mas talvez tenha sido melhor que eu tenha descoberto, porque ele se sentia péssimo por esconder um segredo assim. Que estava procurando um emprego que oferecesse creche gratuita, como no antigo emprego.

"Mas e quando você veste um terno todas as manhãs e vai trabalhar?", pergunto, estupefata.

Ele me diz que se vestia como se fosse para o trabalho e depois voltava para casa pelo restante do dia.

Era verdade, ele estava em casa antes de mim quase todas as noites. Eu não tinha pensado muito nisso, só acreditei quando ele disse que a empresa estava tentando promover um tempo destinado à família.

"Eu não queria te preocupar." Seus olhos e voz são queixosos, mas se afasta um passo. Ele sempre teve medo de mim; nós dois percebemos isso agora, com certa surpresa.

Ele olha para mim, e eu para ele, e ambos ouvimos o som de nossa respiração pesada. Do lado de fora da porta, escutamos passos rápidos escada acima.

"Não fique chateada", pede ele, esperando para ver o que vou fazer em seguida. "Não é bom para o bebê."

Tenho que admitir que não faço ideia de como serão seus primeiros anos, a não ser por algumas visões muito vívidas em que a abraço e você está enfaixada e ornamentada com fitas. Nessas visões, as cortinas estão fechadas, mas a luz passa mesmo assim. Deve ser a hora do seu cochilo, e eu a embalo em meus braços. Você se contorce, agitada, mas seu olhar está fixo no meu, e eu sei como acalmá-la. Em minhas visões, o conceito de tempo é nebuloso, e logo, ou talvez horas depois, você fica tranquila, silenciosa, adormecida.

Você terá coisas que não tive enquanto crescia: fotos preciosas, bolos de aniversário e dias na praia.

Quase sempre sonho acordada com uma versão mais velha de você. Você é uma mulher jovem, talvez tenha a idade daquelas garotas que vivem no andar de cima, não muito mais jovem do que eu agora. Mas, ao contrário delas e de mim, você tem um sorriso eterno à espreita nos cantos da boca, porque viveu uma infância feliz.

Em meu devaneio, você vem me visitar. Você praticamente voa para me ver, porque tem boas notícias e quer me contar cara a cara, pois somos muito próximas, e você quer ver meu rosto ficar exultante. Você toca a campainha, o pé batendo, impaciente, e, quando abro a porta, lá está você, em sua esplêndida confiança, empunhando a felicidade como um cetro. E as notícias serão despejadas de sua boca, as palavras se atropelando, porque é algo pelo qual você batalhou duro e está muito orgulhosa de me contar como conseguiu.

E vou puxar você para dentro, dizendo: "Entre, sente-se e me conte tudo devagar", e eu vou chorar, porque criá-la terá me deixado sentimental, então vou envolvê-la em meus braços e me maravilhar com sua beleza, com o quanto você é alta, forte e radiante. E todas as minhas memórias de você vão dançar diante dos meus olhos enquanto ouço, ansiosa, tudo que você tem a dizer, rindo, segurando minhas mãos e apoiando-se no meu ombro, ou talvez colocando a cabeça no meu colo, como costumava fazer quando criança.

Então é hora de você me deixar de novo, de voltar para sua própria vida, cantarolando, ávida pelo que está por vir. Você não precisa se preocupar comigo. Estarei mais feliz do que nunca, mesmo que meu coração se parta um pouco por deixá-la partir.

Mesmo assim, sei que você sempre voltará para mim. E esse será meu único desejo.

Ara

Só quando acordo de repente é que percebo que devo ter adormecido sobre minha mesa de novo, assistindo a vídeos antigos de Taein em seu último *reality show*, *Slow Life, Happy Life*. Ele permanece escondido desde que seu escândalo com Candy estourou, então não consegui entrar em minha rotina favorita de assistir a todas as suas últimas aparições na TV de uma só vez no fim da semana. Em vez disso, preciso assistir às reprises pela octogésima vez. Isso é tudo culpa de Candy, e geralmente adormeço fantasiando que ela foi colocada na lista de restrições de todas as redes de TV do país.

Meu pescoço e costas doem por conta da posição desconfortável em que dormi. Estou com frio. A primavera finalmente chegou, mas a temperatura ainda cai à noite. Eu me levanto e, enquanto me alongo, ouço um som estranho que parece vir de muito longe. Paro e escuto. Agora de novo. São gritos abafados, misturados a um choro aflito. Abro a porta e saio para a sala, me perguntando se é Sujin.

As luzes da cozinha estão acesas, e a porta de Sujin está aberta, mas seu quarto está escuro, o que significa que ela deve ter voltado para casa e saído de novo. O relógio que fica acima da TV marca 3h22.

E então ouço de novo. O som. É uma mulher gritando, com certeza. Coloco o ouvido contra a porta da frente e consigo ouvir. Está vindo lá de fora. Agora está quieto de novo. Pelo olho mágico, não vejo nada.

Mando uma mensagem para o grupo das garotas que moram no nosso andar — Kyuri, Sujin e Miho.

"Alguém acordada/em casa? Mais alguém ouviu esses gritos? Não acho que seja no nosso andar, mas me acordou."

Espero e fico olhando para o celular. Elas devem estar dormindo, ou então saíram. Kyuri talvez esteja com Sujin. Será que Miho está no estúdio? Será que chamo a polícia? Mas como eu vou passar as informações? A polícia recebe mensagens de texto? Não sei. Estou digitando na barra de pesquisa "como enviar mensagens de texto para a polícia" quando meu celular faz barulho.

"Estou voltando para casa." É Miho, no chat em grupo. "Quer que eu chame a polícia?"

"Será que aquele casal no andar de baixo está brigando?" Mando uma mensagem.

"Não, vi o marido sair de casa hoje", responde Miho. "Ele entrou em um táxi com malas gigantes."

"Onde você está, Miho?", digito e envio a mensagem.

"A cerca de 20 minutos de distância. Estou no metrô."

Vinte minutos é muito tempo. Alguém pode estar morrendo.

"Você pode chamar a polícia, então?" Mando a mensagem. "Vou ver o que é."

No mesmo instante, Miho começa a enviar mensagens de texto bem depressa.

"Não, espere a polícia. Aguente mais um pouco. Já estou ligando. Se você for, pelo menos me espere!!!"

"Está tudo bem, não se preocupe", digito. "Vou pegar uma arma."

"NÃO!!!"

Que fofo da parte dela se preocupar comigo. Estou surpresa, pois ela ouviu falar de todas as outras brigas em que eu costumava entrar quando era jovem. O problema é que não temos boas armas em casa, não para uma situação como essa. Anseio pelo longo bastão de madeira do meu avô, largado, inútil, na parte de trás do Casarão. Por um segundo, planejo formas de roubá-lo da próxima vez que for a Cheongju. Não que eu fosse ter alguma ideia de como manejá-lo, mas vou aprender.

Não sei se uma faca de cozinha seria uma boa ideia, porque nunca usei uma, e isso pode me distrair. Coloco a chaleira elétrica para ferver e examino a casa de novo. Isso é inaceitável. Faço uma nota mental para encomendar armas. Pego uma tesoura e a guardo no bolso da calça. Deve ser mais fácil de manejar do que uma faca. Quando a luz da chaleira apaga, seguro a panela fumegante e, em silêncio, abro a porta da frente.

Enquanto estou parada no corredor, esperando ouvir um grito, me ocorre que nunca briguei com um homem. Testemunhei algumas rixas, pois as gangues de garotos costumavam ter brigas violentas quando eu estava no ensino fundamental e médio, e as garotas às vezes assistiam de longe. A velocidade e a força absolutas — o som de tacos de beisebol batendo na cabeça de alguém, o barulho que um soco produzia em uma mandíbula — nunca deixaram de me chocar. Nas primeiras vezes, a maioria das garotas chorava, até mesmo Noh Hyun-jin, que ficou famosa por ter levado seis bofetadas do nosso professor de educação física sem sucumbir. Decido que, se há um homem lá embaixo e ele está tentando estuprar ou matar alguém, a única coisa que tenho a meu favor é o elemento-surpresa. Eu pareço bem frágil e vulnerável, é o que Sujin sempre diz.

Agora que estou no corredor, fica claro que os gritos intermitentes vêm do andar de baixo. O casal mora bem abaixo de nós, e acho que tem uma garota que mora sozinha no outro apartamento. Quieta, desço as escadas e fico escutando do lado de fora da porta do apartamento 302.

É esse. Ouço mais gemidos. Resmungos. Alguma coisa sobre um bebê? Pressiono mais o ouvido e ouço só uma voz de mulher. No começo, parece que está falando com alguém, mas depois me ocorre que ela só está falando sozinha. Então dá um grito de dor tão alto que pulo de susto e quase deixo a chaleira cair.

"Quem está aí?!", a mulher grita de repente, amedrontada. Bato à porta, esperando que as batidas soem suaves e inócuas. "Quem é?", ela pergunta de novo, um pouco antes de tornar a gemer. Ouço o barulho de pés se arrastando e de algo raspando na porta. Ela deve estar olhando pelo olho mágico, então recuo um pouco para ela poder me ver melhor. Sorrio e aceno com a mão livre.

A porta é destrancada e se abre devagar, e ela coloca a cabeça para fora.

"Quem é?", pergunta ela. É a senhora casada. Sua aparência é assustadora: olhos injetados, rosto pálido, contorcido e coberto de lágrimas. Ela abre a porta um pouco mais e vê que seguro uma chaleira. "O que é isso? Você não mora no andar de cima?"

Aceno, aponto para a minha garganta e balanço a cabeça.

"Hã?" Ela parece ainda mais confusa, então se dobra e solta um gemido angustiado.

Ponho a chaleira no chão, toco seu ombro e entramos em seu apartamento. Ela está com muita dor e mal consegue chegar à sala de estar, onde se deita no sofá.

Dou um tapinha em seu braço, corro para fora, abro a porta da frente de novo e trago a água quente. Então vou para a cozinha, procuro uma caneca e lhe sirvo um pouco.

Ela se retorce no sofá, segurando a barriga. Lágrimas escorrem pelas bochechas. Eu me ajoelho na frente dela e massageio seus braços. Então pego meu celular no bolso.

"Ouvi uns barulhos estranhos, então vim ver se havia algo errado. Você precisa que eu chame uma ambulância?" Digito no celular e lhe mostro.

Ela enxuga as lágrimas, pega o celular e lê. "Você não consegue falar?", indaga, o cenho franzido de surpresa, exagerando nas palavras do mesmo jeito que as pessoas costumam fazer quando descobrem.

Concordo com a cabeça. Ela se senta e agarra meu pulso, me pegando de surpresa.

"Você nasceu assim?", pergunta ela, com um estranho desespero. As pessoas costumam perguntar isso, mas parece que há algo mais nessa pergunta do que apenas uma curiosidade passageira. Pisco depressa e balanço a cabeça.

Ela suspira e se deita no sofá. Espero uma pergunta complementar sobre como isso aconteceu, mas a pergunta não vem.

"Você precisa ir para o hospital?", digito de novo.

Ela lê e fecha os olhos de dor.

"Não sei", responde ela, balançando-se para a frente e para trás. "Acho que eu deveria, mas não sei." Ela volta a chorar. "Sei que não faz sentido, mas quero esperar um pouco. Ainda é tão cedo que, se houver algo de errado, tenho certeza de que vão matá-la para tirá-la de mim."

Percebo que ela está grávida e está falando sobre seu bebê.

"Ouvi dizer que, se houver algo de errado, eles salvam a mãe, e não quero que isso aconteça. Se minha bebê morrer, vou morrer com ela."

Eu a olho, compreensiva. Assentindo, pego alguns lencinhos de papel de uma caixa que está sobre a mesa da cozinha, e ela assoa o nariz. Eu me ajoelho ao lado dela e começo a acariciar seus cabelos, molhados de suor. Mesmo a mais tensa das minhas clientes tende a relaxar quando faço isso, então espero que ajude, mesmo que só um pouco.

Olho ao redor do apartamento, curiosa. É só um pouco maior que o nosso e não parece um apartamento para casal. Não que eu já tenha ido à casa de algum casal jovem — só agora penso nisso —, mas os apartamentos que vi na TV têm cortinas de renda com babados nas janelas, fotos de casamento ampliadas, canecas, chinelos azuis e rosa combinando e coisas assim.

Mas nesse apartamento não há fotos, quadros nem babados; é um lugar tão sério, silencioso e neutro quanto uma sala de espera de hospital. Nem livros nem plantas. A única coisa pessoal é uma pequena estante de CDs no canto. Que mulher curiosa ela deve ser, por não ter uma única decoração em sua casa. Mesmo no salão, onde cada uma de nós tem a pequena área de uma cadeira em frente a um espelho, todo mundo tenta decorar os 30 centímetros desse espaço da prateleira. E ela vai ter uma bebê! E não há nada decorado em lugar nenhum, embora eu tenha ouvido dizer que as pessoas não gostam de comprar coisas de antemão para não tentar os deuses.

Meu celular começa a vibrar, e nós pulamos de susto. É Miho. Ela deve estar desesperada para me ligar. "Ara, sou eu. Veja suas mensagens! E me responda!!!", diz, quando atendo, então desliga.

Abro o aplicativo de mensagens e vejo que ela mandou várias. "Onde você está??? Você está bem??? Acabei de bater à sua porta e você não está aqui!!!"

Respondo. "Aqui embaixo, no 302. Senhora com muitas dores. Estou bem!"

Cerca de dez segundos depois, ouço uma batida à porta.

"Quem é?", pergunta a mulher, com a voz fraca. Corro até a porta e abro.

Miho parece aliviada ao me ver. O cabelo comprido está dividido em duas tranças esvoaçantes, e ela tem tinta nas mãos e nos braços, como de costume.

"Você me assustou!", ela me repreende. "Você não pode fazer isso! Mandar uma mensagem e não responder!"

Faço uma careta como um pedido de desculpas.

"Eu liguei para a polícia", continua ela, ao que balanço a cabeça. "Será que ligo de novo? Digo para não virem?", pergunta, e eu concordo com a cabeça.

"Quem é?", chama a mulher, da sala de estar, e Miho entra comigo.

"Olá, você está bem?", pergunta Miho, com toda a delicadeza, ao ver a mulher deitada. "Ara aqui mandou uma mensagem dizendo que ouviu gritos e depois não respondeu, então fiquei nervosa."

A mulher se senta devagar, tocando a barriga com cuidado.

"Eu estava com muita dor", explica ela. "Meu marido... não está aqui." Ela hesita ao dizer isso, depois esfrega a barriga em um movimento circular. "Na verdade, acho que estou melhor. Ainda dói, mas menos. Estou grávida." Ela diz a última parte de um jeito meio desafiador.

"Você quer ligar para o seu médico?", pergunta Miho.

A mulher balança a cabeça e olha para mim. Toco o braço de Miho, desolada.

"Bem, pelo menos você está se sentindo melhor", diz Miho. "Que bom! Sou Miho. E essa é Ara. Moramos no andar de cima."

"Sim, sinto muito", diz a mulher. "É bem tarde, e eu incomodei vocês. Estou surpresa que o officetel inteiro não esteja batendo à minha porta."

"Ah, não se preocupe", diz Miho. "A Ara tem um talento singular. Ela tem um ouvido mais apurado do que a maioria das pessoas. Tenho certeza de que todo mundo está dormindo."

"Quando seu marido volta?", digito.

Ela olha para a minha mensagem e balança a cabeça uma vez. Então Miho me cutuca nas costas, para eu parar de perguntar.

Vou até a mesa da cozinha verificar a água quente que coloquei na caneca. Está em uma temperatura aceitável agora, então levo para a mulher, e ela bebe.

"Muito obrigada por trazer água quente. Você é muito atenciosa." Ela segura a caneca com as duas mãos e a coloca na barriga.

Dou um sorriso frouxo. É melhor ela não saber que pensei que ela estava sendo estuprada e que eu ia jogar água fervente no rosto do estuprador.

"Está tarde, e estou me sentindo péssima por manter vocês acordadas. Por favor, voltem para casa e vão dormir. Estou muito melhor, de verdade." Para demonstrar o que diz, ela se levanta e sorri, trêmula.

Miho e eu olhamos para o relógio, que agora marca 4h05. Damos de ombros. Miho não tem hora para acordar e pode dormir até tarde, o quanto quiser.

Preciso estar no trabalho às 9h30. Não consegui uma assistente dedicada desde que Cherry não voltou mais, depois do que aconteceu aquela noite. Fiquei quieta e ainda não pedi outra.

Pego as mãos da mulher nas minhas e as aperto. Elas são ossudas e macias ao mesmo tempo.

"Obrigada", diz ela, envergonhada, com os olhos voltados para o chão. Miho se despede baixinho, e saímos juntas, fechando a porta devagar.

No dia seguinte, no trabalho, fico pensando naquela senhora. Não consigo parar de pensar em seus olhos desesperados, em como, mesmo apesar da dor, ela não queria ir para uma sala de emergência porque poderiam tirar a bebê dela.

Não consigo imaginar me sentir assim. Não consigo imaginar ter um filho e ter que cuidar dele todos os dias, o dia todo. Eu me pergunto como essa mudança acontece e como é quando esse instinto entra em ação.

Certa vez, um dos meus clientes disse que o problema de grande parte da minha geração neste país é que não vivemos para o amanhã. Ele era professor de sociologia e interrogava as assistentes sobre suas escolhas de vida, o que obviamente as incomodava. Elas não trabalhariam em um salão se tivessem respostas positivas para essas perguntas, eu queria dizer. Mas é claro que ele e todas as outras já sabiam disso, e ele estava sendo cruel ao tocar no assunto. "Você precisa crescer com pais cuja vida melhora com o passar do tempo, então aprende que deve se esforçar para melhorá-la. Mas, se você cresce com pessoas cuja situação só piora com o decorrer do tempo, fica pensando que tem que viver apenas para o momento presente. E quando pergunto aos jovens: *E o futuro? O que você vai fazer quando o futuro chegar e você já tiver gastado tudo?* Eles só dizem que vão morrer. E é por isso que a Coreia tem a maior taxa de suicídio do mundo."

Ele disse isso como um sermão, como se repreendesse todos que trabalhavam no salão.

Eu queria perguntar se os filhos dele eram brilhantes, amorosos e bem-sucedidos, porque ninguém é assim de verdade.

Às vezes, não conseguir falar é até bom.

Kyuri me manda uma mensagem na hora do jantar.

"Nosso gerente falou que pode ser que o Taein venha na Ajax hoje à noite! A Senhora não vai estar aqui, porque vai fazer seu check-up de saúde anual amanhã, então ela tem que jejuar e não pode beber a partir das 17h de hoje. É perfeito. Alguma chance de você sair do trabalho e vir aqui lá pelas 21h? O gerente dele está vindo com *alguém* da empresa do Taein, e aposto que é ele. E, mesmo que não seja, você pode pelo menos conhecer o empresário dele."

Fico encarando a mensagem por um bom tempo. Fico sem ar, preciso me sentar, e as assistentes se espalham como baratas quando veem meu rosto. Talvez, no fim das contas, Cherry tenha lhes contado coisas sobre mim.

Finalmente. Chegou a minha hora de conhecer Taein. Já fantasiei com isso mil vezes e, em todas, ele se apaixona por mim, quer falar comigo a sós e me leva para o seu apartamento, onde ficamos ouvindo música a noite toda, deitados no chão de seu quarto, como ele fez no *reality show My Lonely Room*. Pulo da cadeira e olho para o espelho. Preciso ir. Sei que Kyuri nunca teria enviado uma mensagem como essa se não fosse uma oportunidade única.

Preciso me produzir, é a primeira coisa em que penso. Vou ter que pegar algo emprestado para vestir com uma das garotas. Repasso todos os vestidos delas na cabeça. Uma vez, vi Miho usando um vestido verde-escuro que adorei. Terei que perguntar sobre ele.

Corro para a recepção e pergunto quantos clientes ainda precisam ser atendidos e, por sorte, dizem que restam apenas dois. A sra. Park Mi-soon e o sr. Lim Myung-sang. Digito no celular que tenho uma emergência e preciso ir para casa e pergunto à srta. Kim se ela pode ligar e verificar se eles preferem reagendar ou ser atendidos por quem estiver disponível. A sra.

Park tem um horário para seu permanente, que ela faz apenas uma vez a cada três meses, mas não posso perder a chance. E o sr. Lim vem apenas para o corte de cabelo mensal regular. A srta. Kim me pergunta o que há de errado, mas balanço a cabeça e voo para o vestiário, para me trocar. Quando saio, encaro a srta. Kim e faço um gesto para ela me enviar uma mensagem de texto. Ela acena e me dispensa.

Quando volto ao officetel, não tem ninguém em casa, e Miho não responde à minha mensagem sobre o vestido. Teclo com força os números da fechadura do apartamento de Miho e Kyuri e, quando entro, procuro em seus armários.

Encontro o vestido verde não no guarda-roupa de Miho, mas no de Kyuri, e mando uma mensagem para o grupo. "Pegando emprestado o vestido verde-escuro do guarda-roupa da Kyuri, ou seja lá de quem for! Obrigada! Maquiagem e sapatos também!"

Infelizmente, usar as maquiagens de Kyuri não significa que vou ficar bonita igual a ela, e saio de seu quarto meio pálida e com os olhos arregalados demais para o meu gosto. O delineador nunca foi meu ponto forte. Pelo menos meu cabelo vai ficar perfeito. Depois de colocar o vestido, que fica um pouco apertado, enrolo o cabelo. O sapato de Kyuri é grande demais para mim, então tenho que usar o meu, e o único aceitável é um nude, de salto alto, que comprei alguns verões atrás e que machucam os dedos. Todas as previsões dizem que há possibilidade de pancadas de chuva à noite, e levo guarda-chuva, porque não quero estragar o vestido.

Quando pego um táxi, já passa das 21h, e quase choro de ansiedade enquanto ficamos parados no trânsito por quase dez minutos. Kyuri me envia uma mensagem dizendo que Taein acabou de chegar. Ela diz que virá me buscar quando eu chegar.

Meu coração está quase saindo pela boca quando o táxi finalmente para e vejo Kyuri acenando para mim em uma entrada onde vários homens de terno fazem hora.

"Você veio!", grita ela, e posso sentir o cheiro de álcool em seu hálito. Ela já está bêbada e rindo enquanto aperta minha mão. Cambaleamos juntas escada abaixo. "Ele está aqui com dois amigos e o empresário, e o CEO da agência vai vir mais tarde. E a Sujin! A Sujin está em outra sala, mas logo, logo vai chegar!"

Caminhamos por um corredor escuro onde garotas e garçons entram e saem das salas. Conforme as portas abrem e fecham, ouvimos fragmentos de risos, vozes baixas ou cantorias. Por fim, Kyuri para, abre a porta e me empurra de leve.

Dentro, está escuro. Há uma longa mesa retangular de mármore no meio da sala e um banheiro no canto. Quatro homens estão sentados ao redor da mesa, bebendo. Na extremidade do lado direito, vejo Taein.

Parece estranho não haver mais pessoas aqui, parece estranho que ninguém esteja olhando para ele em puro êxtase. *Não* estou alucinando: a pele dele brilha, o rosto é menor do que eu esperava. O rosto perfeito, que vejo todas as noites na tela, está tão perto do meu que eu poderia segurá-lo.

"Vamos, Ara", diz Kyuri, me empurrando até chegarmos à mesa. Em seguida, me faz sentar ao lado de Taein.

Eu me curvo e coro feito um pimentão.

"Você saiu tão rápido que fiquei até ofendido, Kyuri", diz um cara de camiseta listrada, que parece ter a mesma idade de Taein.

Um cara do outro lado diz: "Sim, eu não sabia que você era *tão* popular a ponto de não conseguir ficar sentada aqui nem dez minutos". Ele tem um rosto redondo, pele ruim e sua expressão é grosseira. "Este lugar está ficando arrogante demais."

"Fui buscar minha amiga, que é uma grande fã do Taein!", diz Kyuri, alegremente. "Não fui para outra sala, bobo."

"Ah, sério, uma fã?", diz o cara de camisa listrada. "Ele odeia fãs."

"Não, eu não odeio", responde Taein, mais que depressa, estendendo a mão e dando um soco de brincadeira no ombro dele. Então se vira e me dá um sorriso largo, mas posso ver que está com a guarda levantada.

"Qual é o seu nome?", diz o gigante e corpulento empresário de Taein, virando-se para mim. Seu rosto largo está marcado por manchas de acne, e o reconheço de todos os *reality shows*. Ele está com o Crown desde antes de sua estreia. Penso em todas as histórias que já ouvi sobre ele, geralmente no rádio. Ele costumava acumular comida em seu quarto e fingir que não tinha nada, sendo que o grupo já tinha estourado o orçamento para alimentação de 10 mil wons por dia e os meninos estavam com fome depois de passarem o dia todo ensaiando. E, uma vez, ele se esqueceu de buscá-los no aeroporto porque estava bêbado demais e o grupo teve que pegar um táxi para casa e pagar com seu próprio dinheiro (quando ainda não ganhavam nada).

Eu me pergunto como o grupo aguenta ficar perto dele agora, depois de todo aquele sofrimento que ele os fez passar quando estavam na luta e eram pobres.

"O nome dela é Ara", diz Kyuri. "Ela é muda."

"O quê?!" Ouço gritos ao redor da mesa e coro mais ainda.

"Nunca conheci uma muda!", diz um dos amigos. "Uau, esta casa fica cada vez mais interessante. Como ela vai falar comigo sendo *muda*?"

"Linguagem corporal, seu idiota", responde o alto, gargalhando. "Ela deve ser fluente em vários dialetos."

Já imaginei muitas vezes como seria encontrar Taein, mas nunca me preparei de verdade. Lágrimas quentes se avolumam em meus olhos quando a porta se abre e Sujin entra.

"Me disseram que você estava aqui!", ela diz para Kyuri, animada. "Olá a todos!"

Os homens lançam um olhar para ela e a ignoram. Então ela me vê e vê Taein.

"Ara?", diz Sujin quando me vê. "Meu Deus!" Na mesma hora, ela entende o que está acontecendo e se apressa para se sentar ao meu lado. Ela me belisca e dá um gritinho.

"Que porra é essa...", ouço o cara alto murmurar. Em seguida, ele aperta a campainha sobre a mesa, e um garçom entra. "Chame a Senhora", pede. Todos ficam quietos de repente, e Kyuri parece agitada.

Leva apenas um minuto para o gerente, todo vestido de preto, abrir a porta e entrar em silêncio. "Olá", diz ele, curvando-se profundamente. "Está acontecendo alguma coisa? Posso ajudar?"

O cara alto gesticula para ele. "Eu pedi para chamarem a *Senhora*. Você, não. Eu não te conheço."

"Ela não está aqui hoje, mas tenho certeza de que posso ajudá-lo. Devo limpar a sala?" O gerente olha para Kyuri, e percebo que ele está se esforçando para protegê-la e, por extensão, para nos proteger também. Ele claramente gosta dela. Estamos todos prendendo a respiração.

"Quantas vezes tenho que dizer para você chamar *a Senhora*? Ela tem um telefone, não tem? Na verdade, eu tenho o número. Vou ligar para ela agora."

Para nosso horror, ele tira o celular do bolso, destrava a tela e disca.

Kyuri murmura baixinho: "Merda". Sujin se levanta e me puxa pelo pulso e, devagar, caminhamos em direção à porta.

É isso. Taein nem falou comigo. Não consegui digitar nada para ele. Olho para ele com desespero enquanto passo pela porta. Ele está brincando com seus amigos e nem percebe que estou saindo.

Quando a porta se fecha, ouço o amigo gritando ao telefone: "O que aconteceu com o controle de qualidade? Achei que isso aqui fosse um lugar dez por cento, não uma casa de amadores e malucos! Já gastei muito aqui para ser tratado assim!".

Ando rápido, apesar dos sapatos de salto, tentando acompanhar Sujin e Kyuri. "É melhor vocês irem embora", sussurra Kyuri, parando de repente na frente de outra porta. "Vejo vocês em casa." Ela abre a porta e entra. Sujin pega minha mão, e apertamos o passo. Sei como ela se sente, e ela sabe como me sinto, e logo começamos a correr.

Foi assim no dia em que perdi a voz. Eu estava correndo com Sujin, e ela segurava minha mão, me levando embora. Foi ela quem me levou lá para baixo do arco da estrada de terra, depois de escurecer, onde disse que seríamos iniciadas na gangue de jovens maus, para que fôssemos as líderes da escola no ano seguinte. Eu não queria ir, não tinha certeza se queria ser rotulada de jovem má, já que isso significava que todos os professores nos odiariam, nos perseguiriam e nos bateriam se vissem algo errado. Um garoto *iljin*, o líder, que cursava uma série acima da nossa, teve um dos tímpanos estourado durante uma surra do vice-diretor.

Nós não sabíamos que todos os outros colégios tinham ouvido falar da nossa noite de iniciação e tinham ido lá em busca de vingança pelas brigas perdidas de anos anteriores. Eles levaram pedaços de pau, e alguns tinham até garrafas de cerveja, que quebraram na calçada para transformar em armas. Eles nos cercaram, e não sabíamos que iriam mesmo usar as garrafas quebradas até que um dos *sunbaes* gritou "Corra!", então tudo virou um caos. Nunca vi o rosto da garota que me bateu, mas Sujin disse que minha agressora tinha um taco.

Quando voltamos para o Casarão, Sujin acordou meus pais antes de chamar uma ambulância. Não lembro muito daquela noite, mas me lembro das unhas de Sujin. Estavam sujas de sangue, de arranhar o rosto da garota que me atacou. Quando os gritos de "Polícia!" começaram, a garota se distraiu, então Sujin a golpeou antes de me puxar com força. Eu não conseguia enxergar direito, tamanha a dor que sentia na cabeça.

"Sinto muito, sinto muito!", ela não parava de gritar. Essa é a lembrança mais difícil de suportar daquela noite. Seus gritos repletos de culpa e angústia por mim.

Kyuri

É a primeira vez em três longas e entediantes semanas que tenho vontade de sair depois do trabalho. Então, quando Sujin me mandou uma mensagem mais cedo dizendo que sairia na mesma hora que eu, falei para ela vir me encontrar no meu restaurante de *samgyeopsal** favorito. Ela está no banheiro há vinte minutos, e estou grelhando, comendo e bebendo sozinha. Dá para sentir que as pessoas nas outras mesas estão com pena de mim.

É 1h da manhã de uma quinta-feira, então é claro que o lugar está lotado e os funcionários correm com rostos angustiados, mas não me importo: chamo um jovem garçom e o faço grelhar a carne para mim enquanto vou atrás de Sujin. Ela está no banheiro, na frente do espelho, cutucando o rosto com as unhas ornamentadas com cristais.

"O que você *está fazendo*?", questiono.

---

* Carne de barriga de porco grelhada.

"Ah, desculpa, desculpa", diz ela, agitada. "Fiquei cheia de comida grudada na boca e estava tirando, então achei que o lado direito do meu queixo tinha respondido ao estímulo, mas acho que me enganei. Já estou indo!"

De volta à mesa, ela pega a pinça das mãos do garçom suado e começa a virar a barriga de porco, colocando os pedaços grelhados no meu prato. Eu a vejo pegar a tesoura e começar a cortar seus próprios pedaços em pedacinhos ainda menores. Sinto meu peito amolecer. Claro que eu lembro como é, como cada refeição é difícil: a comida gruda, a mastigação é lenta, a mandíbula estala, a dormência, o desconforto.

"Você acostuma", falo, mais uma vez. Depois das minhas cirurgias, foi um esforço para me impedir de esticar o pescoço como uma garça e cutucar o queixo, porque não conseguia senti-lo. A sensação nunca voltou, mas era para isso que serviam os espelhos de mão e o modo selfie: para verificar se algo que eu tinha comido ou bebido estava escorrendo pelo meu queixo. Sem dizer nada, pego minha bolsa e estendo meu espelho favorito — é pequeno e redondo, com uma borda de renda.

"Ah, está tudo bem", diz ela, sorrindo e inclinando a cabeça. Como a maior parte do inchaço diminuiu, a beleza emergiu de seu rosto de surpresa na semana passada. Estou impressionada, como sempre fico, com a forma como a beleza floresce de repente quando, por fim, a coisa toda acontece.

Posso ver os homens nas mesas adjacentes olhando de esguelha para ela e depois para mim. Ela seguiu meu conselho e procurou meu lugar favorito para fazer os cílios, e fizeram mágica em seus olhos, agora simétricos. Até o nariz parece mais bonito; um benefício colateral comum da cirurgia da mandíbula. Com um rosto menor, características intocadas como a testa e o nariz tendem a ficar mais belas no conjunto.

Eu queria que Sujin estivesse bonita assim há três semanas, naquela noite do incidente com Taein. Talvez ela tivesse sido contratada na Ajax e estaríamos todas festejando juntas com o Crown em alguma boate nova e badalada, em alguma sala privada. Em vez disso, ela está trabalhando como uma daquelas acompanhantes autônomas levadas em ônibus até as casas noturnas que sofrem escassez de garotas durante a noite. E até mesmo isso foi um favor que pedi a um velho amigo da minha época de Gangseo.

"Você ficou doida *de verdade*?", a Senhora perguntou quando fui me desculpar com ela, alguns dias depois daquela noite desastrosa. Foi no início da tarde, e ela estava sentada em uma das salas, anotando números em uma caderneta preta e usando o celular como calculadora.

Miho foi bem inflexível em relação a pedir desculpas em pessoa. "Só vá. Isso vai fazer muita diferença, confie em mim. Tudo que as pessoas mais velhas querem é que os outros digam que sentem muito e que tomem a iniciativa." Eu só planejava ficar em casa para sempre, minhas dívidas que se danassem. "O máximo que pode acontecer é as coisas continuarem iguais", disse Miho. Ela havia parado de andar por aí infeliz por causa daquele namorado, e seu ar presunçoso de martírio proativo estava se tornando insuportável. Apesar da convicção dela, eu não ia à casa noturna havia alguns dias, até que o gerente *oppa* mandou uma mensagem dizendo que a Senhora não tinha dito nada quando ele mencionou meu nome. *Se você vier agora, será como se nada tivesse acontecido*, dizia a mensagem.

"Sinto muito, de verdade", repeti várias vezes, curvando-me tão profundamente quanto minha cintura permitia. "Não sei o que dizer."

A Senhora voltou a olhar para o celular, sem me dar atenção. Ela me fez esperar por uma boa meia hora enquanto organizava a contabilidade e fazia algumas ligações, mas eu também não me mexi. Estava confortável ali, prostrada. Imaginei seu cérebro zumbindo dentro do crânio enorme conforme ela pensava na melhor maneira de me humilhar até eu quase quebrar.

Quando finalmente se dirigiu a mim, ela parecia exasperada, mas resignada. "Escute", disse, fechando seu livrinho com força e estardalhaço, me fazendo estremecer. "Não é segredo que esse negócio não é o que costumava ser e que tudo é difícil. Todo mundo está passando por um momento difícil. Eu estou passando por um momento difícil, e você pode apostar que também vai passar por um momento difícil, embora claro que nenhuma de vocês, idiotas, consegue pensar tão à frente."

Então seu rosto patético e feioso pareceu velho e aflito. Pensei em todo o dinheiro que ela estava economizando ao continuar tão feia. Seus olhos não eram calorosos, mas nunca foram, mesmo nos meus dias mais populares. "Saia daqui e ganhe dinheiro como uma expert", mandou, me dispensando com um leve aceno. E eu fui liberada.

Cuspindo discretamente um pedacinho de carne em um guardanapo, Sujin diz: "Acho que você precisa encontrar outro tipo de trabalho".

Dou risada enquanto levo meu drinque aos lábios. "Você gastou todo esse tempo, dinheiro e sofrimento para tentar entrar em uma casa noturna e agora está *me* dizendo para deixar uma casa dez por cento? E o que você acha que eu devo fazer, então? Limpar banheiros?", pergunto, brincando. Não é algo que eu já tenha considerado para valer. Para onde quer que eu olhe, só há empregos que não posso conseguir. Sei disso porque, embora tente evitar as notícias, as manchetes sobre o desemprego circulam por toda a cidade. Ainda ontem, eu estava presa no trânsito e tive que olhar para a TV gigante na estação Sinsa e cruzar com o locutor e com legendas gigantes anunciando algo sobre a maior alta em dez anos e como as pessoas vão começar a matar umas às outras por puro tédio ou algo do tipo. Esses números de desemprego incluem todas as pessoas que possuem prédios e não trabalham? Cada arranha-céu e shopping center desta cidade tem proprietários que vivem em academias de hotéis e lojas de departamentos e nunca trabalharam um dia sequer na vida. O trajeto mais regular que fazem é em direção a uma casa noturna.

"Mas não acho que sua Senhora seja boa para você", diz Sujin, o que me faz rir ainda mais. Ela balança a cabeça para mim, exasperada. "Digo, eu sei, eu sei, mas o que estou falando é que você parece bastante estressada esses dias. Nunca te vi tão estressada assim." O garçom traz outra garrafa, e Sujin enche meu copo.

"E *você*?", pergunto. "Isso também está fazendo você repensar esse trabalho?"

"Não, mas para mim é diferente", responde ela. "No momento, estou muito ocupada gostando de ser bonita." Ela olha em volta rápido, para ver se alguém a ouviu, e cora quando nota um homem olhando descaradamente. "Além disso, eu não fico tão estressada. Ou, se ficar, trato logo de não pensar nisso. A Ara pode explicar melhor. Você aprende isso bem cedo em um orfanato, ou então não consegue sobreviver. Se eu consegui chegar até aqui, é porque sei o que quero. Este é o ponto de virada da minha vida." Ela me olha com toda a seriedade, e posso afirmar que está à beira de um ataque de nervos.

"Não sei", respondo. "A Miho não parece estar lidando muito bem com o estresse dela."

"A Miho?", diz Sujin, meio distraída. "Ela vai ficar bem. Nem precisa se preocupar. Ela só está planejando como se vingar à altura, só isso. Nossa criação nos leva a sempre buscar soluções."

Olho para Sujin, achando graça. "Vingança pelo quê?", pergunto, pensando se Miho contou a ela. Sujin estava bastante agradável hoje, com suas supostas percepções profundas. Na verdade, minha situação atual não é estressante. Se ela tivesse me visto nos meus dias de Miari...

"Ela disse que descobriu que Hanbin a estava traindo", conta ela, pegando uma fatia queimada de barriga de porco. "Mas que já deveria imaginar que isso poderia acontecer. Eu avisei que ele a trairia na primeira vez que ouvi falar que os dois estavam juntos."

"Você o conheceu?", pergunto, erguendo a sobrancelha.

"Não, mas não preciso", responde ela. "Ninguém tão bonito e rico é bom assim."

"É, acho que é verdade", respondo, suspirando. De repente, me sinto extremamente cansada e penso em Nami. Não falo com ela desde o dia em que ela me visitou. Ela mandou mensagens algumas vezes, mas parou quando não respondi. Eu murchava um pouco sempre que pensava nela.

"Tenho juntado algumas ideias para a Miho", diz Sujin, com naturalidade. "Só preciso verificar algumas coisas primeiro, como quais repórteres vão acreditar no que eu falo, quais podem pagar e quais aceitam envios anônimos. A Miho tem que ser paciente, porque o destino dela é ser famosa. A gente sempre dizia isso, lá no orfanato."

Brindamos de novo, então bebemos. Indico que tem um pouco de molho no queixo dela, e Sujin o limpa. Em seguida, ela pega o celular e começa a pesquisar na galeria de fotos.

"Todos pedimos um desenho a ela para guardar porque sabíamos que um dia ela seria famosa. Veja, era isso que ela desenhava no colégio." Ela passa o celular para mim. A tela mostra um desenho a lápis detalhado de uma família caminhando em procissão em um campo de flores. O pai vai à frente, seguido pela mãe e, então, pela filha mais velha, que segura vários livros contra o peito. Atrás dela tem uma figura baixa usando um *hanbok* feminino, mas com a cabeça de um sapo gigante, que olha com olhos loucos e bulbosos, mostrando a língua trêmula.

"Hmm, eu não ia querer isso", digo, devolvendo o celular. "Você *pediu* para ficar com isso? Que horror."

"Essa era a série de sapos dela", explica Sujin. "Ela desenhou muitos sapos em poços, mas esse aqui é alegre, com todas essas flores. Sem gente morta!" Ela sorri para a foto.

Sempre soube que essas duas eram malucas.

"Achei que ir para Nova York seria bom para ela, e foi por isso que criei tanta confusão para o Centro Loring, mas imagino que tenha sido assim que ela conheceu o Hanbin, e agora está infeliz..." Sujin para de falar, e eu pergunto o que ela quer dizer com aquilo. "Eu era assistente de cabeleireiro quando vim para Seul pela primeira vez e um dia ouvi uma cliente se gabando para um dos estilistas que a filha estava se candidatando a uma bolsa de estudos em arte em Nova York. Escutei quase toda a conversa, depois procurei o Centro Loring e liguei para eles inscreverem a Miho." Ela balança a cabeça. "Os adultos de lá nunca pensam no nosso futuro. Bem, para ser franca, eles estão sempre ocupados apagando incêndios de garotas como eu, mas é por isso que estamos sempre procurando informações para os mais jovens. Foi assim que consegui aquele emprego no salão também, uma *unni* do Centro que me ligou. Assim, o trabalho era horrível, mas pelo menos me trouxe até aqui!"

Sujin sorri para mim, como se revelasse um final com uma grande reviravolta.

"De qualquer forma, eu estava na Clínica Cinderela hoje de manhã para o meu check-up e soube que a gerente Koo foi embora", disse Sujin, já a caminho de casa.

"O quê?" Estou surpresa. A gerente Koo trabalha lá desde que o dr. Shim abriu a Clínica Cinderela. Eu não conseguia imaginar o que ele faria sem ela, já que era ela que levava novos pacientes e convencia os antigos a fazerem as cirurgias mais recentes. Seu gesto característico era apontar o rosto e o corpo com um pequeno floreio e sussurrar: "Eu fiz *tudo*, então pode me perguntar *qualquer* coisa que vou ser bastante sincera com você". Ela era maravilhosamente atraente, para dizer o mínimo.

"Sim, fiquei sabendo que ela foi para o NVme, aquele hospital novo enorme, lá perto da estação Sinsa", diz Sujin. "Parece que a Clínica Cinderela está com problemas, porque estava todo mundo atrapalhado quando cheguei. Acho que ela nem encontrou uma substituta nem treinou as pessoas nem nada, porque vi a assistente mais jovem dando uma consulta!"

NVme faz sentido: é o lugar novo e enorme que todos estão indo conferir por conta de uma propaganda recente. Li em algum lugar que é o maior hospital de cirurgia plástica do mundo. As fotos mostravam um prédio de vinte andares coberto de mármore com um spa no porão e quartos de hotel de luxo nos andares superiores, para estrangeiros que vieram à Coreia com pacotes de cirurgia plástica.

"De qualquer forma, falei para o dr. Shim que você seria perfeita para o cargo de gerente, e ele pareceu concordar", disse Sujin.

"Você *o quê*?", paro de andar e a encaro.

"Pelo menos eu *acho* que ele concordou." Ela parece perplexa por um segundo, então seu rosto volta a se iluminar.

"Ok, agora me diga *exatamente* o que você disse e o que ele respondeu. Sujin! Você é louca? Agora não posso mais voltar lá!"

Uma imagem do rosto inteligente e estoico do dr. Shim flutua em minha mente confusa pela bebida, e eu fico horrorizada.

No officetel, arrasto Sujin para o meu apartamento. Miho ainda não está em casa — ela voltou a ir ao estúdio à noite, e vai com sangue nos olhos. Tudo que peço é que ela não traga suas telas assustadoras para casa. Não quero ver nenhuma representação da cabeça de Nami pendurada em um pedaço de pau nem nenhuma outra obra perturbadora em que ela esteja trabalhando.

"Vamos, conte logo", falo, meio ríspida, para Sujin.

Ela vai até a cozinha e começa a colocar um pouco d'água em um copo. "Tudo bem, tudo bem, sinto muito por ter falado essas coisas para o dr. Shim, mas estava pensando em você, em como você seria boa nesse trabalho, em como sua Senhora é mesquinha, e seria algo diferente para você, sabe? O pior que pode acontecer é você receber um não. Eu só disse que você estava pensando em mudar de emprego e que seria muito boa nisso, afinal de contas, foi você quem me indicou para ir lá e também indicou várias outras garotas, certo? E o dr. Shim concordou com a cabeça, bem assim." Ela faz uma imitação decente dele, parecendo inteligente e balançando a cabeça com indiferença.

Sinto as bochechas ganharem cor enquanto contemplo o que Sujin diz. Eu, de blazer rosa, usando um broche metálico com meu nome na lapela, sorrindo para mulheres preocupadas que querem ser vistas com olhos acolhedores. Não consigo deixar de pensar que não sei lidar com mulheres. Mas também não sei lidar com os homens. Penso em todas as dívidas que estou acumulando.

"Vá encontrar o dr. Shim e veja o que ele diz", diz Sujin, bocejando. Então se levanta para sair.

"Tenho certeza de que estão recebendo milhares de currículos", comento, só especulando. "Talvez dez mil. E eu não tenho currículo."

"Sim, mas você é um anúncio ambulante da clínica deles", insiste ela. "Quantas cirurgias e procedimentos você já fez lá? Quantas pacientes deles se candidatariam a esse emprego? Aposto que você é a única. Pense nisso."

Sujin se vira para ir embora, então ouvimos os bipes do código da porta do apartamento sendo digitados por Miho e, em seguida, o som da porta se abrindo.

"Olá", diz Miho, inclinando a cabeça quando nos vê. Sujin e eu levamos um susto. O cabelo selvagem e solto de Miho foi cortado até os ombros, e ela parece uma pessoa totalmente diferente. Mais jovem. Não, mais velha. Não, mais jovem. Chique. Radiante. Eletrizante.

"Eu sei, eu sei, até que ponto posso ser tão cliché?" comenta Miho, rindo ao ver nossas expressões. "Na verdade, chorei quando a Ara cortou. Ela quase chorou também. Tive que insistir uns vinte minutos para convencê-la de que eu queria mesmo cortar. E isso depois de todas aquelas indiretas sobre eu precisar de um corte!"

Ela balança o cabelo curto para a frente e para trás. As mechas foram alisadas, e ela parece uma modelo de outdoor de um shopping center de luxo. "Meu chefe de departamento vai querer me matar", diz ela. "Mas tudo bem."

"Está incrível!", diz Sujin. Ela se aproxima e começa a tocar nos fios. "É muito libertador?"

Miho aquiesce, mas seu lábio treme. "Eu me arrependi por uma ou duas horas e depois esqueci completamente, enquanto trabalhava, até ver meu rosto no espelho. Aí chorei de novo. Mas acho que estou bem agora. E a Ara doou meu cabelo para alguma instituição de caridade, então isso me faz sentir um pouco melhor."

"A Ara é tão talentosa!", digo. "Até *eu* me sinto mais leve quando olho para você."

"Tenho uma sessão de fotos para um artigo de jornal sobre artistas em ascensão na semana que vem", diz Miho, tocando as pontas do cabelo, constrangida. "Falei para a Ara que amanhã eu poderia tingir de azul. Azul-elétrico. Sempre quis um cabelo azul-elétrico, como Powerade."

"Opa, opa. Um passo de cada vez", digo. "Pense nisso por pelo menos uma semana. Não acho que seria bom fazer mudanças tão radicais de uma vez, porque você pode se arrepender."

Sujin me cutuca por trás.

"Está vendo?", diz ela. "Você tem um talento natural para esse trabalho. Isso foi exatamente o que a gerente Koo me falou durante minha primeira consulta. Daí, pouco a pouco, ela recomendou mais uma monte de coisas para eu fazer."

Anos atrás, quando eu ainda estava em dúvida se deveria continuar com minhas cirurgias, procurei uma cartomante famosa que me disse que raspar meu queixo tiraria toda a sorte que vem na velhice. Mas, quando ela anotou meu nome, data e hora de nascimento e calculou meu *saju** e meu futuro, ficou com uma expressão diferente no rosto. Ela disse que meus últimos anos só traziam um azar terrível, então eu deveria tentar tudo que pudesse para alterar meu destino.

Fazendo uma careta de pena, ela me disse que, por causa do formato do meu nariz, todo o dinheiro que entrasse na minha vida iria embora de novo. E me falou também que eu não tinha sorte no amor — que seria melhor casar tarde, isso se eu fosse casar. Ela contou ainda que eu tinha o mesmo *saju* de um

---

* Antiga forma de divinação que analisa a energia cósmica pela hora, dia, mês e ano de nascimento de uma pessoa.

famoso comandante histórico, que foi para a guerra sabendo que não tinha nada a perder, porque conhecia o azar de seus últimos anos, e morreu com honra e glória.

É fácil se lançar quando não há escolha.

No sábado de manhã, estou sentada na sala de espera da Clínica Cinderela. De todas as minhas visitas aqui, esta é a primeira vez que fico nervosa. Ponho a mão no joelho direito, para impedi-lo de tremer, mas meu corpo assumiu uma vida própria.

Geralmente, quando estou aqui, passo o tempo julgando as outras pacientes, com seus óculos de sol enormes e narizes superinjetados, digitando furiosamente com os dois polegares em seus celulares. *Certifique-se de que Yo-han não se atrase para a aula de Lego. Você soube que Daesu entrou naquela escola?* Ou algo mordaz para os maridos, tenho certeza, embora não consiga imaginar como é enviar mensagens de texto para o marido. *Querido, fiz sua sopa de* doenjang* *favorita, então, por favor, volte para casa para o jantar pelo menos uma vez na vida.* E também: *Aquelas marcas de batom no colarinho da sua camisa não saíam, então eu a cortei em pedacinhos enquanto você roncava. Tenha um bom dia!*

Hoje, porém, eu me concentro na equipe atrás das mesas. Conheço bem três das quatro assistentes de blazer rosa, mas a quarta deve ser nova. Ela parece jovem e hesitante e fica lançando olhares para as outras assistentes que digitam ao lado dela. Olho para ela de relance, analisando-a. O que os fez escolhê-la? Ela parece estupidamente tímida e nada bonita — não fez muitas cirurgias, só nos olhos e talvez preenchimento, pelo que posso ver. O cabelo está puxado para trás em um rabo de cavalo apertado e a linha do cabelo é uma penugem vergonhosa,

---

*   Pasta de soja fermentada.

irregular e desigual. Toco meu cabelo por hábito. Mesmo tendo passado as últimas duas semanas sem ir à casa, minhas máscaras noturnas garantem que as pontas do meu cabelo fiquem sedosas como algas marinhas.

As outras assistentes estão aqui há anos, desde que comecei a vir. Elas são bem gentis, com vozes doces e melosas, mas brutalmente eficientes quando o assunto é fazer você pagar adiantado. Elas têm um modo muito particular de fazer você se sentir uma pessoa de sorte por ser paciente aqui, ao mesmo tempo que dão a impressão de que secretamente te desprezam, de modo que você acaba gastando os tubos para obter o respeito delas.

Na esperança de que ergam o olhar acima de suas telas, tento injetar um bocado de admiração em meu rosto. Os músculos das minhas faces doem de tanto sorrir.

Meu celular vibra, e eu o verifico. É o gerente *oppa. Bom dia! Espero que você esteja tendo um bom dia até agora. O que está fazendo?* Ele enviou um cupom de café e um emoji de coelho piscando.

Sorrio, apesar da minha situação. No começo, nem percebi suas sutilezas, as coisinhas que ele fazia por mim, aqui e ali. Mas, agora, não há dúvidas de que ele gosta de mim. É fofo e ainda não é irritante.

Só uma aula de maquiagem, respondo, porque, mesmo sendo legal, ele é um homem e está sendo pago pela Senhora. Além do mais, isso provavelmente não vai dar em nada.

A recepcionista chama um nome, e a mulher sentada à minha esquerda junta suas coisas e se levanta. Enquanto ela entra no consultório, eu a ouço perguntar sobre o que está à venda esse mês. Venho aqui há tempo suficiente para saber que as vendas não significam muito, porque você pode pechinchar qualquer coisa, mas isso não me impede de me inclinar para a prateleira de brochuras e pegar o folheto mais recente.

"Prepare-se para o verão!" Uma garota de biquíni escarlate posa à beira de uma piscina, com os preços de venda listados abaixo. Só os procedimentos "pequenos" — não invasivos — são apresentados. Estou bastante tentada pelo "Pacote Strapless", que inclui botox para a parte de trás dos ombros e injeções para "eliminar gorduras" nas axilas, e estou em dúvida entre a terapia Healite II LED ou a crioterapia. Experimentei a Healite várias vezes no verão passado e gostei dos resultados. Descendo a lista, lembro que preciso de mais branqueamento nas axilas e injeções no canto dos lábios, porque as pequenas curvaturas de cada lado deles começaram a cair. Pisco e me esforço para mudar o rumo dos pensamentos. Hoje, preciso me concentrar. Retiro da bolsa o caderno fino que ganhei da senhora casada, do escritório dela, e verifico as anotações que repassei com as garotas, ontem à noite. Anotei a lista de garotas que indiquei para virem aqui. Isso inclui Miho e Ara, que também marcaram consulta no início dessa semana para poder citar meu nome e aumentar minhas chances. Ara, em particular, ficou muito intrigada com todas as opções após a consulta, mas disse que poderia começar com algo pequeno, talvez só uma injeção de preenchimento no nariz.

Meu celular vibra. É o gerente *oppa* de novo.

Meu amigo está abrindo um nap café* *na estação Gangnam. Quer ir lá dar uma olhada comigo quando terminar?*

---

* Cafeteria onde é possível, além de consumir café, descansar ou cochilar durante o horário de almoço.

Poucos segundos depois, vibra novamente.

Acabei de perceber que isso pode parecer meio estranho... É só para dizer oi para o meu amigo, não para dormir lá! E acho só tem camas de solteiro! Não é permitido dormir junto!

Rio, porque, sabe-se lá como, ele ainda consegue ser muito inocente, então ouço uma das assistentes chamar meu nome. Eu me atrapalho com o celular, me levanto depressa e a sigo até o consultório — onde já estive tantas vezes. Ponho o celular no modo silencioso, envio depressa um emoji com o polegar para cima para o gerente *oppa* e verifico meu reflexo na câmera do celular antes de endireitar a postura.

"O dr. Shim já vem", avisa ela, em uma voz cantante, e sai, fechando a porta.

Sei que não vou conseguir esse emprego. Nada nessa vida é assim tão fácil. Mas continuar tentando já não significa alguma coisa? Penso na cartomante, nas garotas e nas anotações das pesquisas on-line de entrevista que analisaram comigo ontem. Penso na minha mãe, em lhe mostrar o lugar onde eu trabalho, porque seria um lugar real, e em como isso a deixaria feliz. E, por alguma razão, o rosto do gerente *oppa* também nada em minha mente antes de eu bani-lo, às pressas. Folheio as anotações de novo, e minha perna treme ainda mais forte.

Alguns longos minutos depois, ouço a voz do dr. Shim e seus passos pesados no corredor. A maçaneta da porta gira como se estivesse em câmera lenta, e ele entra.

De frente para ele, dou um sorriso tão largo quanto meu coração permite.

Mais tarde, a caminho de casa, pego Ara e Sujin na SeverLand, o novo parque de entretenimento para esportes eletrônicos da Berserk Games, a empresa de jogos de internet do Bruce. Para ser sincera, só dou uma passada lá para comprar a bebida de rum que vendem no café fantasia. Bruce costumava levar essa bebida para mim quando descobriu que eu gostava de rum. Elas são vendidas em recipientes que parecem ovos de dragão. No café, fico olhando para as fileiras de ovos brilhantes e decido não comprar nada.

Encontro as duas jogando furiosamente em um canto do *PC bang*,* e Sujin gesticula para avisar que vão sair em dez minutos. Ara nem levanta os olhos. Observo o mar de rostos intensos e focados, todos colocando dinheiro no bolso de Bruce a cada minuto que passam em suas cabines de jogo, e começo a vagar pelo parque labiríntico enquanto espero por elas, confusa. É um lugar estranho que consegue ser infantil e violento, com portas semelhantes a criptas, murais intrincados de cenas de batalha e vitrais retratando duendes, dragões e mulheres guerreiras com seios ridículos. Penso em quanto dinheiro cada detalhe minucioso deve ter custado. Eu me lembro de que Bruce uma vez levou um artista à Ajax, para discutir quais cenas queria retratar no parque. O artista não falava muito, só bebia exageradamente e grunhia com os olhos semicerrados para tudo que Bruce dizia.

Hoje, o gerente oppa me disse que Bruce voltou algumas vezes à Ajax. Todo mundo foi estritamente instruído a nunca deixar que ele me veja.

---

*　　Tipo de *lan house* para jogos na Coreia.

Sujin e eu temos que ajudar a carregar pôsteres de cenas do jogo para casa, porque Ara enlouqueceu na loja de presentes. Ela está redecorando o quarto. "Ela rasgou todas as fotos do Taein", Sujin sussurrou no meu ouvido enquanto eu verificava os preços dos produtos, sem conseguir acreditar. Precisei persuadir Ara a não comprar uma fantasia de cosplay completa de um duende de água do jogo.

O ar hoje à noite está denso, e me pergunto se alguém ouviu falar de chuva. As garotas querem ouvir detalhes sobre a entrevista, mas não há muito o que contar. O rosto do dr. Shim estava impassível como de costume, e eu falei que era só para treinar e que ouvi que receberia uma resposta. Não quero que elas saibam que me importo tanto.

Quando chegamos ao officetel, a senhora casada, Wonna, está sentada nos degraus da frente, com as mãos pousadas na barriga.

Não sei se devo contar a ela sobre como é assustador encontrá-la sentada nos degraus, nas sombras, como um fantasma, olhando para a rua com olhos opacos. Mas não preciso me preocupar, pois as pessoas passam direto, imersas em suas próprias alegrias. As noites de sábado em nossa rua são sempre movimentadas, com todos os bares iluminados e as pessoas bêbadas e eufóricas, discutindo o que fazer a seguir.

"Eu estava me perguntando quando vocês iam chegar. Vi que as luzes estavam apagadas e não conseguia dormir", ela diz quando nos vê, o rosto de repente resplandecendo de entusiasmo. Ara corre, senta-se ao lado dela e começa a mostrar os pôsteres que acabou de comprar. A senhora casada é gentil o suficiente para se mostrar interessada, e Sujin se junta a elas, explicando sobre cada personagem.

Sento-me nos degraus gelados ao lado de Sujin, faço uma reverência e digo "Olá", e a senhora repete o meu gesto.

Ara tem nos mantido informadas sobre as últimas notícias da senhora casada e seu bebê, embora eu não esteja muito interessada, para ser sincera. Parece que a senhora estava toda empolgada decorando a casa. Hoje em dia os bebês têm as coisas mais loucas, Ara nos mandou uma mensagem de uma feira de bebês no fim de semana passado porque a senhora perguntou se ela poderia acompanhá-la. Ara enviou fotos de protetores de berço, cabaninhas em tons pastel, purificadores de ar para carrinhos de bebê e máquinas de esterilização ultravioleta em formato de forninho de boneca.

"Esqueci de falar... A Miho disse que os seus pais deixaram uns pacotes para você com ela? Eles passaram aqui mais cedo e bateram à sua porta, mas acharam que você não estava em casa", diz Sujin. "Ela não sabia o seu número, então pediu para a gente avisar."

A senhora fica quieta. Depois suspira e diz que estava em casa, mas não queria falar com eles, então estava se escondendo no banheiro.

"Eles estão se esforçando muito agora, já que foram tão horríveis comigo", explica ela, com secura.

Digo que ela parece ter se saído muito bem — afinal, ela não tem um emprego de verdade, é legalmente casada e tudo mais? —, mas ela apenas sorri e me pergunta se conheço um bom serviço de entrega de comida. "A bebê sempre exige frango frito à 1h da manhã", diz, com a mão na barriga.

"Sabe, frango frito seria uma ótima agora", digo, e Ara bate palmas como uma criança.

"Vocês querem ir até a minha casa para fazermos o pedido?", propõe a senhora, um pouco nervosa. "Eu estava querendo convidar vocês, garotas, há algum tempo. Vocês podem ficar com todo o uísque do meu marido, ele deixou aqui. E não vai mais precisar disso."

Ela diz a última parte enquanto balança a cabeça de leve. Ara assente, eu digo que sim, e Sujin diz que vai fazer o pedido e enviar uma mensagem para Miho.

"Ah!", exclama a senhora, de repente, inspirando forte e colocando as mãos na barriga.

"Você está bem?", pergunta Sujin, alarmada.

Ela fica parada, como se estivesse ouvindo alguma coisa, então respira profundamente. "Estou bem. Pensei que fosse dor, mas acho que sumiu."

Olho para ela de onde estou sentada. A mulher parece desamparada, mas não aflita, e é surpreendente como consegue manter a calma.

Ara vai se sentar atrás da senhora e começa a pentear o cabelo dela com os dedos.

A senhora solta um suspiro — uma liberação trêmula de um longo dia —, e isso também faz com que eu me sinta mais leve.

"Vocês... querem ver uma foto da minha bebê?", pergunta ela, tímida. Sujin exclama que sim, e até eu concordo com a cabeça. A senhora enfia a mão no bolso do casaco e tira uma fina impressão de um ultrassom 3D, com as beiradas já um pouco amassadas. A imagem mostra um rosto minúsculo e opalescente com pálpebras fechadas e um punho em miniatura cerrado, perto da boca.

"Uau", comenta Sujin, reverente, e todas olhamos para o rostinho.

"Não mostrei para ninguém", diz a senhora. "Não falei sobre a bebê com ninguém, na verdade. Então preciso praticar." Ela inclina a cabeça para pensar melhor naquilo.

Por um momento fugaz, enquanto Sujin me passa a fotografia e eu seguro a imagem frágil e ondulada nas mãos, entendo como seria pensar apenas no futuro, em vez de no momento presente.

Ficamos sentadas em silêncio por um tempo, ainda olhando para a fotografia de uma nova vida, e então, ao longe, vemos Miho subindo a rua em nossa direção. Ela cambaleia um pouco, de sapato de salto e vestido; pela primeira vez, seu novo cabelo curto resplandece à luz das lâmpadas dos postes, e vejo homens se virando quando ela passa, embora ela não registre nenhum desses olhares. Em vez disso, ela olha para nós, distraída, talvez pensando em sapos flutuantes, uma cama de cobras ou algo igualmente grotesco, tenho certeza.

Quando nos alcança, ela ergue os olhos e sorri com tristeza, sem expressar nenhuma surpresa por estarmos sentadas nos degraus, como personagens de algum musical no Daehakro.

"Ei", diz Sujin. "Te mandei uma mensagem. O que você está fazendo, vestida *assim*?", Sujin aponta a roupa de Miho, um vestido de tecido fino e cor de creme com mangas sino cheia de bordados que reconheço como o mesmo que Shin Yeonhee usou na estreia de seu filme, na semana passada.

"Sou uma mulher misteriosa", diz Miho, sorrindo com malícia, e me lembro do que Sujin disse sobre não precisar me preocupar com ela. Miho se aproxima devagar, acena para Wonna como se fossem velhas conhecidas e se senta do meu lado. Ela suspira, e passo um braço em volta de seus ombros. "Estou com fome", anuncia ela, e reviro os olhos, como sempre faço.

Cai uma grande gota de chuva. Alarmada, coloco a mão em concha sobre a fotografia antes de devolvê-la depressa para a senhora. O celular de Sujin começa a tocar: é o entregador, que não consegue encontrar o nosso officetel e pede mais informações. As gotas de chuva continuam caindo, agora mais densas. Então o céu começa a desabar, mirando em cada uma de nós e nos bêbados que passam aos tropeços, e nós nos levantamos para, juntas, subirmos as escadas.

Agradecimentos

Minha eterna gratidão à minha brilhante agente, Theresa Park, e sua formidável equipe da Park & Fine: Alex Greene, Abigail Koons, Ema Barnes, Marie Michels, Andrea Mai e Emily Sweet. Tenho a sorte de receber seus insights e esforços excepcionais. Como digo sempre que a vejo: "Theresa, obrigada por mudar minha vida".

Sou imensamente grata à minha editora, Jennifer Hershey, pela paciência, orientação e visão. Ela tornou meu livro muito melhor a cada etapa do processo de edição e, de alguma forma, fez com que fosse uma experiência relaxante e agradável. Para Kara Welsh, Kim Hovey, Quinne Rogers, Taylor Noel, Jennifer Garza, Melissa Sanford, Maya Franson, Erin Kane e todos na Ballantine e Penguin Random House que trabalharam neste livro e para a minha editora no Reino Unido, Isabel Wall, da Viking, obrigada por tornar minha primeira experiência editorial mais maravilhosa do que nos meus sonhos.

Tudo isso começou como uma história na oficina de Binnie Kirshenbaum, no Departamento de Escrita da Universidade de Columbia. Sua leitura cuidadosa e encorajamento despertaram o desejo de transformá-la em um romance. A todos os professores que tive ao longo do caminho, obrigada pela bibliografia que vocês me recomendaram e por me fazerem refletir sobre o tempo, a história e a suspensão da descrença: Catherine Tudish, Cleopatra Mathis, Heidi Julavits, Rebecca Curtis, Julie Orringer e Jonathan Dee. Agradecimentos especiais a Ed Park pela sabedoria e pelas animadas discussões sobre todas as coisas coreanas e coreano-americanas.

Enquanto escrevia sobre essas jovens, recorri a muitos tópicos em que trabalhei como editora de Seul da CNNGO e, depois, da CNN Travel. Meus chefes, Andrew Demaria e Chuck Thompson, me deram um emprego dos sonhos e aprimoraram minha redação e edição de forma implacável todos os dias. Obrigada pelo treinamento inestimável.

Dez anos atrás, li pela primeira vez sobre Janice Lee em uma entrevista à revista *Elle* enquanto estava em um consultório médico na Coreia. Mal sabia eu que ela se tornaria uma figura tão crítica em minha carreira de escritora. Obrigada, Janice, por seu incentivo e generosidade.

Depois de voltar para Nova York, consegui retomar minha escrita enferrujada, graças à Columbia Fiction Foundry e às oficinas semanais no Center for Fiction, com Vanessa Cox Nishikubo e Cindy Jones. Também sou grata a Soo Kong e minha família Dartmouth Coreia, que me apoia imensamente, liderada pelo estimável dr. Michael Kim, da Universidade Yonsei, Henry Kim, Jaysen Park, dr. Euysung Kim e Kevin Woo. Meu talentoso tio jornalista, Chun Kyoung Woo, sempre responde às minhas perguntas mais aleatórias com suas ponderadas teorias e me apresenta às pessoas mais legais da Coreia.

Sempre que visito a casa do meu tio e da minha tia em Daejeon e fico acordada ouvindo lendas familiares tentadoras, sou inspirada a planejar outro livro. Preciso começar a gravar essas histórias da madrugada.

Pelo feedback crucial em momentos necessários, um agradecimento especial aos queridos amigos Jean Pak e Violet Kim, que leram várias versões do manuscrito.

A Christie Roche, mamãe amiga, consultora de *lifehacks* e terapeuta diária: o que eu faria sem você? Devo a você minha sanidade, ou o que sobrou dela. Que a enxurrada de nossos textos diários e telefonemas repentinos nunca diminua.

Por suas belas almas e atos de generosidade que muitas vezes me deixaram sem palavras nos tempos sombrios de nossa família e por todas as risadas e comida abundante nos bons tempos, agradeço a Annie Kim e Jeff Lin.

Aos amigos dos meus pais que apoiaram minha família depois que meu pai faleceu: agradeço por todas as histórias, pelo apoio, pelas refeições e pelo amor. Gostaria de poder expressar melhor minha gratidão pessoalmente.

Meus sogros, Jun-jong Lee e Haesook Lim, cuidaram de nossas filhas em muitos momentos cruciais enquanto eu escrevia este livro. Obrigada, 아버님 e 어머님, por amar e cuidar delas da forma como vocês sempre cuidam e por todos os seus esforços pela nossa família. Muito obrigada também pelo caloroso apoio da família estendida Lim, em Marlton.

A Soon Hyouk Lee e Michelle Lee, agradeço o amor, a orientação e o apoio incomparáveis, a espinha dorsal de nossa família. As sobrinhas Maia e Aster estão sempre abrindo caminho para nossas meninas e nos mostrando como as coisas devem ser feitas.

Meu irmão, Chris, sempre foi extremamente entusiasmado com minha escrita, desde que me lembro. Amo você e sinto muito a sua falta, espero que possamos voltar viver no mesmo continente um dia. Minha cunhada, Jenny Jeeun, você é uma força tão doce e otimista em nossas vidas, sempre me sinto muito abençoada por você ter passado de amiga a membro da família.

Por ler várias coleções de livros para mim quando eu era criança, por ficar acordada comigo a noite toda me ajudando com treze matérias durante meus anos de estudo na escola coreana, por me ensinar seus padrões elevados, mesmo que eu não consiga acompanhá-los e, por todos os seus sacrifícios pelos filhos, sou totalmente grata à minha mãe extraordinária, Minkyung Shon. Depois de crescer ouvindo suas histórias fascinantes e comentários sobre a vida, não tive escolha a não ser me tornar escritora. Ao meu pai, de quem sinto saudades todos os dias. Gostaria que ele estivesse aqui para me ajudar neste capítulo da vida.

Às minhas filhinhas, Cora e Avie, motivos de todo meu desespero e êxtase extremo: vocês são fontes de inspiração sempre transbordantes. Cora me disse hoje de manhã: "Eu te amo mais que tudo", e Avie disse: "Eu tchi-amu!" pela primeira vez, o que resume exatamente meus sentimentos por elas.

Por fim, ao meu marido, Soon Ho Lee, que deixa de lado tudo e qualquer coisa que está fazendo para ler as revisões noite adentro e nos deslocamentos matinais, que passa horas discutindo personagens, escolha de palavras e nuances culturais, que apoiou todos os aspectos da escrita deste livro com uma fé inexplicável e inabalável: você é uma maravilha com a qual nunca me acostumarei. Obrigada sempre.

FRANCES CHA é ex-editora de viagens e cultura da CNN em Seul. Ela cresceu nos Estados Unidos, em Hong Kong e na Coreia do Sul. Formada na Dartmouth College e na Universidade de Columbia, escreveu para veículos como *The Atlantic*, *The Believer* e *Yonhap News Agency* e lecionou na Universidade de Columbia, na Universidade de Mulheres Ewha, na Universidade Nacional de Seul e na Universidade de Yonsei. Atualmente mora no Brooklyn. *Se Esse Rosto Fosse Meu* é seu poderoso livro de estreia. Saiba mais em francescha.com.

DARKLOVE.

"De repente, se deu conta de que nunca tinha
vivido e ficou surpresa. Era verdade.
Não tinha vivido de fato. Desde o tempo remoto
da infância, tudo que ela fizera foi aguentar."
— HAN KANG —

DARKSIDEBOOKS.COM